KB180033

일곱 색의 독

NANAIRO NO DOKU

© Shichiri Nakayama 2013, 2015

First published in Japan in 2013 by KADOKAWA CORPORATION, Tokyo.

Korean translation rights arranged with KADOKAWA CORPORATION, Tokyo

through JM Contents Agency Co.

일곱 색의 독

나카야마 시치리 단편 연작소설

문지원 옮김

七
色
の
毒

차례

1

붉은 물

1

"이제 그만 가."

사야카의 목소리가 몹시 뾰족했다.

자신의 딸이면서도 무슨 생각을 하는지 모르는 존재가
된 지 오래지만 심기가 불편한 목소리라는 것쯤은 안다. 이
대로 엉덩이 붙이고 앉아 있을수록 기분이 더욱 나빠진다
는 사실도 경험으로 안다.

이누카이 하야토는 의자에 걸어놓은 재킷을 들고 자리에
서 일어났다.

"……또 올게."

마지막 말을 남겼지만 사야카는 대답하지 않았다. 병실

문을 닫기 직전에 돌아봤지만 침대 위 딸은 눈길도 주지 않았다.

부녀다운 대화를 기대하지는 않았지만 15분 동안 나눈 말이 고작 세 마디라니 한심하기 그지없다. 평소처럼 용의자를 상대하는 시간이었다면 진술조서 열 장 분량은 족히 채우고도 남았을 텐데. 지금까지 여자에게는 여러 가지로 호되게 당했지만, 지금 같은 상황은 최악의 레벨에 속한다.

도쿄에서도 절전 운동*을 펼치는 시기지만 의료기관은 제외 대상이어서 냉방은 복도까지 충분히 시원할 정도였다. 앞으로 한 시간 남짓이면 소등 시간이지만 그래도 5월의 후텁지근한 비에 숨이 턱턱 막히는 밖을 생각하면 잠시라도 더 병원 안에 머무르고 싶었다.

로비 접수창구에서 이번 달 입원비를 정산해야 한다. 이혼 후 헤어져 살아도 매달 양육비와 치료비를 지불하기로 이혼 조정 때 합의했다.

순서를 기다리는 동안 소파에 앉아 병원에 설치된 TV로 무심히 시선을 돌렸다.

─지금 막 들어온 소식입니다. 조금 전 오후 8시 20분

---

* 일본은 동일본대지진 이후 2011년부터 절전 운동을 펼쳤다.

쯤, 주오자동차도中央自動車道 다카이도 인터체인지 부근에서 도로를 달리던 고속버스가 방호책을 들이받았습니다. 이 사고로 승무원과 승객 중 사상자가 발생했습니다.

비가 내리는 가운데 방호책의 이음매에 처박힌 형태로 차체 왼쪽이 원형을 알아볼 수 없게 파손된 버스가 TV 화면에 크게 나오고 있었다. 마치 종이처럼 구겨진 버스의 모습은 충돌 당시의 참혹한 상황을 대변하는 듯했다.

버스 운전기사는 경상을 입은 듯 구급대원에게 응급처치를 받으면서도 스스로의 힘으로 서 있었다.

"죄송합니다! 제 잘못입니다! 이렇게 큰 사고를 내다니 정말 죄송합니다."

명료한 사죄의 말을 내뱉고 이보다 더할 수 없이 고개를 숙였다. 분명 병원으로 이송되기 전에 TV 방송국 보도진이 타이밍 좋게 도착했으리라. 사고 직후 당사자의 목소리를 그대로 뉴스에 보도하는 일은 이례적이었다.

도로에 흐르는 빗물에 적갈색이 섞여 있었다. 아침 무렵부터 쏟아진 폭우로 도로 한쪽 벼랑에서 붉은 흙이 흘러내렸다. 카메라맨은 의도하지 않았을 테지만 그 붉은 물은 사고 현장에 몹시 처참한 색채를 더했다.

카메라의 초점이 운전기사에게 몰린 한편, 그 주변에서

는 우비를 입은 교통조사관들이 땅바닥을 기어 다니고 있었다.

일요일인데 고생이 많네…….

그 사람 중 한 명에게 시선이 멈춘 이누카이는 '어랏?' 생각했다.

낯익은 남자였다.

그때 갑자기 정문이 소란스러워졌다.

날카로운 사이렌 소리가 울리더니 구급대원들이 환자 이송용 침대를 끌고 들어왔다. 한 팀이 아니었다. 세 명, 네 명…… 환자 이송용 침대에 실려 온 부상자들이 줄지어 이동하자 로비는 돌연 어수선한 분위기에 휩싸였다.

부상 정도에는 차이가 있었는데, 두 다리에 붕대를 감은 환자가 있는가 하면 이마에 반창고를 붙이기만 한 환자도 있었다. 어디에서 대기하고 있었는지 열 명이 넘는 간호사들이 환자 이송용 침대 뒤에 따라붙었다.

그러고 보니 이 병원은 다카이도 인터체인지와 가깝다. 단체로 이송된 구급 환자들은 버스 사고 피해자일 가능성이 크다.

이누카이는 실려 가는 부상자들의 얼굴을 스쳐봤다. 그 중에 20대 후반부터 30대 여성들의 모습이 눈에 띄었다.

야간버스는 저렴한 대신 장시간 타야 해서 특히 젊은 층의 이용률이 높다고 들은 적이 있다.

응급 환자들이 실려 간 뒤 1층 로비는 정적을 되찾았다. 이누카이는 TV 화면으로 다시 시선을 돌렸다.

***

"정말 죄송합니다. 돌아가신 분과 다친 승객들께 뭐라고 사죄의 말씀을 드려야 할지 모르겠습니다."

버스 운전기사 고다이라 신지는 조금 전부터 그 말만 되풀이했다. 운전 실수에 대해 한마디 변명도 없이 오로지 사과만 하는 남자의 태도는 책임을 회피하기로 결정한 버스 회사 사장보다 훨씬 진지해 보였다. 면허증에 기재된 정보로는 스물아홉 살이었는데 불안에 떠는 탓인지 실제 나이보다 어려 보였다.

그러나 태도가 진지하다고 죽은 사람이 살아 돌아오지는 않는다. 요모기다 고이치는 마음속으로 한숨을 쉬며 그렇게 생각했다. 버스에 타고 있던 승객은 아홉 명. 그중 여덟 명은 중경상을 입었고 예순 살 다타라 준조라는 남성은 사망했다.

사고가 발생한 것은 어젯밤 8시 20분, 다카이도 인터체인지를 얼마 지나지 않은 지점에서였다. 뒷말 좋아하는 동료 중에는 일반도로에서 사고가 났다면 다카이도 경찰서 관할이었을 것이라며 한탄하는 자도 있었다. 확실히 우천 시 교통사고 처리는 교통 감식을 포함해 여러모로 성가시지만 적어도 요모기다는 이 사고를 경시청 교통부가 맡게 되어 다행이라고 생각했다. 다카이도 경찰서 교통과에는 얼굴을 아는 수사관이 있는데 자신에게 남몰래 적개심을 품고 있었다.

사고가 일어난 노선은 기후현 가니시와 신주쿠 사이의 350킬로미터를 주오자동차도로 오가며 아침저녁으로 두 번 왕복한다. 고다이라는 저녁 편을 운전했는데, 신주쿠에 오후 8시 50분에 도착할 예정이었다.

"사고 순간에 대해 다시 한번 말씀해 주시죠."

이로써 벌써 같은 질문만 세 번째인데 굳이 같은 질문을 여러 번 반복하는 이유는 사실 확인에 차질이 없는지를 확인하려는 목적이다. 인간의 기억은 모호해서 사고 발생 직후와 시간이 흐른 뒤의 증언 내용에 차이가 나는 경우가 종종 있다. 문제는 사고 직후의 증언이라고 반드시 옳다고만 할 수 없어서 같은 질문을 여러 번 반복할 필요가 있다.

그러나 고다이라의 대답에는 흔들림이 없었다.

"졸음운전을 했습니다."

송구한 기색이지만 머뭇거리지 않는 말투였다.

"가니시를 출발해서 도키 분기점을 지났을 때 이미 졸렸습니다. 이 노선은 도중에 미사카, 스와코, 단고자카 휴게소에 들러 15분에서 20분을 쉬는데 그 휴식 시간 내내 선잠을 잤습니다."

"세 번이나 잤는데도 졸음운전을 했습니까?"

"하치오지를 지나고부터는 거의 기억을 못 합니다. 사고 순간도 전혀 기억이 안 나고요. 운전대를 돌린 기억도 없습니다."

고다이라의 진술 내용을 뒷받침할 근거도 있었다. 요모기다의 교통조사과에서 현장에 스키드 마크가 없다는 사실을 확인했다. 운전자가 전방에 있는 장애물을 인식하면 보통 운전대를 꺾거나 브레이크를 밟는다. 그런데 사고 차량은 스키드 마크도 남기지 않고 방호책 모서리를 들이받아 고다이라의 진술에는 아무런 의심의 여지가 없었다.

더욱이 교통조사과는 고다이라의 약물 복용을 의심해 즉시 약물 검사를 실시했지만 체내에서 아무런 약물도 검출되지 않았다.

"전날에 밤이라도 샜습니까?"

"아뇨, 저는 평소에 아침 7시에 일어나 밤에는 늦어도 자정에는 자려고 합니다. 고속버스는 오랜 시간 계속하는 근무다 보니 이틀 간격을 두고 근무하고, 근무 전날에는 특히 잠이 부족하지 않도록 신경 썼습니다."

이때 숙소가 만약 호텔이었다면 수면 시간은 확보해도 잠들지 못했을 가능성도 있었다. 그러나 고다이라의 숙소는 가니시에 있는 기숙사의 본인 방이었기에 그 가능성은 배제됐다.

"피곤하다는 자각은 있었습니까?"

"아뇨. 아까 말씀드렸듯 저는 이틀 간격으로 쉬기도 했고……."

"병원에 다닌 이력 같은 건요?"

"작년 말 가벼운 감기에 걸렸는데 회사 상비약을 먹고 나아서…… 마지막으로 병원에 간 건 작년 6월 정기검진 때입니다."

"그 검진 결과는 어디 있습니까?"

"계약 때문에 회사에서 보관하고 있을 겁니다."

이 자료는 나중에 회사에 제출 요구를 하면 되지만 새로운 사실을 발견하리라고는 거의 기대하지 않았다. 검진 결과 수면장애의 한 종류인 기면증이나 간질 진단을 받았다면 처음부터 회사에서 이 남자에게 운전을 맡겼을 리가 없다. 백번 양보해서 그러한 증상이 적힌 진단서가 있었는데 회사가 고의로 묵살했다면, 현재 회사에서 보관하고 있는 서류는 조작되었을 우려가 있다. 작년 건강검진 결과라면 의사법상 의무적으로 진료 기록부를 보관해야 하므로 담당의에게 직접 입수해야 할 것이다.

저녁이 되자 고다이라의 근무지로 출장 갔던 니시키노가 돌아왔다.

메이노 버스 주식회사의 본사는 기후현 다지미시에 있다. 왕복만으로도 하루가 걸리는 거리지만 회사가 관여했는지 명확하지 않은 지금 단계에서 도쿄로 소환할 수는 없는 노릇이었다.

"결과는 어땠어?"라고 묻자, 니시키노가 가방에서 A4 크기 서류를 꺼냈다.

"마침 주부운전국 특별감사가 들어간 참이었습니다."

"뭐야. 부딪쳤어?"

"뭐, 물을 거나 볼 거나 서로 겹치는 상황이라서 잘됐다면 잘됐다고 할 수 있기는 한데."

니시키노는 서류를 꺼내 책상 위에 늘어놓았다. 운행지시서, 승무 기록, 승무원 대장, 그리고 고다이라의 정기 건강검진 기록……

"국토교통성 규정 때문에 의무로 작성해야 하는 자료들은 전부 있습니다. 운행 전에 점호도 제대로 한 것 같아요."

요모기다는 차례대로 각각 내용을 확인했다. 분명히 니시키노의 말대로였고, 수기로 작성한 부분을 자세히 들여다봐도 고친 듯한 흔적은 없었다.

"정기 건강검진은 본사 근처에 있는 종합병원에서 받았습니다. 조회해 놨으니 곧 원본이 도착할 텐데 그쪽에 있던 사본을 확인했을 땐 걸리는 부분은 아무것도 없었어요."

정기 검강검진 기록도 훑어봤다. 역시 시력과 청력을 포함해 운전 업무에 지장이 있을 만한 사안은 무엇 하나 눈에 띄지 않았다. 지병도 없다.

"사장이 얼핏 탐욕스러워 보이고 첫 보도에서도 우리 회사는 불법 행위는 절대 하지 않는다고 당당하게 굴었거든요. 그래서 민낯을 까발리겠다고 잔뜩 별렀는데 그리 호언장담할 만했더라고요."

"승무원은 충분했고?"

"메이노 버스는 고속노선을 총 세 개 운영합니다. 이건 승무 예정표인데요."

니시키노가 마지막 장을 가리켰다.

"아침저녁으로 두 번 왕복하고 기사를 열두 명 돌리고 있어요. 그러니까 사흘에 한 번 운전하는 셈이니 과도한 근무라고 보기는 어렵죠."

"하지만 거슬러 올라가면 매주 일요일 저녁 편은 매번 고다이라 순번이야. 사흘에 한 번 근무하니까 일주일에 한 번씩 요일이 밀려야 하는 거 아닌가?"

"아, 저도 그렇게 생각해서 운행을 관리하는 다카세라는 직원에게 물었습니다. 그랬더니 가정이 있는 직원들이 일요일에는 쉬고 싶어 해서 독신인 고다이라를 배정했다더라고요. 그래도 휴일은 이틀 이상 두도록 조율했대요."

확인해 보니 확실히 한 달에 열흘씩 근무하도록 배정되어 있어서 계산이 맞았다. 역시 운전 때문에 피로가 쌓일 근무 형태는 아닌 것 같다.

"그래서 이 사고를 회사 근무 형태와 연관 지어 송치하기는 좀 무리가 있지 않을까 싶습니다."

특별한 지병도 없고 과도한 근무도 없었다. 그렇다면 고다이라의 졸음운전은 평소에 자주 있던 일이 아니라 사고 당일에 우연히 졸음이 몰려와서 발생했을 뿐이라는 결론이 나온다.

물론 누구에게라도 벌어질 수 있는 흔한 일이다. 초봄은 특히 그렇지만 요즘에도 갑자기 수마가 덮쳐올 때가 있다. 전날 충분하게 잤어도, 몸이 만반의 준비가 되어 있어도 그것은 갑작스럽게 찾아온다.

문제는 고다이라 본인이 아니라 사고 관계자들에게 있었다. 다타라와 그 유족, 부상을 입은 피해자, 언론매체, 보도를 접한 사람들, 그리고 사고를 담당하는 경찰관들……. 사망자까지 발생한 사고 결과와 운전기사의 단순한 졸음운전이라는 원인이 너무나도 균형이 맞지 않는다. 사람의 죽음과 중대 사고에 의미가 있다면 그 원인에도 수긍할 수밖에 없는 깊이가 있어야 한다. 그렇지 않다면 지나치게 일차원적이다.

교통조사과로 발령받은 지 벌써 5년이다. 신입 니시키노에게 요모기다는 만물 박사 같은 존재인데, 그 정보의 틈새에는 수많은 희생자가 쓰러져 있었다. 최근 2, 3년 동안 교통사고 사망자 수 추이는 연간 4천 명에서 5천 명 사이였는데, 자신이 경찰관이 된 해에는 9천 명을 넘어섰다. 교통전쟁이라고 불린 지 오래인데 그 상황이 완화되었다고는 해도 전쟁 상태라는 사실은 변함없다. 사체 원형이 그대로 남아 있으면 다행인 편이다. 사지가 갈기갈기 찢어진 사체, 배 속 내용물이 아스팔트에 쏟아져 흩어진 사체, 상반신이 저며지다시피 한 사체. 나열하자면 끝이 없다.

그리고 피해자들을 떠올릴 때면 그 죽음이 경시되는 일만은 피하고 싶다는 것이 요모기다의 솔직한 심경이었다.

2

  다음 날, 교통조사과에 그 손님이 모습을 드러냈다. 방문객 소식을 들은 요모기다가 마중을 나갔더니 뜻밖의 남자가 기다리고 있었다.

  "이누카이잖아!"

  "잘 지내는 것 같네."

  이누카이는 태평한 표정으로 웃었다. 같은 남자로서 다소 열등감을 느끼게 하지만 불쾌하지 않은 남자다운 모습은 여전했다. 본인이 예전에 말하기를 경찰 채용시험에 지원하기 직전까지 연기학원에 다녔다는데, 차라리 그쪽 길을 걷는 편이 낫지 않았을까 하는 생각마저 든다.

이누카이는 경찰학교 동기다. 처음 발령받은 근무지도 같았다. 우락부락한 자신과 마치 사교성을 갑옷처럼 두르고 다니는 듯한 이누카이는 성격이 서로 정반대였는데 그 탓에 묘하게 마음이 잘 맞았다.

두 사람은 경시청에서 각자 다른 부서로 이동하며 소원해졌지만 잊지 않고 엽서를 주고받았다.

"그런데 수사1과가 오늘은 도대체 무슨 일로?"

"그냥 구경하러. 고속버스 사고, 네가 맡고 있지? 뉴스에서 봤어."

'아아, 그걸 봤구나'라고 생각했다. 현장 답사 때는 우비를 입고 있었는데 잘도 알아봤다. 그러고 보니 경찰학교 시절부터 이 남자의 관찰력은 감탄스러울 정도였다.

"사정 청취는 끝났어?"

"뭐, 대충은."

"그래서, 어때? 역시 과로로 인한 운전 과실이야?"

"아니, 그게 말이야."

요모기다는 취조실에서의 일을 설명했다.

"뭐야. 그러면 일반적인 수면 부족이 아니라 정말로 타이밍 나쁘게 졸음운전을 했다는 말이야?"

"본인 진술과 의사의 진단 결과를 믿는다면 그렇지."

"흠."

이누카이는 중얼거리고는 생각에 잠겼다.

"……마음에 들지 않는다는 얼굴이네."

"질문 하나 더. 사고 상황 말인데. 뉴스에서 본 바로는 버스가 완전히 박살 났던데 그래도 사망자가 한 사람뿐이었다면서?"

확실히 사고 차량의 상태를 보면 사망자가 한 명이라는 사실은 가볍다고 느꼈겠지.

"방호책 이음매에는 대부분 틈이 나 있어. 문제의 버스는 그 이음매 왼쪽에 충돌했지. 그래서 버스의 왼쪽은 형체를 알아보기 힘들 정도로 부서졌지만 오른쪽은 원형이 그대로 남아 있어."

말하다 보니 요모기다의 머릿속에 사고 당일 현장의 모습이 분명하게 그려졌다. 버스 왼쪽은 종이처럼 우그러졌고 좌석은 대부분 아스팔트 위로 튕겨 나오거나 모습이 드러나 있었다.

"버스 좌석은 오른쪽 두 줄 왼쪽 두 줄로 구성되어 있었어. 사망한 다타라라는 할아버지는 2A, 그러니까 앞에서 두 번째 창가 좌석에 앉아 있었으니 버틸 새도 없었지. 딱 방호책 모서리에 정면으로 부딪친 상황이었더군. 당사자에게 얼마나 무서운 광경이었을까."

"왼쪽에 있던 다른 승객은 어땠어?"

"승객은 전부 아홉 명이야. 왼쪽 좌석에는 다타라 씨를 제외하고 두 명 더 있었는데 둘 다 맨 뒷줄에 앉아서 최악의 사태는 면했어. 표현이 좀 그렇지만 저승사자가 핀셋으로 집듯 다타라만 노렸다고 말할 수도 있지. 그 자리는 그 영감님 지정석이었거든."

"지정석?"

"고속버스 타 본 적 있어? 예약제잖아. 인기 노선은 보름 전에 거의 전 좌석 예약으로 꽉 찬대."

"그러니까 그 2A석은 본인이 원해서 예약한 자리구나."

"그래. 제출된 승무 기록에 승객 명단이 기록되어 있어. 운전기사는 버스를 출발할 때 승객 명단과 대조해서 예약한 대로 좌석이 다 찼는지 확인해."

이누카이는 설명을 다 듣고도 여전히 납득이 가지 않는 눈치였다.

"흠, 다시 연락해도 돼?"

"……도대체 뭐가 그렇게 걸려서 그래?"

"사고 직후에 운전기사가 카메라에 대고 사죄하는 걸 봤어."

"그게 왜? 비난할 만한 일은 아니잖아."

"운전기사, 고다이라였나? 그걸 보고 위화감을 느꼈거든."

"위화감? 그런 사고를 일으켰어. 사죄하는 게 당연하지."

"고다이라는 졸음운전을 했고 사고 발생 직후까지 아무것도 기억하지 못한다고 했잖아."

"응."

"졸음운전을 하다가 방호책을 들이받았어. 그 순간에 잠에서 깼지. 정신을 차리고 보니 버스는 완전히 부서졌고 승객들은 다쳤어. 그러는 사이에 고속도로 순찰대가 오고, 교통조사과가 오고, 구급차도 왔어. 피해의 전모도 아직 알수 없는 상황이었지. 사망자도 나왔을지 몰라. 어떤 식으로 책임을 추궁당할지도 모르고…… 너라면 그런 상황에서 침착하게 정상적으로 대처할 수 있겠어? 대부분의 사람은 당황해서 제대로 말도 못 하지 않을까?"

요모기다의 머리에 고다이라의 어려 보이는 얼굴이 떠올랐다.

"그런데도, 였어. 그 고다이라라는 운전기사는 입을 열자마자 사죄했지. 머뭇거리지도 않고 주눅 들지도 않고, 분명하게, 한 마디 한 마디, 또박또박 말했다고."

"그게 사고가 아니었다고 말하고 싶은 거야?"

"그런 뜻은 아니야. 하지만 그건 갑작스러운 사고를 일으켜 당황한 사람의 말투가 아니야. 그렇게 되리라는 걸 미리 짐작하고 있던 사람의 말투지."

논리적인 근거라고 하기는 어려웠다. 독선적이기까지 한 관찰이었다. 그래도 이 남자의 입에서 나오는 말에는 이상하게 흡인력이 있었다.

이누카이는 방해해서 미안하다는 말을 남기고 나가다가 요모기다의 직속 상사인 다도코로 경부와 스쳐 지나갔다.

다도코로는 이누카이의 모습을 확인하듯 일부러 뒤를 돌아봤다.

"이봐. 방금, 1과 이누카이 아닌가?"

"네."

"무슨 용건으로 왔지?"

"경찰학교 동기거든요. 절 만나러 왔는데…… 저 녀석을 어떻게 아십니까?"

"저 친구야 유명하잖아."

생각지도 못한 인지도에 조금 놀랐다. 경시청 본부 직원은 7천 명이 넘는다. 같은 부서라면 모를까, 다른 부서에

까지 이름이 알려진 사람은 경시정* 정도다. 고작 순사부
장**의 신분으로 유명하다면 평이 어지간히 좋거나 어지간
히 나쁘거나 둘 중 하나일 테다.

"유명합니까?"

"그래. 그런데 교통부까지는 소문이 나지 않았더라고. 사
실 나도 형사부 지인한테 들은 거야."

다도코로는 거북한 눈빛으로 이누카이가 사라진 쪽을 바
라봤다.

"정말 이야기만 하러 온 거야? 설마 우리 사건에 참견하
는 건 아니겠지?"

여기서 긍정할 수도 없는 노릇이고 이누카이가 어떤 식
으로 파고들지도 몰라서 요모기다는 고개를 저었다.

"그럼 뭐 됐어."

"저…… 저 녀석은 무슨 일로 유명한가요?"

"묘한 남자잖아. 저렇게 남자답게 잘생겼으니 여자를 얼
마든지 속일 수 있을 것 같은데 반대로 속아 넘어가기만
하니까. 그 친구가 놓친 여자 진범을 다른 형사가 지목한

* 한국 경찰의 경무관급.
** 한국 경찰의 경사급.

사건이 한 트럭이야. 아무래도 취조실에서 정면에 앉은 상대가 글썽거리는 눈으로 쳐다보면 속수무책으로 당하는 모양이야. 그래서 아는 놈들 사이에서는 '얼굴값 못하는 이누카이'로 통하지."

"……별로 좋은 소문은 아니네요."

"말은 끝까지 들어야지. 그런 식으로 여자한테는 잘 속지만 남자한테는 절대 안 속아. 눈 굴러가는 거, 입술 움직이는 것만 봐도 거짓말을 대번에 눈치채거든. 남자 범인에 한해서는 본청에서도 검거율 1, 2등을 다퉈."

시각효과는 대단해서 메이노 버스 충돌사고는 버스의 참혹한 파손 상태가 알려지면서 한동안 언론의 주목을 받았다. 언론은 유일한 사망자 다타라 준조의 유족 인터뷰와 장례식 모습은 물론 그 밖의 부상자 한 사람 한 사람의 증언을 진지하게 다뤘다.

그러나 이는 언론의 주목으로 나타난 현상이라기보다 언론이 시청자의 관심에 알랑거리는 행태라는 견해가 옳을 것이라고 요모기다는 생각했다. 카메라는 피해자들이 비통한 표정을 짓자마자 클로즈업했다. 호기심이 숨김없이 드러나는 카메라 워크는 그야말로 시청자들의 마음의 움직임을 그대로 흉내 내고 있었다.

기묘한 사실은 사람들의 관심이 피해자들에게 쏠리는 것과 반대로 고다이라를 향한 관심은 점점 옅어진다는 점이었다.

고다이라 신지는 고등학교를 졸업할 때까지 기후현 다쓰카와무라에서 살았고, 다른 현에 있는 대학을 졸업한 뒤 기후현으로 돌아와 지금의 메이노 버스에 취직했다. 뉴스에 소개된 고다이라의 프로필은 몹시 간단했고, 그 이상 깊은 내용은 보도되지 않았다.

이는 시청자의 시선으로 보면 이해할 만한 일이었다. 시청자들은 다른 사람의 불행과 악으로 인식한 인간의 몰락은 바라지만 스스로 죄를 인정한 자에게는 너그러운 면이 있다. 화면에 처음 얼굴을 비출 때 고개를 깊게 숙이는 모습을 보고 시청자들은 자신도 모르게 고다이라를 용서한 것이다.

사고 보도가 오랫동안 이어진 이유는 하나 더 있었다. 메이노 버스 사고를 시작으로 각지에서 비슷한 사고가 발생했기 때문이다. 잇따른 고속버스 사고는 또 다른 식품 피해 보도와 맞물려 규제 완화의 폐해로 부상했다.

그러나 이러한 현상들도 아스팔트 위에서 벌어지는 사고

를 매일 목도하는 요모기다에게는 지겨운 이야기며, 고속 버스 사고가 계속되는 것도 어제오늘 이야기가 아니었다. 예전부터 일정 비율로 발생해 왔으므로 교통부에 소속된 입장에서는 특별하게 신기할 것도 없다. 사고가 연쇄 다발적으로 일어나는 것처럼 보이는 이유는 TV 뉴스에서 일부러 비슷한 사고를 선별해 보도하기 때문이다.

그 속내를 파고 들어가 보면, 보도하는 측도 시청자에게 제공하는 소재가 변변치 않다는 사실을 인지하고 있으므로 사회 문제라는 포장지를 씌우고 싶은 것이다. 대의명분만 있으면 어떤 파렴치한 짓을 해도 면죄부를 받는다고 그들은 진심으로 믿는다. 평소 기자들의 노골적인 눈빛을 지켜보는 요모기다에게는 그런 식으로밖에 보이지 않았다.

그런데 아니나 다를까, 언론의 논조는 운전을 실수한 당사자보다는 가혹한 노동을 강요한 버스회사와 여행사를 향한 비난으로 점점 기울었다. 여행사가 한층 더 저렴한 발주 조건을 제시한 데에 버스회사가 인건비 절감으로 대처하는 구조였다. 결국 그 영향이 말단 직원의 과도한 업무로 이어졌다는 공식은 뻔했고, 대중에 호소할 소재로서 적당히 무거우며 적당히 가벼웠다.

그러나 언론에서 사고를 크게 다룬 덕분에 요모기다에게 도움이 된 점도 있었다.

본래 사고 당사자 외에는 사정 청취 출석을 요구할 수 없다. 하지만 전 국민이 버스 사고를 주목하는 바람에 요모기다가 버스회사에 출석을 요구하자 담당자는 흔쾌히 받아들였다.

남자가 내민 명함에는 '메이노 버스 주식회사 운행관리팀 다카세 아키후미'라고 적혀 있었다.

"이번에 저희 직원이 터무니없는 짓을……."

다카세는 이마가 책상에 닿을 기세로 고개를 숙였다. 사고 발생 당시 사장의 책임 회피 발언이 곳곳에서 반감을 사는 바람에 결국 밑에 있는 직원들이 더욱 고개를 숙일 수밖에 없었다. 이 또한 월급쟁이의 비애인가.

그러한 사정도 있는 까닭에 다카세는 시종일관 몸을 굽신거리기는 했지만 원래부터 소심한 사람인 듯했다. 책상 위에 올려둔 손이 줄곧 가늘게 떨렸다.

"사장님은 회사 운영 자체에는 아무런 잘못이 없다고 말씀하셨습니다. 저도 그 점은 부정하지 않습니다. 다만 법만 지키면 다냐고 하시면 괴롭습니다."

"법의 테두리 안이라고 해도 야간 장거리 운전은 역시 고된 업무입니까?"

"익숙한 사람이라도 잠을 전혀 자지 않고서 계속 운전할 수 있는 거리는 4백 킬로미터 정도 아닙니까. 고다이라도 만성 수면 부족은 아니었다고 하나 피로가 누적되었을 수 있습니다. 승무원을 한 명 더 붙여 줬어야 했습니다."

다카세의 말에 요모기다는 고개를 크게 끄덕였다. 요모기다도 쉬는 날에는 자주 차를 끌고 나가 운전하고는 하지만 4백 킬로미터를 꼬박 운전하라고 하면 그다지 자신이 없었다.

"저희뿐 아니라 버스회사들 대부분이 그렇게 운행하고 있습니다. 하루 운전 거리가 670킬로미터가 넘어야 교대 승무원을 붙일 수 있죠."

요모기다는 또다시 고개를 끄덕였다. 다카세가 말한 최대 운행 거리 670킬로미터 규정은 국토교통성에서 내린 지침이다. 이 수치는 2010년에 총무성에서 재검토를 권고했지만 국토교통성은 특별히 문제시하지 않았다.

그리고 많은 버스회사는 이 지침을 악용해 승무원 수를 최대한 줄이면서 기를 쓰고 인건비를 절감하고 있다.

"고다이라 씨의 근무 태도는 어땠습니까?"

"고다이라 씨는 매우 성실한 사람이었고……, 장거리 운전을 하기 전날에는 컨디션 관리에 신경을 쓰며 술은 절대 입에 대지 않았습니다. 약 부작용 때문에 졸리면 안 된다고 감기 예방에도 철저했을 정도고요."

"잘 아시네요."

"고다이라 씨와는 고향이 같아서 자주 대화를 나눴죠. 그래서 성실하고 예의 바르고 착한 청년이라는 걸 제가 제일 잘 압니다. 그런 고다이라 씨가 사고를 일으켰습니다. 완전히 운이 나빴다고밖에 설명할 수 없습니다."

요모기다는 진술을 들으면서 이누카이가 시사한 고다이라의 인물상과 현실의 그것 사이에 점점 괴리가 생긴다고 느꼈다. 고다이라와 직접 대화를 나눈 요모기다는 다카세의 증언을 들을수록 고다이라의 첫인상이 더욱 짙어지며 그의 성실함과 선량함이 강조될 뿐이라고 느꼈다.

"과거 승무 기록을 살폈습니다. 숨진 다타라 씨는 항상 2A 좌석을 예약했더군요."

"2A는 특가 티켓입니다."

"특가요?"

"신주쿠에서 가니시까지 일반 요금은 6천 엔인데, 3주 이상 전에 예약하시는 승객에게는 예약 할인이라고 해서 한 명당 2천 5백 엔에 판매하고 있습니다. 그 자리가 2A입니다."

"그렇군요. 2천 5백 엔이라니 싸네요. 틀림없이 경쟁이 치열하겠죠?"

"네. 그래서 직전 취소를 방지하려고 인터넷 예약은 받지 않고 영업 창구 구매 조건으로 판매합니다. 다타라 씨는 예약이 열리는 날 가장 먼저 창구를 찾으시는 듯했고, 2A는 거의 다타라 씨의 전용석이 되다시피 했죠."

이 진술은 다타라의 직장에서 얻은 증언과 일치하는 부분이 있었다. 다타라는 10년 전, 도쿄에 있는 데이쿄 경금속 주식회사에 중도입사했는데, 예순 살 정년 이후에 촉탁 직원이 되며 수입이 반으로 줄고 말았다. 기러기 생활을 하며 일주일에 한 번은 신칸센을 타고 기후현에 있는 집에 다녀왔지만, 촉탁 직원이 되면서부터는 여비가 지급되지 않아 이번 봄부터는 고속버스를 이용하게 되었다. 얄팍한 지갑 사정으로는 일찍 일어나서라도 편도 2천 5백 엔짜리 티켓을 구해야 했었으리라.

"그런데 승객이 아홉 명뿐이었던 건 불행 중 다행이었습니다. 다카세 씨 회사 입장에서는 난처한 일이겠지만요."

"아뇨, 고속버스는 귀성객들이 많이 이용해서 금요일 밤부터 일요일 아침이 피크입니다. 일요일 저녁 편은 원래 빈

좌석이 많아요."

바꿔 말하면 특가 티켓을 반드시 예약하지 않아도 버스를 탈 수 있었는데 다타라는 일반 요금과의 차액인 3천 5백 엔을 아끼려다가 목숨을 잃었다는 뜻이다. 죽은 이에게는 실례되는 말이지만 참으로 값싼 목숨이다.

"이건 절대로 공개할 수 없는 이야기입니다만······."

다카세는 오프 더 레코드를 전제로 털어놓았다.

"모든 승객이 좌석 벨트를 맸더라면, 하고 날마다 생각합니다. 직접 충돌한 다타라 씨는 차치하고라도 다른 승객들은 지금보다는 가벼운 부상으로 끝났을 겁니다. 고속버스는 오랫동안 탑승하니까 어쩔 수 없다고 하면 할 말이 없지만, 승객 대부분 좌석 벨트를 하지 않았습니다."

그 애석한 말투가 요모기다의 귓가에 계속 맴돌았다.

3

이누카이의 지적을 상사에게 보고하지 않은 와중에, 교통조사과에서는 고다이라를 자동차운전 과실치사상죄로 송치하자는 분위기가 짙어졌다.

물론 그보다 중죄인 위험운전 치사상죄 적용도 논의했지만 원래 졸음운전이나 지병이 있는 상태에서의 운전은 구성요건에 해당하지 않아서 이 안은 단박에 무산됐다.

형법 제211조 2항, 자동차 운전상 필요한 주의를 게을리하여 사람을 사상케 한 자는 7년 이하의 징역이나 금고 또는 백만 엔 이하의 벌금에 처한다. 다만 그 상해가 가벼운 경우에는 정상을 참작해 형을 면제할 수 있다.

자동차운전 과실치사상죄의 조문은 읽을수록 이번 사건과 일치했다. 더욱이 피의자 고다이라 신지에게는 음주벽이나 사소한 위반 기록도 없다. 체포 후 태도도 성실하고 사고 직후부터 사죄 의지도 어필하고 있다. 우수한 변호사라면 그리 어렵지 않게 정상 참작을 이끌어 내리라.

이누카이의 의견은 차치하고 요모기다는 그 죄상으로 타당한 결론이라고 생각했다. 교통사고의 법정형은 악질적인 사건이 늘어나면서 가중된 역사가 있다. 바꿔 말하면 지금까지의 법 적용은 악질적인 범행이 끊이지 않을 정도로 형이 가벼웠다는 뜻이다. 그러나 이번 사건처럼 직원이 고도의 주의 의무를 게을리하지 않아도 사상자가 발생하기도 한다. 자동차 안전기술이 아무리 발달해도 자동차를 다루고 운전하는 존재가 사람인 이상 교통사고는 사라지지 않는다. 형이 무거워야 한다는 의견도 틀리지는 않지만 각각의 사건을 세밀하게 살피는 일이 훨씬 더 중요하다.

게다가 요모기다는 기분 나쁜 이야기까지 들었다.

메이노 버스의 법령 위반 여부를 조사하는 과정에서 같은 업계의 다른 회사 운전기사를 사정 청취한 적이 있다. 그때 주고받은 대화가 아직도 뇌리를 떠나지 않는다.

그 운전기사는 이렇게 말했다.

"실제로 말입니다, 하루 운행 거리 제한이 670킬로미터라는 기준부터가 정상이 아니에요. 내 말이 거짓말 같으면 형사님도 심야에 670킬로미터를 운전해 보세요. 분명 도중에 녹초가 될걸요?"

"그렇겠죠. 버스회사 운행 관리 담당자들은 전부 연속 운전 거리는 4백 킬로미터 정도가 한계라고 하더군요. 하지만 670킬로미터라는 기준은 국토교통성에서 내놓은 지침일 텐데……."

"그 670킬로미터의 근거를 아십니까?"

"분명, 국토교통성이 전국 아흔두 개 전세버스 사업장의 운행 데이터를 추출해서 분석한 결과……였을 텐데요."

"표면적으로는 그렇죠. 하지만 그게 사실이라면 현장의 목소리가 새빨간 거짓말이었다는 뜻이 됩니다."

"……그게 무슨 뜻이죠?"

"670킬로미터라는 제한 기준에 다른 근거가 있다는 말이지요."

"다른 근거라니요?"

"물론 이건 우리 기사들 사이에서 떠도는 소문이긴 하지만. 오사카에서 도쿄 디즈니랜드까지 거리가 딱 670킬로미터거든요."

"설마요. 그냥 우연이겠죠."

"설마가 사람 잡는 일 많습니다. 형사님도 공무원이니 매년 국토교통성에서 트럭 협회나 대기업 여행대리점에 낙하산 보내는 거 아시잖아요. 만약 그런 황금노선이나 장거리를 운전기사 한 명으로 커버할 수 있다면 회사 입장에서는 무조건 이득이죠."

"하지만 이번처럼 운전기사의 과도한 근무가 사회 문제시되면 국토교통성도 기준을 수정하라는 압박을 받을 겁니다."

"그럼 어쩔 수 없이 새 감사기관이 생기고 거기에 또 국토교통성 낙하산 인사가 가겠죠."

내뱉는 말에 반박할 수 없었다. 자신이 소속된 경찰에 낙하산 인사가 올 만한 자리를 산더미처럼 쌓아두고 있어 잘 안다. 이 나라의 관료들은 국민의 바람, 그리고 갈등과 비극을 자신의 이권으로 탈바꿈시키며 세력을 넓혀 왔는데, 이번에도 예외는 아니었다.

실제로 언론 보도가 과열되고 국민의 관심이 높아지면서 국토교통성의 안전정책과는 제한 기준 670킬로미터의 변경을 검토하기 시작했다. 이 검토에 감시체제 강화를 목적으로 한 새 법인 창설 안도 당연히 따라붙었다.

이 결정을 접한 언론의 반응만큼 웃긴 것도 없었다. 현재 법의 모순을 지적하고 개선케 한 것은 자신들의 힘이었다고 마치 대단한 공이라도 세운 듯 기고만장한 논설을 줄지어 내보냈기 때문이다. 관료들 손바닥 안에서 놀고 있는 줄도 모르고 희희낙락하는 모습이 우습기만 했다.

한 노인의 죽음, 그리고 지나치게 착실한 젊은이 한 사람의 앞날을 제물 삼아 관료들이 또다시 약속의 땅을 넓혀갔다. 그것이 이 나라가 돌아가는 꼴이라고 하면 어쩔 수 없지만 부끄러움이 남는다. 두 눈을 뻔히 뜨고도 정말 죄 많은 자들을 못 본 체하고 마는 분한 마음도 남는다. 지금 요모기다가 할 수 있는 일이 있다면 제물이 된 젊은이의 죄상을 현실적으로 타당하게 만들어 주는 것 정도다.

그래서 이누카이의 연락을 받았을 때, 고다이라를 자동차운전 과실치사상죄로 송치하는 방향으로 진행하고 있다고 솔직하게 말했다.

그 순간 이누카이의 말투가 바뀌었다.

ㅡ진술조서는 다 작성했어?

"으응. 이제 피의자가 직접 읽고 서명하기만 하면 돼."

ㅡ그건 잠시 미루는 게 좋겠어.

단정적인 말투가 거슬렸다. 하지만 이 말은 농담으로 받아 넘기는 편이 낫다.

"이 친구 보게. 아무리 친한 동기라고 해도 그건 월권행위라고."

ㅡ친한 동기니까 충고하는 거야. 그 송치는 취소하자고 네가 위에 말해.

이번에는 위압적인 말투였다. 친한 사이라도 예의를 지켜야 한다는 말을 모르나.

"네가 남자들의 거짓말을 기가 막히게 꿰뚫어 본다는 이야기는 들었어. 도대체 어디서 배운 특기야?"

ㅡ연기학원.

"뭐라고?"

ㅡ거기서는 행동 하나하나가 어떤 심리에서 기인하는지 알려 주거든. 시선이 흔들릴 때, 대각선 위를 향할 때, 대각선 아래를 향할 때, 저마다 이유가 있어. 타고난 거짓말쟁이거나 허언증이 아닌 이상 당황하면 반드시 행동으로 나타나지. 그걸 과학적으로 응용한 게 거짓말 탐지기야.

"그런데 넌 왜 그 특기를 여자한테는 못 써?"

ㅡ여자는 타고나길 거짓말쟁이라서 그래.

"……네 여자 불신은 자알 알겠어. 그런데 그런 말로 송치를 취소할 만큼 내 상사는 만만하지 않아."

—말로만 하는 소리가 아니라면 설득할 수 있어?

"이 친구 참. 이번에는 무슨 말을 하려고 그래. 아까도 말했지만 이 사건은 그쪽 관할이 아니라고요, 수사1과 양반."

—관할이 맞다면?

"뭐라고?"

—지금 자료를 들고 거기로 갈게.

그 말대로 이누카이가 금방 왔다.

"다시 한번 고다이라의 진술을 받아줘. 나랑 같이 들어가서."

"그런 말 쉽게 하지 마. 수사1과가 동석하는 걸 상부에서 용케도 인정하겠다."

"괜찮으니까 빨리. 나중에 견학이니 뭐니 둘러대. 그 정도 신용은 있겠지."

지금 그걸 칭찬할 때냐며 불만이 튀어나왔지만 아직 진술조서에 서명 날인 하는 절차가 남아 있었다. 어차피 시간을 내서 피의자를 만나야 했고, 이누카이의 막무가내에 말로 저항하자니 부질없는 노력 같았다.

한숨을 삼키며 둘이서 취조실에 들어가자 말릴 새도 없이 이누카이가 고다이라의 앞자리를 차지했다.

"처음 뵙겠습니다. 수사1과 이누카이라고 합니다."

"수사1과요? 무, 무슨 일이죠?"

이누카이는 고다이라의 물음을 무시하고 바로 질문했다.

"본가는 기후현 다쓰카와무라, 맞으시죠?"

"네."

"가족은 전부 돌아가셨고요. 그것도 같은 해에요. 무슨 일이 있었습니까?"

고다이라는 시선을 떨궜다.

그러자 이누카이는 책상 위에 A4 크기의 종이를 올려놓았다. 신문의 축소 복사본이었다. 제목에는 '공장 폐수로 마을 주민 다수 사망'이라고 적혀 있었다.

고다이라가 천천히 시선을 들었다.

"10년 전 기사입니다. 기후현 다쓰카와무라에 있던 알루미늄 공장. 그곳에서 흘러나온 폐수가 강을 오염시켜 강물을 생활용수로 사용하던 마을 주민 스물다섯 명이 납중독으로 사망했습니다. 기사 마지막에는 돌아가신 분들의 성함이 나열되어 있는데…… 이 고다이라라는 성의 세 분은 고다이라 신지 씨의 가족분들이더군요. 나이로 추정컨대 아마도 부모님과 여동생이겠지요."

대답이 없었다.

"사건이 수면 위로 떠오르면서 곧바로 집단 소송이 시작됐습니다. 그러나 변호사의 서툰 법정 전술로 폐수 유출과 납중독과의 인과관계를 법원에 인정받지 못하며 원고 측은 1심과 2심에서 패소했죠. 상고도 기각되어 원고 패소가 확정됐는데, 피고였던 기업이 다타라 알루미늄이었습니다. 대표이사는 다타라 준조, 당시 50세."

요모기다는 자신도 모르게 앗 소리를 낼 뻔했다. 그렇게 이어질 수가.

"이 기사는 다타라 씨의 과거를 역추적해서 찾아냈습니다. 다타라 알루미늄은 형법으로 처벌받지는 않았지만 세간의 신용을 잃어 수익이 급감했습니다. 그 결과 데이쿄 경금속에 흡수합병됐죠. 사장이었던 다타라 씨는 그 데이쿄 경금속의 평이사로 위촉됐지만 사내에서는 냉대를 받았던 듯합니다. 정년 후에는 일반 사원처럼 촉탁 직원이 되었으니까요."

"그래도 어처구니없는 이야기입니다."

고다이라의 입에서 나온 말은 저주의 울림을 가득 품고 있었다.

"스물다섯 명이나 죽인 놈이 재취업이라니 말이 됩니까?"

"사건 당시 열아홉 살이었던 당신은 다른 현에서 대학 생활을 보내고 있어서 화를 면했죠. 하지만 TV나 신문에서 연일 보도하는 바람에 다타라 사장의 얼굴은 알고 있었습니다. 당신에게는 가족을 모두 죽인 원수였죠. 그리고 올봄부터였습니다. 당신이 운전하는 고속버스에 그 다타라가 승객으로 타기 시작한 시점은.”

이누카이는 고다이라를 몰아붙이듯 말을 이었다. 귀를 기울이기만 하는 고다이라는 필사적으로 굴속으로 도망치려는 작은 짐승 같아 보였다.

“당신은 다타라를 알았지만 상대는 당신이 유족 중 한 명이리라고는 상상도 하지 못했습니다. 게다가 앉은 자리도 2A. 백미러로 확인할 수 있는 자리고, 심지어 손만 뻗으면 닿을 거리였습니다. 그리고 사고 당일, 당신은 계획을 실행했습니다. 전날까지 컨디션을 완벽하게 조절하고 술을 끊었으며 약품 같은 건 일절 입에 대지 않았고, 법정 속도를 준수해 안전운전에 애를 썼습니다. 그 이유는 어디까지나 사고 후 검증 때 결코 위험운전 치사상죄가 아닌 자동차운전 과실치사상죄를 적용받으려는 목적이었죠.”

아아, 요모기다는 이해했다. 두 죄상은 닮은 듯하면서도 처벌 수위가 전혀 다르다. 위험운전 치사상죄는 치상은 15년 이하의 징역, 치사는 최고 20년 유기 징역형이다. 그러나 자동차운전 과실치사상죄는 7년 이하의 징역이나 백만 엔 이하의 벌금이며 정상 참작의 적용 범위도 넓다.

"왼쪽 좌석은 앞에서 두 번째 줄에 다타라 씨가, 맨 뒷줄에 승객 두 명만 앉아 있었던 점이 고다이라 씨에게는 금상첨화였습니다. 어차피 다른 승객들도 피해를 입겠지만 그 위치라면 피해가 최소한으로 끝날 가능성이 컸거든요. 버스를 충돌시킨 장소는 진작에 정해 놨습니다. 그리고 다카이도 인터체인지 부근에서 당신은 갑자기 속도를 내며 차체를 왼쪽, 그러니까 다타라 씨와 방호책이 정면으로 부딪치도록 운전했습니다. 즉 이 사건은 사고가 아닙니다. 복수입니다."

"그, 그게 무슨 억지입니까. 무엇보다, 무슨 증거로."

"증거? 흥. 그런 건 지금부터 찾아내면 되지. 중요한 건 말입니다, 이 사건을 살인죄로 재수사하겠다는 사실입니다."

움찔, 고다이라의 어깨가 들썩였다.

"고의에 의한 살인. 형법 제199조, 사형 또는 무기나 5년 이상의 징역. 당신에게는 동기, 기회, 방법 세 가지가 전부 있습니다. 이 세 가지가 갖춰지면 공판으로 이어질 수 있지."

이누카이가 그렇게 공언하며 고다이라에게 얼굴을 슥 들이밀었다.

"하지만 그전에 우리 수사1과에서 인계받아 사건을 철저하게 밝혀내겠습니다. 티끌 하나, 머리카락 한 올이라도 놓칠 것 같습니까? 같은 경찰이라도 수사1과의 취조는 또 다른 맛이 있으니까. 각오해요."

이누카이의 입술이 호를 그리며 웃었다. 잘생긴 얼굴로 그러니 오히려 더 위협적이었다.

그리고 허세를 부리기에 고다이라는 너무 소심했다. 얼굴이 순식간에 창백해지며 몸을 가늘게 떨기 시작했다.

4

"고다이라 신지가 전부 자백했습니다."

이누카이는 앞에 있는 남자에게 말했다.

"올봄에 처음 승객 명단을 봤을 때는 설마 했던 듯합니다. 그런데 2A에 앉은 승객을 보고 그가 가족들의 원수인 다타라 준조라는 사실을 분명하게 확인했죠."

"그렇게나…… 오래전부터."

"그저 놀랐다고 했습니다. 백미러로 연신 다타라의 모습을 살피는데, 잠든 얼굴을 보고 있자니 갑자기 울컥 살의가 솟았다고요. 그 영향으로 집중력이 흐트러져서 운전에 집중하지 못했다고 합니다. 처음에는 다 끝난 일이다 했죠.

그런데 다음 주 일요일에도, 그리고 그다음 주 일요일에도 다타라 씨가 계속 탔다고 합니다. 그것도 항상 정해진 2A 석에. 그 일이 반복되는 사이에 고다이라는 이번 계획을 세우게 됐습니다."

"그게 사실이라면 모순된 이야기로군요. 살인 계획을 세우고 나서 더욱 신경 써서 안전운전을 하게 됐다니."

"그러게 말입니다. 일요일 저녁 편은 원래 승객이 적었는데 그날은 왼쪽 좌석에 다타라 씨 말고는 승객이 거의 없어서 더 안심했다고 합니다. 모순되지만 사고로 가장한 살인 계획이니 다른 승객들에게도 피해를 줄 수밖에 없었고, 그래도 피해를 최소화하겠다는 마음이었다더군요."

"고다이라 씨는 그런 사람이었습니다. 근본은 착한 사람이에요."

"착한 사람이 관계도 없는 사람들까지 끌어들이는 살인을 계획합니까?"

"아무리 착한 사람이라도 증오는 품을 수 있죠."

"이건 제 지론인데, 세상에는 완전히 착한 사람도, 완전히 나쁜 사람도 없습니다. 속이는 자와 속은 자만 있을 뿐입니다."

"고다이라 씨에게 사람을 속이는 자라고 하는 건 듣기 거북하군요."

"제가 언제 고다이라를 속이는 자라고 했습니까? 그 반대입니다. 고다이라는 속은 자입니다."

"네?"

"아니, 속았다기보다 놀아났다는 말이 맞겠군요. 사고로 가장한 살인. 이를 위해 고다이라는 머리를 있는 대로 쥐어짜 계획을 실행했습니다. 그런데 그 계획은 고다이라의 자발적 행위 같지만, 사실 어떤 인간이 유도한 것이나 다름없었습니다. 고다이라는 그 인물의 꼭두각시놀음에 놀아났을 뿐입니다."

"무슨 말씀이신지, 저는 전혀……."

"당신이 고다이라에게 살인을 교사한 장본인이라고 말하는 겁니다."

그 순간, 다카세 아키후미는 이누카이를 힐끗 쏘아봤다.

"제가, 그렇게 대단한 일을 했다고요?"

"아뇨, 다카세 씨가 한 일은 결코 대단한 일이 아니었습니다. 다타라 씨가 티켓을 구매할 때까지 매번 2A석을 확보해서 다타라 씨가 반드시 그 좌석을 살 수 있도록 했을 뿐이죠. 그리고 고다이라가 반드시 다타라 씨가 타는 편을 운전하도록 근무 일정을 조정했습니다. 티켓을 예약하든 운전을 하든 그 자체는 아주 사소한 일이었습니다. 그러나 그 행위는 장기의 말을 움직이듯 손가락만으로도 전황을 크게 바꾸는 일이었습니다. 계속 2A석에 앉게 된 다타라 씨. 그리고 그 모습을 계속 보게 된 고다이라. 당신은 고다이라가 당신이 마음속으로 그린 계획대로 움직이기를 가만히 기다리기만 하면 됐습니다."

"인형도 아니고. 사람을 그렇게 쉽게 조종할 수 있다고요?"

"가족이 살해됐다는 억울함을 공유한 사이니까 다카세 씨는 분명 고다이라의 심경을 손바닥 들여다보듯 훤히 알았을 테죠. 당신은 대화 중에 아무렇지 않게 자동차운전 과실치사상죄와 위험운전 치사상죄의 차이를 설명했을지도 모릅니다. 버스 충돌 방법에 따라 어느 자리가 가장 위험한지 실례를 들며 알려 줬을 수도 있고요. 고다이라는 고지식하고 솔직한 사람입니다. 바꿔 말하면 그만큼 유도하기 쉬운 인간도 없다는 말이죠."

"제가 왜 그런 짓을 합니까?"

"다카세 씨. 당신은 고다이라와 고향이 같다고 말했습니다. 조사해 보니 확실히 그렇더군요. 그리고 고다이라처럼 당신도 다타라 알루미늄의 폐수 유출 사건으로 가족을 잃었습니다. 당신은 아내와 딸을 잃었죠."

가족 이야기까지 나오자 다카세는 갑자기 입을 다물었다.

"다카세 씨의 업무 중에는 승무 기록 확인도 있었습니다. 승무 기록에는 승객의 이름도 적혀 있죠. 승객 중에 다타라 씨가 있다는 사실은 고다이라보다 당신이 먼저 알았습니다. 그리고 당신이 한 일도 고다이라가 유의했던 일과 같았습니다. 국토교통성의 지침대로 운행지시서를 작성하고 승무원 대장을 정리하고 고다이라를 비롯한 운전기사들의 건강관리에도 신경을 써 고다이라가 절대로 수면 부족처럼 보이지 않도록 로테이션을 짰죠. 전부 고다이라가 수월하게 계획을 실행하고 성공했을 때 자신과 회사가 아무런 책임도 지지 않도록 만반의 준비를 한 겁니다."

한동안 침묵을 지키던 다카세가 이상하다는 표정으로 이누카이를 바라봤다.

"그게, 무슨 죄라도 됩니까?"

"안 됩니다."

이누카이는 고개를 저었다.

"당신이 한 일은 업무상 과실이 되지도 않고, 교사도 되지 않습니다. 만약 당신이 다타라 씨를 향한 살의를 분명히 드러냈다고 해도 살의를 심판할 수는 없습니다. 법이 심판할 수 있는 건 행위뿐이니까요."

말끝에 분한 심정이 묻어나왔지만 다카세는 차갑게 비웃지도 과시하지도 않고 이누카이를 응시했다.

"법은 살의를 심판할 수 없다라…… 정말 그렇군요. 돈벌이를 위해서라면 자신 외의 생명은 경시한다. 그 또한 살의 같은 것이지만 심판할 법은 없죠. 딱 10년 전에 폐수를 방류했던 그 남자의 행위가 바로 그것이었습니다."

매우 담담한 말투였다.

"피해 세대 마흔두 가구, 사망자 스물다섯 명. 단 한 사람이 저지른 짓이었습니다. 많은 사람을 죽인 아주 나쁜 놈입니다. 하지만 법원이 범죄로 인정하지 않는 이상 아무런 죄도 물을 수 없습니다. 당신의 추리가 맞다면 저는 그 남자가 한 짓을 흉내 냈을 뿐입니다."

이누카이는 다카세의 눈을 들여다봤다. 그러나 눈동자의 움직임으로 보건대 이 남자는 당황한 기색은 없었다.

"이누카이 형사님이셨죠. 형사님은 알루미늄 공장에서 나오는 폐수를 보신 적이 있습니까?"

"아뇨."

"붉어요."

마치 그 색이 보이기라도 하는 듯 다카세는 허공의 한 지점에 시선을 두었다.

"적토赤土보다도 훨씬 붉어요…… 그래, 진흙에 피를 섞은 듯한 색이에요. 납 외에도 부식성 높은 독극물이 섞인 붉은 물. 오염된 강에 살던 생물들은 전부 죽었습니다. 그 물을 논에 끌어다 쓴 농가들도 전부 폐업했죠. 지독한 냄새더이다. 그 이후로는 붉은 흙만 봐도 악취가 나는 것 같아요."

그러더니 별안간 이누카이에게 시선을 돌렸다.

"저도 회사 사람으로 사고 처리 현장에 입회했습니다. 다타라의 사체가 나뒹굴던 곳에는 벼랑에서 흘러내린 붉은 흙이 강을 만들었습니다. 제게는 그 모습이 공장에서 흘러나오던 폐수로 보여 견딜 수 없었습니다."

"설마 천벌을 받았다고 말하고 싶은 겁니까?"

"아뇨. 그 남자는 확실히 다른 사람에게 원한을 사서 죽었습니다."

"다타라에게도 남겨진 가족이 있다는 생각은 안 했습니까?"

"저는 그 남자를 그대로 따라 했습니다. 다타라도 다른 사람의 가족 따위 눈곱만큼도 생각하지 않았잖습니까."

"오죽 득의양양하시겠습니까."

"아뇨."

메마른 목소리가 되돌아왔다.

"다타라와 같은 짓을 저지른 이상, 저도 악마로 전락한 겁니다. 그게 유쾌해 보입니까? 분명 저 역시 곱게 죽지는 못할 테죠."

더는 할 말이 없었다.

이누카이는 말없이 회사 사무실 문을 열었다.

마지막으로 힐끔 뒤를 돌아보니 다카세는 싸구려 책상 앞에 앉아 조각상처럼 움직이지 않았다.

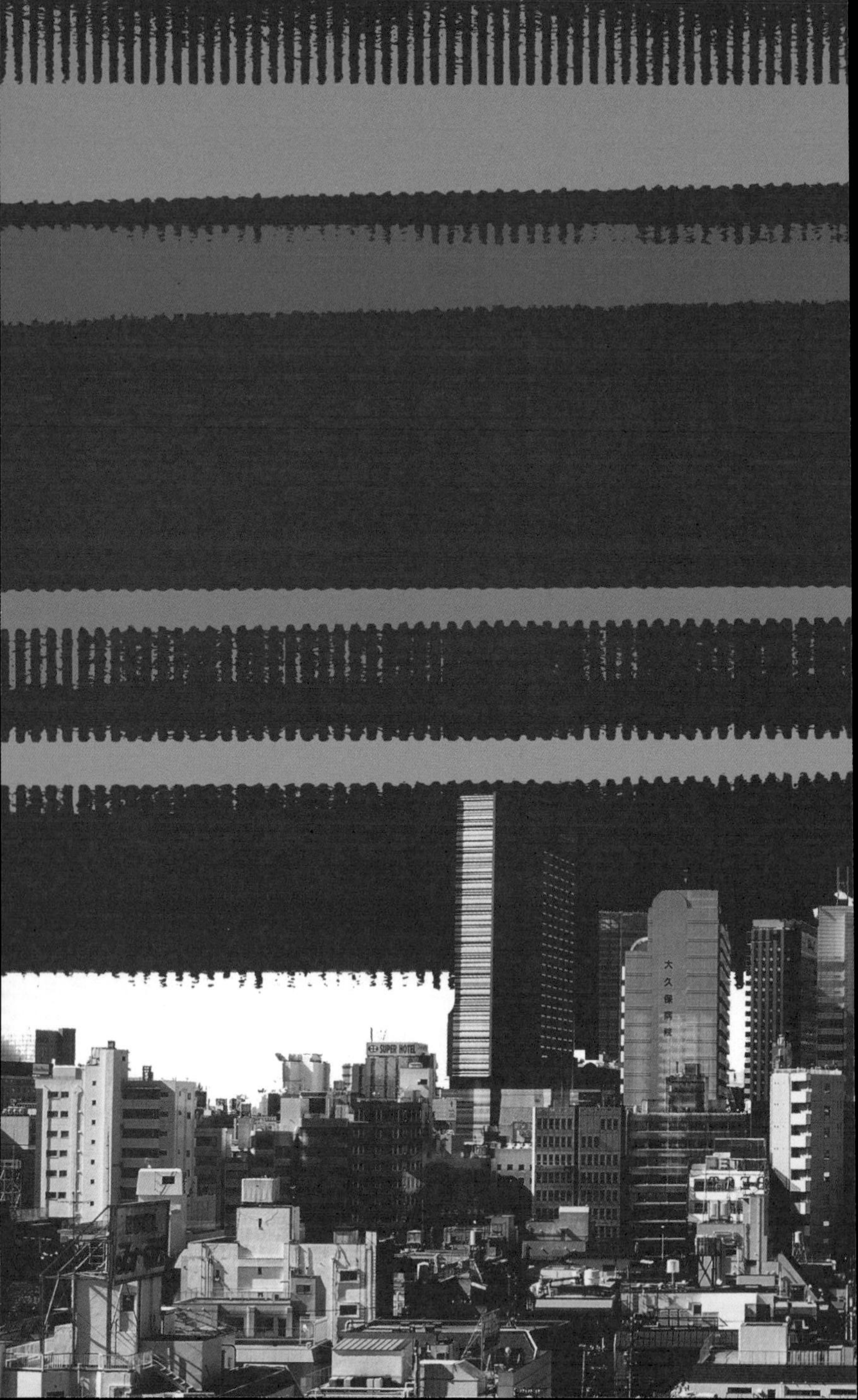
SUPER HOTEL

2

검은 비둘기

1

마사야가 자살한 날로부터 정확하게 일주일이 지났다.

히가시라 하루키는 교실 창문 너머로 마사야가 떨어진 교정의 땅을 물끄러미 바라보았다. 그날, 저곳에는 비현실적인 방향으로 몸이 꺾인 마사야의 사체가 있었다. 출혈은 많지 않았으나 머리 아래 피가 고여 웅덩이가 생겼다. 그 광경은 지금도 머릿속에 박힌 듯 생생하다.

"저기."

정신을 차리니 옆에 노조미가 서 있었다.

"마음은 이해하지만 더는 자책하지 마."

땅을 쪼는 비둘기 몇 마리 사이에 검은 비둘기 한 마리가 섞여 있었다. 그러고 보니 깃털이 검은색인 비둘기도 있다고 누군가가 TV에서 말했다.

"하나뿐인 친구였으니 당연히 그렇겠지만 지금 하루키를 보면 마사야도 하늘에서 슬퍼할 거야."

"하나뿐인 절친이었는데 지켜주지 못했어."

하루키가 쓸쓸한 웃음을 지었다.

"난 최악의 친구야."

그러자 노조미의 얼굴이 일그러지더니 고개를 떨군 채 하루키의 가슴을 치며 신음 비슷한 소리를 냈다.

"제길…… 그 새끼, 절대 용서 못 해……."

누구를? 이라고 물을 필요도 없었다.

호도미 마사야가 히사와 중학교 옥상에서 뛰어내린 것은 6월 10일 금요일이었다. 점심시간이 끝나기 직전, 출입 금지였던 옥상 입구에 걸린 체인을 끊고 여러 사람이 보는 가운데 몸을 던졌다.

즉사했다.

관할서인 다카나와 경찰서에서 즉시 출동해 현장 검증을 했다. 옥상의 상황을 목격한 사람은 없지만, 현장에 다툰 흔적이 없고 마사야가 뛰어내리기 직전 어머니의 휴대폰에 유언으로 추정되는 목소리를 남긴 사실로 미루어보아 사건성이 없다고 판단했다.

그러나 사건은 그것으로 끝이 아니었다. 적어도 히사와 중학교 관계자에게는 시작의 끝에 불과했다.

학교는 처음에 마사야의 죽음을 사고로 처리했지만, 하루키를 포함한 많은 학생은 그것이 사실이 아니라는 것을 알고 있었다.

그리고 사건이 일어난 다음 날 전교생 조회가 열렸다. 처음에는 이와쿠마 노부오 교장이 사건 경위를 설명하며 "절대 동요하지 마세요.", "마사야 군은 가정사로 고민이 있던 듯합니다.", "호기심 위주의 언론 취재에는 절대 응하지 마세요.", "여러분도 고민이 있으면 반드시 담임선생님께 상담하세요"라고 이야기를 매듭지었는데, 학생 가운데 한 명이 손을 들었다.

하루키였다.

"방금 말씀하신 설명은 틀렸다고 생각합니다."

"……무슨 말이지?"

"마사야와 같은 반이어서 알아요. 마사야가 죽은 이유는 집안 사정 때문이 아니에요. 학교에서 괴롭힘을 당해 견디다 못해 자살한 거예요!"

"근거도 없는 말을 하면 안 돼요. 조사는 아직 끝나지 않았지만 우리 학교에 학교폭력 같은 건 없습니다. 마사야 군은 어디까지나 가정 문제로—"

"저도 그건 아니라고 생각해요."

다른 곳에서 한 여학생의 목소리가 들렸다.

"학교폭력이었어요."

그것이 도화선이었다.

"취재에 응하지 말라니 그게 무슨 말씀이세요? 학교폭력이 알려지는 게 그렇게나 두려우세요?"

"애들 몇 명이 모여서 마사야를 괴롭혔다는 건, 담임인 야가미 선생님도 알고 있을 거예요."

이와쿠마 교장이 아무리 부정해도 마사야가 학교폭력을 당하는 모습을 목격했다는 학생들이 줄지어 손을 들었다.

급기야 학교의 태도를 비난하는 목소리가 이곳저곳에서 터져 나오며 조회는 수습할 수 없는 상황에 이르렀다. 학생들이 그러한 반응을 보이리라고는 예상치 못했는지 이와쿠마 교장은 허둥지둥 마무리하며 도망치듯 단상에서 내려왔다.

학교는 그렇게 막을 내리고 싶어 했으나 학생들의 이야기를 들은 학부모들이 잠자코 있지 않았다. 전화와 문자로 사실 규명을 요구하는 목소리가 쏟아졌고, 개중에는 학교에 직접 목청 높여 따지는 부모도 있었다. 학교가 비난의 소리에 떠밀리는 모양새로 진행한 것이 전교생 대상 학교폭력 설문이었는데, 이는 더 큰 비난을 받는 결과를 낳았다. 학교가 전교생 520명이 제출한 설문 결과를 공개하지 않고, 사건 당일부터의 경위를 교육위원회에 보고하지 않은 사실이 드러난 것이다.

당황한 이와쿠마 교장은 사태를 수습하려고 마사야의 부모와 면담했다. 그런데 잘못된 사태 수습과 자기 보신으로 어리석게도 마사야의 부모에게 "마사야 군의 죽음을 불의의 사고로 처리해 줬으면 좋겠다"고 제의한 것이다.

몹시 분노한 마사야의 부모는 다음 날 다카나와 경찰서에 피해 신고서를 제출했고 이 사건으로 마사야의 죽음과 교내 폭력 은폐사건이 언론에 알려졌다.

"자, 마사야의 일은 하루라도 빨리 잊거라. 너희도 내년이면 고등학교 입시가 있잖아. 이런 일로 시간 잡아먹어 봤자 너희만 손해야."

교단에 선 야가미 선생이 가벼운 말투로 말한 순간, 교실은 불온한 분위기로 바뀌었다.

최근 일주일 동안 학생들은 이와쿠마 교장을 비롯한 교사들이 얼마나 보신주의자에 약삭빠른 자들인지를 두 눈으로 똑똑히 지켜봤다. 그런데 한술 더 떠서 담임 교사는 분위기 파악조차 못 하는 바보였다.

한번 떨어진 권위와 신뢰는 철저히 무시당한다. 그리고 자신들의 권위를 공기 같은 존재로만 인식했던 교사들은 그러한 간단한 이치조차 몰랐다.

가장 처음 들고일어난 사람은 역시 하루키였다.

"마사야의 부모님한테도 그렇게 말씀하실 수 있어요?"

눈썹을 치켜든 야가미가 다른 말을 꺼내기 전에 또 다른 학생의 지원 사격이 쏟아졌다.

"웃기시네. 잘난 척하기는."

"남의 진로에 이러쿵저러쿵할 자격 있어요?"

"마사야를 빨리 잊고 싶은 사람은 선생님 아녜요?"

"최악이다."

"가서 사표나 써요!"

순식간에 교실에 노성이 휘몰아쳤다. 야가미가 기를 쓰고 제압하려고 했지만 이미 실추된 권위를 자각하지 못하는 자의 목소리를 귀담아듣는 학생은 아무도 없었다.

그리고 하루키가 최후의 일격을 날렸다.

"마사야한테 들었어요. 학교폭력 당하는 거 선생님한테 상담했다고. 그랬더니 선생님이 너만 참으면 될 일이라고, 도저히 못 참겠으면 전학 가라고 했다면서요."

하루키의 말이 불난 집에 기름을 부었다.

"무슨 소리야, 그게!"

"결국 마사야를 못 본 체 죽게 만든 사람은 선생님이잖아요!"

"그러고서 잘도 학교에 나왔네!"

"미친 거 아냐? 그냥 죽어!"

"살인자!"

귀청이 떨어질 정도로 욕설이 난무하며 교실은 일촉즉발의 상황으로 치달았다. 위험을 느낀 듯 야가미는 "자습!"이라는 말만 남긴 채 교실을 뛰쳐나갔다. 권위를 잃고 도망치는 자의 모습은 몹시 꼴불견이었다.

규탄할 대상이 사라지자 학생들은 다소 진정됐다. 이후에는 흥분과 분노의 잔재가 미지근하게 감돌았다. 그리고 모두의 눈이 서서히 한 남학생에게 향했다.

쏟아지는 시선의 주인공, 가게야마 겐토는 힐끗 흘기며 주위를 둘러보고는 흥하고 콧방귀를 꼈다. 반에서 키가 가장 크고 말보다 주먹이 빠른 겐토는 앉아 있기만 해도 위압감을 풍겼다.

"수업 안 해서 잘됐어."

기분 나쁘게 웃으며 말했다.

"그 녀석도 도움이 될 때가 있네. 죽길 잘했어. 그치?"

노조미가 소리를 내며 자리에서 일어났다. 당장이라도 후려칠 듯한 얼굴로 겐토 앞으로 다가간 순간이었다.

"야. 저거 봐."

창가에 앉아 있던 남자아이의 목소리에 학생들이 일제히 교정을 쳐다봤다.

사이렌은 울리지 않았지만 누가 봐도 출동용 위장 경찰차 같은 자동차가 네 대, 정문에 차례차례 정차했다.

경찰의 강제 수사 신호였다.

직후에 긴급 방송으로 하루키의 반은 방과 후에 사정 청취를 한다는 안내가 흘러나왔다. 추궁하던 자들이 이번에는 추궁당하게 되었고 학생들 사이에는 순식간에 동요가 일었다.

"애들아, 당황하지 마!"

술렁거리는 와중에 노조미가 진정시키는 역할을 자처하고 나섰다.

"잘됐잖아. 알고 있는 걸 경찰한테 전부 말하자. 어차피 학교에는 아무리 떠들어대도 소용없으니까."

그러자 남학생 한 명이 불안한 듯 끼어들었다.

"그런데 말이야. 우리도 벌 받는 거 아냐?"

"우리가 뭘 잘못했는데?"

"그러니까 그…… 알면서도 모르는 척한 죄……."

그 한마디에 노조미는 조각상처럼 굳었다. 자신이 지금 터뜨린 발언이 폭탄이었다는 사실을 깨달은 남학생 역시 굳어 버렸다. 학교폭력을 알면서도 보지 못한 척했다면 자신들도 야가미와 죄가 같다는 사실을 깨달아서였다.

교실 안에 무겁고 거북한 분위기가 흘렀다.

"흐하하하핫!"

비웃음으로 침묵을 깨뜨린 사람은 겐토였다.

"너희들 알아? 예수는 죄 없는 사람이 먼저 돌을 던지라고 했단다."

겐토는 말하고 나서 계속 키득거렸다. 원래 성적도 나쁜 편이 아니었다. 주먹보다 느린 말이라도 이런 상황에서의 말솜씨는 누구보다 뛰어났다.

사정 청취는 역시 반 전체를 한 사람이 담당하지 않고 특별교실 다섯 개로 나뉘어 진행됐다.

긴장한 하루키가 교실로 들어가자 30대 중반 남자가 가운데에 앉아 있었다. 남자의 얼굴을 보고는 당황했다. 하루키가 상상한 형사의 모습과는 매우 거리가 먼 외모에 훤칠하고 이목구비가 번듯해서 마치 배우 같았다.

"경시청의 이누카이입니다."

"2학년 A반, 히가시라 하루키입니다."

"잡아먹으러 온 거 아니야. 일단 어깨에 힘부터 빼고 편하게 합시다."

목소리도 의외로 부드러웠다. 역시 현실과 상상은 다르다고 묘한 생각에 감탄하며 하루키는 이누카이가 권한 의자에 앉았다.

"들었어. 사망한 마사야의 친구라면서?"

"1학년 때부터 같은 반이었는데…… 좋아하는 만화랑 게임 같은 게 같아서……."

"마사야가 괴롭힘당한다며 상담해 온 적 있니?"

하루키는 조금 전에 교실에서 증언한 내용을 그대로 말했다.

"그렇구나. 그래서 넌 마사야를 괴롭힌 놈들을 알고 있니?"

"저기…… 비밀보호 의무, 맞나요? 우리한테도 그게 적용되나요?"

"아아. 너희들이라면 더욱 해당하지. 안심하렴. 네가 여기서 말하는 내용은 경찰 밖으로는 절대로 새어나가지 않아."

"약속하실 수 있어요?"

"굉장히 신중하구나. 무슨 무서운 일이라도 있었니?"

"저뿐만 아니라 다른 애들에게도 그 점이 철저하게 지켜졌으면 좋겠어요. 안 그러면 다들 안심하고 말하려 하지 않을 거예요."

흐음, 이누카이는 팔짱을 꼈다.

"반에 공포 대왕이 있는 건가. 좋아, 약속할게. 그래서 공포의 근원이 뭐지? 폭력이야, 권력이야?"

"둘 다요."

하루키는 이누카이를 똑바로 바라봤다.

"같은 반의 가게야마 겐토요. 아빠가 도쿄도의회 의원이에요. 그리고 똘마니 같은 놈들이 두 명 있어요."

"도의회 의원. 그래, 그런 이유가 있었구나."

"그래서 선생님들도 걔네 아빠가 무서워서 걔를 건들지 못해요."

아버지의 권세가 자식에까지 미친다는 이야기는 실제로 보고 듣기 전까지는 소설 속에만 있는 줄 알았기에 하루키는 놀랍기도 하고 기가 막히기도 했다. 아무튼 성적만 좋으면 문제가 없다는 식으로 교장과 교사들의 태도는 엉거주춤 그 자체였다.

"어떻게 괴롭혔는지 알려 주겠니?"

하루키는 작년부터 벌어진 일을 순서대로 말하기 시작했다.

처음에 마사야는 겐토 패거리에 들어간 듯 보였다. 넷이 모여 웃고 떠들어서였는데, 그 모습은 곧바로 3 대 1의 종속 관계로 바뀌었다. 심부름으로 시작해서 야유, 폭언, 욕설, 공갈로 언어 폭력이 이어졌고, 그다음에는 신체적 폭력을 가하기 시작했다.

손으로 때리고 쿡쿡 찌르는 행위는 인사나 다름없었다. 근성을 시험한다며 담뱃불로 지지는 일도 흔해졌다. 신체적 고통뿐만이 아니었다. 여학생들 앞에서 하반신을 노출시키고, 침을 뱉으며, 변기를 핥게 하는 등 심한 치욕도 느끼게 했다. 마사야가 울 때까지 그만두지 않았는데 신체적 폭력으로 고통과 수치를 몸에 심은 다음에 겐토는 금전을 요구하기 시작했다. 어디서 배웠는지 보호를 구실로 한 상납금 명목이라니 야쿠자도 울고 갈 정도였다.

천 엔, 2천 엔에서 시작된 수금은 어느새 만 엔 단위가 됐다. 마사야 명의의 통장 잔액이 바닥을 드러내자 부모의 돈을 훔쳐 오라고 명령했다. 그렇게 마사야가 겐토에게 상납한 금액은 어림잡아 4, 50만 엔에 달했으리라.

짜낼 만큼 짜낸 겐토는 결국 마지막으로 남은 것을 내놓도록 부추겼다.

목숨이었다.

얼굴을 마주칠 때마다 죽으라는 말을 내뱉었다. 모두가 보는 앞에서 목매달기와 투신을 연습시켰다. 죽는 방법을 죽 늘어놓은 목록 중에서 원하는 방법을 선택하라고 명령했다.

막판에는 마사야의 기력이 눈에 띄게 쇠했다. 반항할 기력은 진작에 사라졌고 겐토 패거리의 말에 힘없이 고개를 끄덕이기만 했다.

그러나 그 지경에 이르러서도 담임인 야가미는 아무런 참견도 하지 않았다. 아니, 그러기는커녕 겐토 패거리와 함께 마사야의 비참한 모습을 보고 웃기까지 했다. 무릇 교육자로서든 사람으로서든 경멸받아 마땅한 행동이었지만 이에 대해서 학생들도 일방적으로 비난할 수 없었다. 방관자가 되기로 한 그들도 공범이었기 때문이다.

섣불리 개입했다가는 자신이 희생양이 된다는 암묵적인

인식이 깔려 있었다. 그리고 학년만 바뀌면 자연스럽게 사라질 오락거리라고 멋대로 단정했다. 죽음이 본인들 근처에 뒹굴고 있다는 생각 따위 털끝만큼도 하지 않았다. 아니, 생각하려고 하지 않았다.

이제야 이해가 간다. 학생들이 이와쿠마 교장과 담임 야가미에게 풋내나는 적의를 드러낸 이유는 그러지 않으면 본인들이 상처를 입으리라는 공포를 느껴서였다.

하루키가 이야기를 모두 끝냈을 때, 이누카이가 불쑥 중얼거렸다.

"이런 개 같은……."

2

학교에서 강제 수사가 진행된 사실을 금세 학부모들이 알게 됐고 학부모회는 즉시 임시 학부모회를 학교 측에 요구했다. 평소에는 절반도 모이지 않던 학부모들도 이날만큼은 대부분 참가해 체육관이 가득 찼다.

이와쿠마 교장은 이곳에서도 추태를 부렸다. 마사야가 뛰어내리고 나서 강제 수사가 시작되기까지의 경위를 마치 남의 일처럼 설명한 후에 아직 학교폭력 사실은 파악되지 않았다고 말한 것이다. 이로써 시작부터 심상치 않던 분위기는 급속도로 악화됐다.

"제가 이 학교에 부임한 이후로 학교폭력이 있었던 적

은 없으며 이번에도 마찬가지라고 믿습니다. 아마도 단순한 싸움이었을 테죠. 물론 계속 조사하고 있습니다만 학부모님들은 모쪼록 이성적으로 대처해 주시기를 부탁드리고, 부디 언론에는 신중하지 못한 발언은 삼가 주시기를…….”

“잠시만요.”

도중에 남자 학부모 한 사람이 교장의 말을 끊었는데 아무도 말리지 않았다.

“방금 하신 말씀은 딸아이에게 들은 것과 전혀 다르군요. 욕설과 상해부터 협박까지 학교폭력 풀코스였던 데다 담임인 야가미 선생님도 묵인했다고 하던데요.”

“사실이 아닙니다! 학생들끼리 다소 장난은 쳤을 수 있으나 그런 사고가 벌어진 직후라서 개중에는 재미 삼아 떠드는 학생도 있고…….”

“적당히 하시죠! 누가 재미 삼아 떠들었다고!”

이와쿠마 교장이 실언했다는 사실을 깨달았을 때는 이미 늦었다. 스스로 내뱉은 신중하지 못한 한마디는 금세 들판의 불처럼 번졌다.

“전교생 조회를 한 날, 집에 돌아온 딸이 새파랗게 질려 울었습니다. 그게 무슨 재미란 말입니까!”

“우리 애는 학교를 더는 못 믿겠다고 차라리 전학 가고 싶다고 말했다고요!"

"우리 애도요."

"애당초 말이야, 학교폭력이 사실이 아니라면 왜 이 자리에 담임인 야가미 선생이 없는 거요?"

"저, 야가미 선생은 어제부터 건강상의 이유로—"

"교사 주제에 꾀병이나 부리다니!"

몇몇 학부모는 격앙돼 자리에서 일어났다. 이와쿠마 교장은 땀이 흥건한 얼굴로 손을 들어 제지했다.

"학부모님들, 진정하십시오. 제발 정숙해 주시기 바랍니다. 체육관 주변에는 소식을 듣고 달려온 각 언론사가 진을 치고 있습니다. 만약 이 목소리가 밖으로 새어나가기라도 하면……."

"이와쿠마 교장 선생님, 잠시 괜찮을까요?"

굵고 힘찬 목소리에 체육관이 조용해졌다.

천천히 일어선 사람은 백발의 학부모회장이었다.

"듣자 하니 아까부터 언론을 굉장히 의식하시는 것 같은데 뭘 그렇게 전전긍긍하십니까. 교장 선생님의 판단은 차치하고 이번 사건은 상당히 큰일입니다. 그렇지 않으면 학부모님들도 휴일을 반납하면서까지 이렇게 모이지 않았을 겁니다. 설사 마이크를 들이민다고 해도 사실을 그대로 말하면 되는 일 아닙니까."

"언론은 이런 종류의 이야기를 침소봉대하거나 전혀 엉뚱하게 써댑니다. 그런 일이 발생하면 학생들이 불안해하고—"

"불안한 건 당신들 아닙니까?"

"뭐, 뭐라고요?"

"교내 따돌림 때문에 자살자가 나왔다면 교육위원회, 나아가서는 문부과학성의 평가도 좋지 않을 테죠. 좌천 아니면 감봉, 어느 쪽이든 공무원으로서는 치명적인 오점이 될 겁니다."

그 순간 교장과 늘어서 있던 교사들이 똑같은 표정을 지었다. 아픈 곳을 찔렸을 때 짓는 일그러진 표정이었다.

"직업상 관공서 사람들을 상대할 일이 잦아 지겨울 정도로 잘 알고 있습니다. 뭔가 잘못됐을 때, 뭔가 책임을 질 일이 생겼을 때, 공무원이라는 족속은 곧바로 도망칠 궁리를 하죠. 그럴 땐 쏜살같아요. 같은 공무원인 선생님들도 지금 죽을힘을 다해 도망치고 숨으려는 것으로밖에 보이지 않아요."

"그렇지 않습니다."

"제 편견일지 모르지만, 당신들은 공무원이자 성직자이

기도 합니다. 교사敎師, 의사醫師, 목사牧師. 스승 사師 자가
붙은 직업은 모두 길을 잃은 사람들을 도와주니까 그 가치
가 큽니다. 그 역할을 내팽개치고 외면한다니 가당키나 한
일입니까? 만약 보신을 생각해 사실을 은폐한 것이라면
더는 학교 측에 조사를 일임할 수 없습니다. 학부모회는
제삼자로 구성된 위원회가 이 일을 조사해야 한다는 의견
을 낼 수밖에 없습니다."

"하, 하지만 딱히 범죄가 일어난 것도 아닌데……."

"아뇨. 이건 엄연한 범죄입니다. 살인이요."

뒤숭숭한 소리에 체육관에 다시 긴장감이 감돌았다.

목소리의 주인은 한 여성이었다.

"죽은 마사야의 엄마 호도미 마사코라고 합니다. 저와 남
편은 얼마 전에 다카나와 경찰서에 상해, 절도, 공갈, 자살
교사 혐의로 신고했습니다. 그게 사실이니까요."

늠연하지만 비통함이 서린 말투에 이와쿠마 교장도 학부
모회장도 입을 다물었다.

"학교에서 절대로 알려 주지 않은 사실을 경찰에서 밝혀
줬습니다. 그것만으로도 저희는 대단히 감사했습니다. 하
지만 동시에 억장이 무너졌습니다. 매일매일 우리 아이가
당한 짓을 생각하면…… 정말로, 분하고 억울해서……."

말이 한번 끊기고 오열이 섞였다.

"……죄송합니다……. 아, 아이들이 청춘을 노래해야 할 학교가, 설마 생지옥이었으리라고는 상상도 못 했습니다. 마, 마사야는 정말로 따뜻한 아이였습니다. 그렇게나 심각한 괴롭힘을 당하면서도 우리에게는 넘어져서 생긴 상처라며 절대로 걱정시키지 않으려고 했습니다. 그런 마사야를 죽음으로 몰아넣은 짓에 죄를 물을 수 없다니, 당연히 용서받을 수 없는 짓입니다. 그 아이들은 보이지 않는 손으로 마사야의 등을 떠밀었습니다. 명백한…… 사, 살의를 품고……."

그 순간, 냉랭한 목소리가 울려 퍼졌다.

"그만, 연극 좀 그만해요."

목소리의 주인을 확인한 사람들은 하나같이 놀랐다. 그곳에 인왕처럼 버티고 서서 마사코를 노려보는 사람은 겐토의 어머니 가게야마 마스미였기 때문이다.

"아까부터 보자 보자 하니까 잘도 제멋대로 이야기하는군요. 남의 집 자식을 마치 살인자 취급하고! 나도 우리 아들한테 확실하게 물어봤어요. 그랬더니 장난만 좀 쳤을 뿐이랬어요."

"장난만 좀 쳤다고요……."

"우리 아이는 완력이 있는 편이라 조금만 힘을 줘도 힘이 세다고요. 심부름 몇 번이야 그 왜 있잖아요, 왕게임 같은 거요. 그런 분위기였던 거죠, 분위기요."

"그럼, 그럼, 겐토 어머니는 그게 단순한 장난이었다는 말이에요!?"

"당연하죠. 애당초 마사야는 겐토와 함께 노는 친구였으니까요. 처음에 교장 선생님이 말씀하신 대로 그야말로 불의의 사고였겠죠. 아니면 역시 집안에 무슨 문제가 있던 거 아녜요?"

"그건, 살인입니다."

"마사야 어머니, 무슨 근거도 없으면서 왜 우리 애를 살인자로 몰아요? 완전히 철면피가 따로 없네. 명예훼손으로 고소당하고 싶어요?"

"근거 있는 이야기에요."

"참나, 무슨 근거요."

"우리 아이가 뛰어내리기 직전에 제 휴대폰으로 전화를 걸었어요. 엄마, 죄, 죄송해요 라고. 그 뒤에 누군가 다른 사람이 있었어요."

"거짓말!"

"확실히 남자아이의 목소리였어요. 풀이 죽은 듯 제게 사과하는 마사야의 뒤에서 '야, 빨리해'라고 말했습니다. 아, 그때 보이지 않는 손으로 마사야의 등을 떠민 아이가 거기 있었어요."

"그 사람이 겐토라는 말이에요? 겐토의 목소리라고 확신할 수 있어요?"

마스미는 늘어앉아 있는 학부모들을 헤치고 나갈 기세로 마사코에게 다가갔다. 마사코도 지지 않고 맞설 태세였다. 두 사람을 제지하는 사람, 마스미를 걸쭉하게 욕하는 사람, 다 필요 없고 경찰 수사 결과를 공개하라며 단상으로 달려드는 사람, 그를 저지하는 교사들로 체육관은 순식간에 아수라장이 됐다.

***

─학교폭력으로 인한 자살이 아닌가 의심받는 사건에 대해 해당 구의 교육위원장은 문제의 중학교에서 학교폭력이 있었다고 단언할 수 없다며 재차 언급했습니다. 그러나 며칠 전 학교 측에서 회수한 전교생 설문 조사 집계 결과가 여전히 분실 상태여서 관계자들로부터 의심의 목소리가 더욱 높아지고 있습니다.

"심각한 문제야."

저녁 뉴스를 보던 아버지가 한숨을 쉬었다.

"교육위원회까지 한통속이 돼서 사건을 은폐하려 하다니. 참으로 비열한 노릇이야."

아버지의 입에서 비열하다는 말을 들은 적은 처음이어서 하루키는 조금 놀랐다.

그러나 그 말은 TV 화면에 비친 교육위원장의 얼굴을 적확하게 표현하는 말이었다. 빗지 않은 백발 성성한 머리는 불결해 보였고, 방송국 카메라에 알랑거리는 듯한 눈빛은 속이 뒤집힐 정도로 역겨웠다.

"하루키, 저 얼굴을 잘 봐둬라."

아버지가 화면의 교육위원장을 가리키며 말했다.

"사건이 일어났던 초반에는 아직 나름대로 위엄과 여유가 느껴지는 얼굴이었는데, 지금은 이렇게나 궁상스러워졌어. 왜 그런지 아니?"

"글쎄."

"저 남자의 위엄은 전부 직함에서 나오기 때문이야. 그동안 보도된 내용으로 학교폭력 은폐가 발각되면서 변명할 때마다 직함의 위엄과 권위가 점점 벗겨졌지. 마지막에 남은 궁상스러움이 결국 저 남자의 인성이란다."

"아. 맞는 말인 것 같아."

어머니가 두 사람 사이에 끼어들었다.

"이와쿠마 교장도 똑같아. TV에 나올 때마다 인상이 점점 볼품없어져."

하루키도 같은 생각이었다. 지금은 교육위원장 혼자 찍혔지만 요즘은 교장과 나란히 있는 장면도 많다. 전교생 설문지를 회수한 뒤 파기한 사실과 교직원 전원이 학교폭력의 존재를 인지하고 있었다는 사실이 차례로 밝혀지자 이와쿠마 교장의 인상과 눈빛도 나쁜 쪽으로 변했다.

생각해 보면 그럴 만하다. 불과 열흘 전쯤만 해도 교장 선생님, 교장 선생님 하며 존경받던 사람이 연일 언론의 뭇매를 맞고 학교에서는 학생들의 차가운 눈초리를 받는다. 사진 전문 주간지도 신뢰를 실추시킨 교육자의 대명사로 거론하며, 그러한 부류의 매체답게 가장 꼴사나운 사진을 실어 이미지 훼손에 박차를 가한 형국이었다.

"그러고 보니 학부모회장 주선으로 외부인 위원회가 재빨리 움직였다지?"

"응. 그 회장 워낙 발이 넓어서 순식간에 변호사랑 경찰 간부 출신을 모았다네. 전교생 설문 재조사니 탐문 수사니 아주 빨라. 듣자 하니 교장과 교사들은 가시방석이 따로 없다더라고. 경찰과 공조하고 있으니 조만간 해결되지 않을까 싶어."

"장외 싸움은 여전하지?"

"싸움이라기보다 거의 가게야마 씨의 게릴라전이지 뭐. 근방에서 우리 애는 누명을 쓴 억울한 피해자예욧! 하고 어필한다더라고. 하지만 경찰이 범인인 아이들을 특정하면 끝 아니야?"

"……근본적인 문제 해결은 그렇게 간단하지 않을 거야."

"왜?"

"학교폭력은 뒷골목에서 못난 인간이 못난 인간을 괴롭히는 짓이야. 그래서 강자와 약자가 있으면 반드시 학교폭력이 일어나지. 비단 요즘에만 벌어지는 일이 아니야. 우리 때도 있었어. 그러니까 몇 년이 지나도 학교폭력 자체는 없어지지 않는다는 말이지."

"듣고 보니 맞는 말이긴 한데……. 하지만 이번 일로 교장이든 야가미 선생이든 징계를 받으면 조금은 나아지겠지."

"흠, 글쎄……. 학교폭력은 언제 어디에나 있어. 제 몸 지키기에 급급해 책임 회피할 궁리나 하는 놈들이 교사거나 교육위원회에 있는 한 이런 사건은 절대 없어지지 않아."

"하루키. 넌 괜찮은 거지?"

어머니가 문득 걱정스럽게 물었다.

"다른 아이를 괴롭히거나 괴롭힘당하지는 않지?"

"엄마. 내 성격 알지? 이번 마사야 사건 때는 나서기는 했지만 원래 눈에 띄지 말고 소란도 일으키지 말자는 주의잖아. 그런 콘셉트니까 가해자도 피해자도 되지 않아요."

"그럼 다행이지만……."

─한편 문부과학성은 여론을 무겁게 받아들여 교육위원회 대응에 우려스러운 점이 있다고 밝히며 빠른 시일 안에 조사에 나서겠다는 방침을 발표했습니다. 다음 소식입니다. 원래 오가사와라 제도*에서 서식해야 할 조류가 최근 도심부에서 다수 목격되고 있습니다. 이 현상에 대해 전문가는…….

---

* 도쿄에서 남쪽으로 약 천 킬로미터 떨어진 화산섬 무리.

3

등교하다가 교정 한쪽에서 낯익은 모습을 발견했다. 이누카이인지 뭔지 하는 형사였다.

"경찰 아저씨, 뭐 하세요?"

"아아, 너구나. 뭘 좀 조사하고 있었어."

이누카이는 아스팔트로 포장된 길바닥에 시선을 집중했다. 그곳은 바로 마사야가 떨어진 곳 주변이었다.

하루키는 묻지 않을 수 없었다.

"저기요!"

"응?"

"경찰은 범인을 확실하게 체포해 주나요? 그…… 마사야를 그렇게 만든 놈들을요."

"혐의 내용은 알고 있니?"

"마사야의 어머니가 상해, 절도, 협박, 자살교사로 소송했다던데요."

"그래. 그래서 학생들의 증언을 모으는 중인데 혐의가 확정되는 대로 범인으로 추정되는 사람을 체포할 거란다."

"그런데 중2라서 처벌받지 않는다고 하던데요."

"만 14세 미만이면 법률상 성인과 같은 벌을 받지 않는다는 뜻이야. 교도소에는 가지 않을 거야. 하지만 가정법원의 판결로 소년원에 갈 수 있어."

"그렇게 끔찍한 짓을 했는데도 그 정도밖에 안 된단 말이에요?"

"소년법은 이런 사건이 벌어질 때마다 개정 이야기가 나온단다. 적용 연령을 낮췄는데 이번에는 그 적용 연령보다 어린아이가 흉악범죄를 일으켰지. 마치 도돌이표처럼."

"그런 건 이상해요."

하루키는 울분을 풀 길이 없었다. 겐토의 생일은 8월이기에 아직 만 열세 살이다. 겐토가 벌인 짓은 고작 소년원에 가는 것으로 용서받을 수 있을 리 없다.

"그렇지만 엄마 말씀으로는 옥상에 서 있던 마사야한테

빨리 뛰어내리라고 막 부추겼다던데요. 그건 입증 못 하나요?"

"으음. 그건 목격자가 없으니까. 하지만 신빙성은 있는 이야기야. 옛날에 자살한 사람들은 보통 유서를 남겼지만, 요즘은 휴대폰이라는 편리한 물건이 있잖니. 뛰어내리기 직전에 어머니에게 전화를 건 건 요즘 아이라면 이해가 갈 만한 행동이야. 게다가 사실 옥상에 있던 사람이 마사야 혼자만이 아니라는 흔적도 발견했단다."

"그런 게 있었어요?"

"옥상 출입문에. 그 옥상에 올라가 본 적이 있니?"

이누카이는 하루키의 눈을 들여다보며 물었다.

"아니요. 출입금지인 데다 그런 쇠사슬에 자물쇠를 채워놨잖아요."

"옥상에는 에어컨 실외기가 있는데 1년에 딱 한 번 제조사에서 유지 보수할 때가 아니면 누구도 못 들어가. 울타리도 없으니까 위험하기도 하고 말이야. 그래서 마사야는 기술가정 교실에 있던 펜치로 쇠사슬을 끊고 옥상에 올라갔지. 당연히 쇠사슬과 펜치, 그리고 문 안쪽 손잡이에는 마사야의 지문이 묻어 있었어. 여기까지는 아무런 문제가 없었지. 문제는 문 바깥쪽 손잡이야."

"바깥쪽 손잡이요?"

"지문을 닦아낸 자국이 있었거든. 그 문은 스프링이 달려서 일단 열면 자동으로 닫히게끔 되어 있어. 뛰어내리려고 작정한 사람이 만질 필요도 없고 더군다나 마사야가 자신의 지문을 닦아낼 이유도 없지."

"아, 알겠다. 그러니까 마사야 말고도 겐토 패거리가 있었는데 옥상에서 나올 때 손잡이를 잡았다는 말이죠?"

"그래. 잡고 나서 지문이 묻었다는 걸 깨닫고 서둘러 닦아냈지. 그게 가장 수긍할 만한 추론이야."

"……역시 아무리 생각해도 끔찍해요."

"내 생각도 그래. 그러니까 상대가 꼬마든 뭐든 반드시 죗값을 치르게 해야지. 그건 맡겨 주렴."

"하지만 소년원 정도는 충분하지 않은 대가잖아요. 사람 한 명이 죽었는걸요."

"소년원 생활이 처벌 가치가 있느냐는 의견이 분분한 부분이지. 하지만 이런 시각도 있단다. 재범률이라는 걸 아니?"

"교도소에서 출소한 사람이 다시 무슨 짓을 저지를 확률이요."

"최근 조사로는 전체의 42.7퍼센트, 소년원 출소자에 한해서는 39퍼센트래. 아무리 법으로 엄벌을 내려도 다시 들어갈 놈은 들어가게 된단다."

"그럼 벌이란 게 의미가 없잖아요. 사형 말고는."

"재범률 40퍼센트에 의미가 있는 거야. 즉 40퍼센트의 인간은 갱생하지 못하고 쭉 악당으로 남는다는 뜻이지. 바꿔 말하면 이 40퍼센트는 죽을 때까지 다시 바른 인간이 되지 않아. 아니, 될 수 없지."

이누카이의 말투는 어딘가 느른하고 울적했다.

"너희 나이 때는 아직 모를 테지만 평범하게 산다는 것도 나름대로 힘들고 대단한 일이란다. 게다가 평범하기에 오히려 더 수많은 사람과 희노애락을 나눌 수 있지. 밥을 맛있게 먹을 수 있다. 밤에 안심하고 푹 잘 수 있다. 평온한 나날을 보낸다. 하지만 범죄자는 그렇지 못해. 자신이 저지른 잘못을 끊임없이 떠올리고 결코 다른 사람에게 마음을 열지 못하며 불안해서 잠 못 이루는 날들이 이어지지. 그게 갱생하지 못 하는 자들에게 주어진 진정한 형벌이란다."

듣고 있으니 조금 소름이 돋았다.

화단 주변에는 평소처럼 비둘기 떼가 땅바닥을 분주하게 쪼았다. 이누카이는 그 모습을 부드러운 시선으로 내려다봤다.

"너희는 이 비둘기 같은 존재야."

"비둘기요?"

"정해진 공동체 안에서 무리지어 사이 좋게 먹이를 쪼는 평화의 상징이지. 하지만 그 속에 검은 비둘기가 있어. 다른 비둘기와 똑같은 척 행동하지만 분명히 깃털 색이 다른 비둘기가 말이야."

　그것은 정말로 우연이었다.

　토요일 점심 전, 하루키는 쇼핑하러 가는 도중에 겐토의 집 근처를 지났다. 예전에는 겐토와 마주치기 싫어서 돌아갔지만 마사야 사건이 있고 나서는 반은 정찰 목적으로 그 길을 선택했다.

　무슨 영문인지 겐토의 집 방향이 소란스러워서 그쪽으로 길을 꺾었다. 그러자 집 앞에 경찰차가 서 있었고, 사람들이 에워싸듯 열 겹 스무 겹 원을 그리고 있었다. 자세히 보니 손에 녹음기를 든 사람과 방송국 카메라를 짊어진 사람도 여럿 있었는데, 그들은 팔에 방송국 이름이 적힌 띠를 두르고 있었다.

　순식간에 상황을 파악했다.

　바로 그 순간이 온 것이다.

　머리가 명령하기 전에 다리가 먼저 움직였다. 하루키는

인파를 향해 뛰기 시작했다.

"하지 마세요! 우리 애한테 뭐 하는 짓이에요!"

젠토의 어머니겠지. 새된 목소리가 집 안에서 새어 나왔다.

"사모님, 진정하세요."

"왜 젠토를 데리고 가는 거예요! 우리 애는 아무 짓도, 아무런 나쁜 짓도 안 했다고요!"

"그건 본인에게 묻겠습니다."

"우리 남편은 도의원이야! 당신들 알고나 하는 짓이야!? 남편한테 말해서 당신들 다 잘라 버릴 거야!"

마침내 현관문이 열리며 사람이 모습을 드러내자 진을 치고 있던 카메라가 일제히 셔터를 누르기 시작했다. 도대체 카메라가 몇십 대나 있을까. 별 것 아닌 셔터 소리가 마치 폭우 소리처럼 들렸다.

젠토가 형사로 보이는 두 남자 사이에 끼어서 집을 나왔다. 뒤에는 다른 형사에게 달려드는 젠토의 어머니가 보였다.

젠토는 불퉁한 얼굴이었는데 햇빛이 비추는 곳으로 나오자 조금 하얗게 질렸다는 사실을 알 수 있었다. 그러더니 현관 앞에 모인 인파를 보고 눈이 휘둥그레졌다.

진을 친 카메라를 눈치챈 오른쪽 남자가 자신의 겉옷으로 겐토의 머리를 덮었다. TV 뉴스에서 자주 보는 광경인데, 어차피 그러지 않아도 열세 살짜리 범인의 얼굴을 TV나 신문에 내보낼 수 있을 리 없다. 하루키는 헛수고라고 생각했지만 그래도 십 년 묵은 체증이 한꺼번에 내려가는 기분이었다.

"겐토 군! 마사야 군에게 사죄할 말이 있습니까?"

"반성합니까?"

"아버님은 겐토 군이 한 일을 알고 있었습니까?"

인파 속으로 뛰어 들어갔다. 호기심과 위선의 소용돌이에서 숨이 콱콱 막히는 듯했다. 그래도 하루키는 어른들 사이를 빠져나와 겐토 앞까지 다가갔다.

"같은 반 학생입니다. 지나가게 해 주세요!"

겐토는 놀란 듯 하루키를 쳐다봤다. 심각한 얼굴 때문인지, 두 형사는 하루키가 다가오는 것을 굳이 막으려 하지 않았다.

"뭐야?"

겐토는 이런 상황에서도 여전히 허세를 부리려고 했다.

"굳이 비웃으러 온 거야?"

"웃을 기분 아니야."

"이걸로 친구의 원수를 갚았다는 거야? 흥, 그렇게 소중했으면서 그땐 왜 안 지켜 줬어? 닥치고 보기만 한 너도 공범이야."

"하나만 물을게. 왜 마사야를 괴롭혔어?"

상당히 뜻밖의 질문이었던 듯 겐토는 미간을 찌푸리며 생각했다. 그리고 내뱉듯 대답했다.

"왜냐니? 그야 당연히 재밌으니까."

그 막말을 남기고 떠났다.

겐토는 두 형사 사이에 낀 채 경찰차 뒷좌석으로 떠밀려 들어갔다. 이쪽으로 고개를 돌린 겐토의 얼굴이 한순간 울 듯이 일그러졌다.

"겐토야. 겐토야!"

현관에서 뛰쳐나온 어머니가 매달리듯 경찰차로 달려들 었지만 금세 잡아떼 떨어졌다. 이윽고 경찰차는 어머니와 취재진을 남겨두고 길 저편으로 사라졌다.

가게야마 겐토와 나머지 두 명이 체포된 사건은 그날 헤드라인을 장식했다. 미성년자 보도에 신중한 태도를 보인 방송국도 일부 있었지만, 대부분은 도의원 아들이라도 체포를 단행한 경찰의 용기를 넌지시 칭찬했다. 마사야를 향한 학교폭력 내용과 학교 측의 은폐 행태가 철저하게 비난받았기에 그만큼 경찰의 행동이 높은 평가를 받는 형국이었다.

겐토가 현직 도의원의 아들이라는 사실이 수사에 방해가되었다는 것은 어렵지 않게 상상할 수 있었다. 하지만 경찰은 학생들의 많은 증언과 마사야의 사체 검안서를 작성한부검의가 여러 타박상이 폭행으로 발생했다고 판단한 점에서 체포를 단행했다고 발표했다.

물론 그 정도 진척으로 만족할 리 만무한 언론의 이빨은곧바로 학교와 교육위원회를 향했다. 이와쿠마 교장과 교육위원장은 카메라 앞에서 더없이 깊이 고개를 숙였지만이미 너무 늦었다. 그리고 때늦은 사과는 도리어 가학심에불을 지핀다는 사실을 몰랐다.

겐토 패거리가 체포되면서 지금껏 '학교폭력은 없었다'고 여러 번 강하게 주장한 두 사람의 말은 허언으로 밝혀졌으며 애잔한 쇼로밖에 보이지 않았다. 그러나 연못에 빠진 개에게 돌은 던지는 것은 언론의 전매특허였다. 매일같이 계속된 사죄회견에서 집중포화를 맞는 사이 두 사람의얼굴은 순식간에 흙빛으로 질렸다. 입장 표명을 요구받은문부과학성의 입은 무거웠고, 내년 4월 인사발령까지 기다릴 필요도 없이 두 사람이 어떤 처분을 받게 될지는 확실했다.

담임인 야가미 교사의 이후 행적은 모 사진 전문 주간지의 기사로 까발려졌다. 임시 학부모회가 열린 날부터 모습을 감춘 야가미는 하필이면 요쓰야 3번가의 변태 바에서 난잡한 짓을 하다가 사진을 찍혔다. 인터넷에서는 진작에 야가미의 얼굴 사진이 유포됐었는데, 문제의 가게로 들어가는 그를 목격한 사람이 트위터에 쓴 글이 특종의 발단이 된 것이다. 아무리 취미라고는 해도 교사가 드나들어 좋은 소리를 들을 곳이 아니었다. 조만간 야가미도 분명 어떠한 처분을 받으리라.

사법부의 손에 맡겨진 겐토 패거리에게도 가혹한 나날이 시작됐다. 하루키도 신문 보도로 알게 된 사실인데 겐토 패거리는 마사야 학대 건 외에도 다른 학교 학생에게 상해를 입히거나 상점가에서 여러 번 절도를 저지른 전력이 있다고 했다. 파면 팔수록 여죄가 드러나자 도의원 아버지의 후광 따위 더는 아무런 소용이 없었다.

이렇게 주요 배우들이 차례차례 무대에서 사라졌다.

그러나 그렇게 모든 일이 끝난 것이 아니었다.

4

겐토가 체포된 지 사흘 후, 사건 이후 급속도로 가까워진 노조미와 교문을 나섰을 때 하루키는 다시 그 남자와 마주쳤다.

"이누카이 경찰 아저씨……."

"안녕, 기다렸어."

"저를요? 왜요?"

말이 끝나기도 전에 손목을 잡혔다.

찰칵.

수갑이 채워졌다.

"히가시라 하루키. 너를 자살교사로 체포한다."

바로 옆에서 노조미가 숨을 멈추는 소리가 들렸다.

"……이거, 장난이죠?"

"그날, 마사야와 옥상에 올라가 뛰어내리라고 재촉한 사람은 너야."

"역시 재미없는 장난이네. 나는 마사야의 단 하나뿐인 친구예요. 내가 왜 그런 짓을 해요."

"단 하나뿐인 친구였으니까 그런 말을 들었을 때의 충격은 무엇보다 컸을 거야. 그리고 다른 죄는 모두 인정한 겐토도 옥상에 함께 올라갔다는 것만은 부인했어."

"그런 놈이 하는 말 따위 어떻게 믿어요."

"네 말은 더 믿을 수 없지. 내가 교정에서 옥상에 올라가본 적 있냐고 물었을 때, 넌 그 자리에서 부정했지?"

"네. 왜냐면 진짜로 간 적 없으니까요."

"난 남자의 거짓말을 아주 잘 꿰뚫어 보거든."

이누카이는 콧등을 긁적이며 말했다.

"그 말을 하면서 네 눈이 흔들렸어. 그래서 나는 네 말을 그대로 받아들이지 않았지."

"어이없어! 그런 걸로 날 거짓말쟁이로 모는 거예요?"

"내 특기야 어떻든 과학수사 결과는 믿지 않을 수 없지. 겐토의 성문聲紋은 일치하지 않았거든."

96

"성문이요?"

"너한테는 일부러 말하지 않았는데 마사야가 어머니의 휴대폰으로 걸었던 마지막 전화는 부재중 녹음이 되었어. 어머니는 수작업 중이라 휴대폰을 받지 못했거든. 만약 일방적인 부재중 전화가 아니었으면 어머니는 필사적으로 자살을 말리려고 대화를 길게 끌었을 거야. 그리고 녹음된 음성에는 등 뒤에서 '야, 빨리해'라고 말하는 소리가 분명하게 남아 있었는데 그것을 성문 분석한 결과 겐토의 성문과는 일치하지 않았어."

"그게 어째서 나라는 거예요? 내 성문을 분석하지도 않았으면서."

"경찰서에 연행한 뒤 감정할 거야. 하지만 그날 마사야와 옥상에 올라간 사람은 다른 이유로 너밖에 없어."

"그 이유가 뭔데요."

"비둘기 똥."

하루키는 상대가 하는 말의 의미를 이해할 수 없었다.

"……뭐라고요?"

"사건은 금요일에 일어났는데 나는 현장을 보고 바로 감식을 요청했어. 토요일과 일요일 이틀 동안 감식반이 한 일은 전교생과 교직원 총 568명의 실내화 감정이었지. 그랬더니 말이야 바닥에 비둘기 똥이 묻은 실내화가 딱 두 켤레 있더구나. 그건 바로 마사야와 네 실내화였지. 현장에 발을 들여놓은 너라면 봐서 알겠지만 옥상은 비둘기 똥으로 발 디딜 틈이 없을 정도였거든."

"무슨 말도 안 되는 소리예요. 비둘기 똥 같은 건 학교에 널리고 널렸다고요. 내 실내화에 묻은 똥은 다른 데에 떨어진 똥일지 모르잖아요."

"확실히 교정에도 비둘기 똥이 떨어져 있지만 옥상에 남아 있던 똥은 완전히 다른 똥이야."

"비둘기 똥이 비둘기 똥이지!"

하루키의 말이 열기를 띠기 시작하는 것과 반대로 이누카이의 말은 점점 냉랭해졌다.

"……최근에 흰 비둘기 사이에 섞인 검은 비둘기를 본 적 있어?"

느닷없이 이상한 곳으로 이야기가 튀었지만 마지못해 고개를 끄덕였다.

"뉴스에서 못 봤어? 그 새는 흑비둘기라고 해서 원래는 혼슈 주부* 이남에 서식하는 새야. 그런데 매년 계속된 폭

---

* 일본 열도의 중앙.

염 탓인지 아니면 지구온난화 탓인지 서식 분포가 북상한 결과 점점 도쿄까지 이동해 왔지. 비둘기라는 생물은 무리 지어 행동하는 습성이 있어. 그 녀석들이 학교 옥상에 둥지를 틀었지 뭐니. 게다가 비둘기는 정해진 곳에 똥을 누는 습성도 있어. 이렇게 옥상은 흑비둘기 똥투성이가 됐단다.”

“그래도 똑같은 비둘기 똥인데.”

“그건 아니야. 흑비둘기의 주식은 동백나무나 메밀잣밤나무 열매로 교정에서 흔히 볼 수 있는 비둘기와는 식성이 달라. 당연히 소화 배설되는 똥의 성분도 다르지. 마사야와 네 실내화에 묻은 건 두 짝 모두 흑비둘기의 똥이었어. 문에 채운 쇠사슬을 마사야가 끊기 전까지 옥상에는 아무도 들어간 적 없으니까 네 실내화에 똥이 묻은 시점은 그때 말고는 없어.”

그렇구나.

그러고 보니 그때, 시야 한구석에 검은 새 떼가 있었다. 그놈들이 그랬구나.

문득 정신을 차리고 보니 어느샌가 노조미가 자신에게 거리를 두고 멀어져 있었다. 그 시선은 정체 모를 괴물을 보는 눈빛이었다.

“육체적으로 정신적으로 괴롭힘당할 때 학교라는 폐쇄된

공간에서는 너 하나만이 의지할 수 있는 상대였어. 결국 인
내심이 한계에 다다랐을 때 유일하게 믿었던 그 인간에게
죽는 게 편할 거라는 소리를 들으면 어떻게 될까. 정상적인
판단력을 잃고 친한 친구의 달콤한 꾐에 빠져 마사야는 펜
치를 쥐고 옥상으로 갔어. 어머니에게 건 마지막 전화는 부
재중 서비스 전화였고, 그 와중에 친구는 '야, 빨리해'라며
등 떠밀고……. 모든 동아줄이 사라진 마사야에게 뛰어내
리는 것 외에 남은 선택지는 없었어. 오랫동안 탄환을 장전
한 사람은 겐토 패거리였지만 방아쇠를 당긴 사람은 바로
너야."

"하루키…… 왜 그랬어?"

"네가 나서서 겐토와 야가미 선생을 규탄한 것도 좋은 방
패막이가 됐지. 친한 친구의 원한을 갚으려고 목소리를 높
이는 네가 배신자라고 누가 짐작이나 했겠어. 하지만 그 목
소리가 아주 거짓은 아니었어. 마사야의 죽음으로 죄책감
에 사로잡힌 반 아이들을 어떻게 선동하면 좋을지 넌 전부
알고 있었어. 아마도 너한테는 겐토와 야가미 선생, 나아가
서 학교폭력을 은폐하려고 꾸민 교장이 파멸해 가는 모습
을 관찰하는 게 마사야를 죽음으로 내모는 것만큼이나 가
치가 있었겠지."

갑자기 노조미가 뛰어가기 시작했다. 말을 걸 틈조차 없었다. 노조미는 뒤도 돌아보지 않고 하루키의 곁에서 도망쳤다.

뭐, 이제 끝인가.

싫증 나면 저 녀석도 가지고 놀 생각이었는데.

"흰 비둘기 사이에 섞인 검은 비둘기……. 그건 날 가리킨 말이었네요."

"안심해. 이번에 네가 속할 곳에 있는 존재들은 모두 검은 깃털이야."

"세상에. 재범률 이야기도 사실은 날 향한 거였구나."

"그런데 거기 있는 검은 새들은 너 같은 비둘기과가 아니야. 사나운 까마귀 떼지. 그놈들은 다른 종이 멋대로 끼어드는 걸 절대로 용납하지 않아. 네게는 앞으로 잡아먹느냐 잡아먹히느냐 하는 스릴과 모험이 넘치는 나날이 기다리고 있을 거야."

이누카이는 수갑을 세게 잡아당겼다.

"아얏…… 중학생인데 용서 없네요."

"넌 이미 열네 살이지. 형사 처벌 대상 연령에 차고 넘쳐. 용서할 이유가 없군."

끌려가는 도중에 단 한 번 학교를 돌아봤더니 교실 창문에서 몇 명이 자신을 보고 있었다.

"한 가지만 알려 주겠어? 왜 마사야에게 그런 짓을 했지?"

하루키는 잠시 생각에 잠겼다.

지옥 밑바닥에서 뒹굴던 마사야.

천국에서 동아줄을 내려 줬다.

마사야는 미칠 듯이 기뻐하며 동아줄을 잡고 올라왔다.

자신은 그 모습을 자애로운 눈으로 바라보다가 갑자기 줄을 끊어 버렸다. 그 순간 절망으로 일그러진 마사야의 얼굴을 보자 사정할 것 같은 쾌감이 온몸을 관통했다. 그 느낌을 이 남자에게 어떻게 설명해야 좋을까…….

아아, 맞다. 적확한 대답을 겐토가 알려 줬지.

"왜냐니요? 그야 당연히 재밌으니까."

3

하얀 원고

1

만약 세상 누군가가 시체로 나뒹군다고 해도 이틀이면 잊혀지겠지만, 유명인사라면 일주일 동안은 계속 화제가 된다. 유명하다는 것은 곧 그런 것이다.

그러니까 시노지마 다쿠, 본명 사쿠라바 다쿠미가 사체로 발견됐을 때 각 언론사는 내심 어깨춤을 췄을 것이다. 이 사건으로 와이드쇼 예능 코너와 주간지 기사 소재는 당분간 마르지 않을 터기 때문이다.

죽은 뒤에도 이러쿵저러쿵 사람들 입에 오르내리고 싶지 않은 부분을 쿡쿡 찌른다. 이 또한 일종의 유명세일까. 이누카이는 사체를 내려다보며 조금 동정했다.

발견 장소는 미나토구 다카나와 4번가. 도쿄 안에서도 손꼽히는 고급주택가지만 사체는 공원 옆 벤치에 마치 잠든 듯한 모습으로 누워 있었다. 발견자가 그가 자는 것이 아니라고 판단할 수 있었던 이유는 가슴을 깊숙이 찌른 칼 때문이다.

이른 아침이라고 해도 8월 초순. 햇빛이 벌써 피부를 살며시 태우는데 사체는 완전히 싸늘하게 식어 있었다. 기온이 높은 외부에서 사체를 훑어본 미쿠리야 검시관은 사망 추정 시각을 계산하는 데 애를 먹을 듯하다며 투덜거렸다.

"그런데 눈에 띄는 장소에서 눈에 띄도록 눈에 띄는 녀석이 살해당했네."

동행한 젊은 형사가 중얼거리는 소리를 이누카이는 놓치지 않았다.

"방금 그게 무슨 말장난이야?"

"아뇨. 시노지마라는 이 가수, 얼마 전까지만 해도 여기저기 얼굴이 나왔잖아요. 그 왜, 짬짜미로 신인상을 받았다는 이야기로 말이에요."

연예계 뉴스에 어두운 이누카이도 역시 그 이야기만큼은 안다.

시노지마 다쿠는 아직 20대 중반 록 가수였는데 비브레

대상이라는 신인문학상을 수상하면서 단숨에 화제의 인물이 됐다. 팔방미인이라며 처음에는 젊은 신인 작가의 데뷔를 축하하는 분위기였는데 작품 내용이 서평가들 사이에 알려지면서 사태가 심상치 않게 변했다. 적품이 도저히 상을 받을 만한 수준이 아니어서 수상 자체가 짜고 치는 고스톱 아니었냐는 소문이 돌기 시작한 것이다.

그래도 화제가 화제를 낳으며 수상작 『변화』는 예약이 쇄도했고 출판사가 그 기세를 몰아 영업을 펼친 결과 판매 부수 백만 부를 돌파했다. 문제는 그다음이었다. 베스트셀러가 됐지만 독자들의 반응은 역시 최악이었다. 짬짜미 수상 의혹은 반쯤 사실이라고 간주되며 인터넷 서평 사이트에 온갖 욕설이 연이어 쏟아졌다.

공격 대상은 작가인 시노지마뿐만이 아니었다. 출판사인 비드레샤社에는 시노지마보다 더한 비난이 집중됐다. 대상 상금 3천 만 엔과 등단을 꿈꾸며 응모한 응모자 천 2백 명의 노력과 재능을 무시하는 행위라며 비난받았고, 무엇보다 새 인재를 발굴한다는 신인상의 대의명분보다 판매를 중시하는 출판사의 태도가 큰 빈축을 샀다. 재고 반품이 몹시 부담스러운 책임 판매제라는 방식을 서점에 강요한 점도 악재 중 하나였다.

낙동강 오리알 신세가 된 사람은 시노지마였다. 출판 직후만 해도 데뷔작을 영화화할 때는 자신이 직접 감독을 맡겠다는 둥 이미 후속편을 구상하고 있다는 둥 의욕이 넘쳤고 기세등등했는데 세간에서 악평이 쏟아지자 노출을 꺼리게 됐다. 데뷔작은 순식간에 중고서점의 책장을 가득 메웠고 혹평이 계속되자 결국 집필 의지를 잃었다고 했다. 후속작의 출판 계획도 흐지부지되자 끝내는 시노지마 본인까지 의욕이 흐지부지되고 말았다.

그런 상황에서 벌어진 살인사건이었다. 언론이 미칠 듯이 좋아하며 춤추는 모습을 쉽게 상상할 수 있어 이누카이는 속으로 한숨을 쉬었다. 범인의 흉기에 의한 살인, 그리고 언론의 명예훼손으로 고인은 두 번 살해당하는 셈이다. 그리고 연예인은 불특정 다수가 잠재적 관계자가 되어 버리므로 조사 범위가 확대될 우려가 있었다. 수사하는 입장에서 난감하기 짝이 없었다.

그러나 이누카이의 우려는 기우로 끝났다. 사체 발견 3시간 후에 아라시마 슈토라고 밝힌 남자가 자신이 범인이라며 관할서에 출두했기 때문이다.

아라시마 슈토. 서른네 살, 무직. 이 이름은 필명으로, 소지한 면허증상으로 본명은 아라시마 히데토였는데 본인은 아라시마 슈토라고 불러 달라고 요구했다.

"그 이름이 아니면 안 되는 이유가 있나?"

"나는 아라시마 히데토도 무직도 아니에요. 아라시마 슈토라는 작가 지망생이라고."

취조에 들어간 이누카이는 귀찮아져서 본인이 말하는 대로 내버려 뒀다. 이누카이 입장에서는 조서 마지막에 본명으로 서명 날인만 되어 있으면 그만이다. 아라시마는 아무래도 취조라는 특수한 상황에서도 본명을 사용하기 싫어하는 듯했다.

"시노지마 다쿠를 죽인 사람은 접니다."

아라시마가 입을 열자마자 가장 먼저 꺼낸 말이었다. 너무나 허탈한 자백이기에 보통은 그대로 받아들이지 않지만, 흉기로 사용된 칼에 묻어 있던 지문이 아라시마의 그것과 완전히 일치했기에 받아들이지 않을 수 없었다.

"어젯밤에 시노지마의 집 주변을 서성이다가 공원 벤치에 누워 있는 시노지마를 우연히 발견했어요."

왜 시노지마의 집 근처를 어슬렁거렸냐고 물었더니 아라시마는 예전부터 시노지마를 노렸다고 대답했다.

"그 사람한테 무슨 원한이라도 있습니까?"

"그 자식 때문에 난 작가가 못 됐어요."

아라시마는 그렇게 말하고는 이를 드러냈다.

"나도 비브레 대상에 응모했어요. 시노지마가 그딴 비겁한 짓만 안 했다면 분명 내가 대상을 받았을 겁니다."

최종 심사에는 시노지마와 아라시마를 포함해 여덟 명이 남았는데 아무리 생각해도 자신의 작품이 시노지마의 수상작보다 못할 리 없다고 아라시마는 주장했다. 만약을 위해 비브레사 홈페이지에 접속해 심사 과정을 확인했더니 아라시마의 이름은 분명히 있었지만 가작조차 당선되지 못했다.

"시노지마의 대상만 정해지면 나머지는 어떻게 되든 상관없었겠죠. 그 증거로 비브레사 놈들, 가작에 당선된 작품들은 아직도 공개하지 않았잖아요. 일부러 비브레사까지 찾아가서 최종후보작 전체를 출판하거나 인터넷에 공개하라고 요구했지만 문전박대를 당했어요. 분명 『변화』가 내가 쓴 『유현幽玄의 숲』보다도 훨씬 못하다는 걸 들킬까 봐서일 거예요."

수상하지 못한 것에 대한 자기변호로만 들렸지만 본인은 그렇게 믿어 의심치 않는 모양이었다.

"나는 1년 동안이나 인생작을 썼는데 그걸 헛수고로 만

들었어요. 절대 용서할 수 없죠. 그래서 응징하려고 계속 그놈을 노렸습니다."

"처음부터 죽일 생각이었습니까?"

"아뇨. 정정당당하게 따져서 대상을 반납하게 하려고 했어요. 네 작품은 중학생이 쓴 글보다도 못하다고. 칼은 그냥 겁을 주려고 들고 갔을 뿐이지 죽일 생각은……."

"실제로는 칼이 피해자의 가슴에 꽂혀 있었습니다."

"벤치에서 정신없이 잠든 그놈을 보자 갑자기 빡쳐서…… 난 대상을 못 받는 바람에 부모한테까지 바보 취급당하는데 이 새끼는 좀 유명해졌다고 명예까지 거머쥐고 매일 여기저기 놀러 다니잖아요. 이게 말이 돼요?"

사람 한 명을 죽인 동기로는 너무나도 유치했지만 진술 내용 자체에 모순점은 없었다. 그러나 살의를 부정한 점에는 큰 의문이 남았다. 전부터 살해하려고 칼을 들고 다녔다면 변호사도 난감해지리라. 이누카이는 아라시마의 진술을 들을 만큼 듣고 그날의 취조를 끝냈다.

다음으로 이누카이는 시노지마의 집에 방문했다. 맞이한 사람은 아내 사쿠라바 가스미였다. 가스미는 남편을 잃은 충격에서 아직 헤어나오지 못한 듯 때때로 이누카이의 질문에도 건성으로 대답하는 모습이었다. 거실에서 보니 부엌 싱크대 안에는 아직 설거지하지 않은 식기가 산더미처럼 쌓여 있는 것으로 보아 가스미가 흐트러진 이유는 그저 게으른 성정 때문일지도 모른다.

"남편…… 시노지마가 최근 들어 계속 술에 절어 살던 건 사실이에요. 모처럼 상을 받고 책도 잘 팔렸는데 독자 반응이 생각만큼 좋지 않아서 몹시 낙담했죠."

시노지마는 등단하기 전부터 소속사와 문제를 일으켜 해고됐다. 가수 활동도 못 하고 글도 쓸 수 없게 되자 술로 도망칠 수밖에 없었으리라.

"항상 밖에서 마시고 다녔습니까?"

"아뇨. 밖에는 보는 눈이 많으니까 집에서만 마셨어요."

가스미는 그렇게 대답하며 찬장 쪽을 가리켰다. 그 방향을 보니 과연 찬장 안에 여러 종류의 소주병이 즐비했다. 그리고 탁자 위에는 술잔 하나만 남아 있었다.

"남편분은 소주파였군요."

"네, 몸에 좋다며 소주를 온더록으로 마셨죠. 다른 방법으로는 마시지 않았어요."

"남편분이 어젯밤에도 저 술잔을 사용했습니까?"

"네. 어젯밤에도 제가 만든 걸 마셨는데 안주가 다 떨어져서 남편이 직접 편의점에 다녀오겠다고…… 전 이미 화장을 지운 상태라 밖에 나갈 수 없었어요."

이누카이는 증거물로 그 술잔을 챙겼다. 코를 대자 희미하게 감귤류 향이 났다.

"저는 대학생 때 시노지마의 팬클럽 회장이 된 뒤 개인적인 친분을 쌓게 되면서 졸업하고 나서 결혼했어요. 그런데 그 무렵 남편은 가수로서의 미래에 불안을 품고 있었죠. 비주얼계 록밴드로 데뷔했지만 라이벌이 너무 많았어요. 작가 데뷔는 그이가 시노지마 다쿠의 새로운 출발이라며 단단히 마음을 먹고 심기일전한 일인데……."

가스미가 말끝을 흐렸다. 결혼생활 2년. 아이도 없이 시노지마와 단둘이 살았던 가스미의 마음을 생각하니 달리 건넬 말이 없었다.

"남편분의 수상을 둘러싸고 이런저런 불쾌한 소문이 있죠. 출두한 피의자도 그런 이유로 원한을 품었다던데 그러한 사실을 남편분께 들은 적 있습니까?"

"아뇨. 어쨌든 재작년부터 무언가를 계속 쓰고 있었다는 건 알았지만 그게 소설이었다는 건 수상 소식을 접했을 때 들었으니까요. 남편을 죽인 사람에 대해서도 방금 처음 들었을 정도예요."

이누카이는 가스미의 얼굴을 물끄러미 바라봤다. 그 말

이 사실인지 거짓인지 도무지 판단할 수 없었다.

"남편의 작업실을 좀 보시겠어요?"

가스미의 권유로 서재에 들어갔다. 널찍한 벽 두 면 전체가 책장이었는데 그곳을 채운 책들은 잡지와 만화가 대부분이었다. 동쪽에는 마호가니로 보이는 중후한 책상과 진짜 가죽으로 만든 의자가 놓여 있으며 컴퓨터 한 대만 있었다. 그러고 보니 요즘 소설가들은 손으로 직접 쓰기보다 컴퓨터로 작성하는 사람이 압도적으로 많다고 들었다.

이누카이는 컴퓨터를 부팅했다. 본인만 사용하는 컴퓨터여서 그런지 비밀번호를 입력할 필요 없이 곧바로 화면이 떴다.

갑자기 '변화 2장'이라는 제목이 시야에 들어왔다. 짐작건대 데뷔작의 속편인 듯했다. 화면 가운데에 '변화 2장의 변경 내용을 저장하시겠습니까?'라는 팝업창이 나타나 취소 버튼을 눌러 껐는데, 화면에 표시된 글자는 맨 위에 적힌 제목 한 줄뿐이었다. 다음 줄부터는 기호조차 없이 공백이었다.

제목만 남은 원고.

이 파일을 보면 속편을 집필할 의지가 있었음에도 한 줄도 쓰지 못했다는 사실을 짐작할 수 있었다. 혹은 아무리

써도 그 내용을 스스로가 인정할 수 없었거나.

뼈를 깎는 심정으로 집필한 데뷔작이 졸작이라며 비웃음 당했다면 두 번째 작품을 쓰는 데 분명 부담감이 상당했을 터다. 새하얀 원고를 잠시 응시하자니 시노지마의 분통한 마음과 고뇌가 엿보이는 듯했다. 이누카이는 이 컴퓨터도 증거물로 택했다.

다음으로 이누카이가 방문한 곳은 비브레사였다. 시노지마의 담당 편집자 구사카 고스케는 언뜻 보면 쾌활한 인상이었지만 렌즈 너머로 굼실거리는 눈은 음험해 보였다. 최종심사 후보작에 남아서인지 구사카는 아라시마를 똑똑히 기억했다.

"짬짜미 심사 때문에 자신이 수상하지 못했다……. 그런 식으로 생각하는 응모자는 적지 않습니다. 뭐, 본인의 망상일 뿐이지만요."

구사카는 단호하게 잘라 말했다.

"아라시마 씨는 단골 응모자였습니다. 한 5년 전부터인가 비브레 대상에 계속 응모한 듯한데."

"그렇게나 오래전부터요? 그럼 시노지마 씨가 없었으면 본인이 수상했으리라던 주장도 아주 터무니없는 믿음은

114

아니었군요."

"아뇨, 어림도 없죠."

구사카는 고개를 절레절레 저었다.

"단골 응모자라고는 해도 최종 심사까지 오른 적은 이번이 처음이고 이전까지는 계속 1차에서 탈락했습니다. 아니, 솔직히 말씀드리면 이번에도 달리 눈에 띄는 후보작들이 없어서 숫자를 채우려고 남겼을 뿐입니다. 내용도 법의학 지식을 짜깁기한 트릭 모음집 같은 미스터리로 오리지널리티는 전무하고, 도저히 상업성을 찾을 수 없는 소설이었죠. 그 증거로 아라시마 씨의 작품은 가작에도 선정되지 못했고요. 시노지마 씨가 없었더라도 그가 대상을 받는 일따위 절대로 없었을 겁니다."

"피의자는 시노지마 씨가 대상을 받았으니 나머지 순위는 전부 대충 정했다고 주장하던데요."

"본인이 재능이 없는 걸 운이나 심사 시스템 탓을 하는군요. 현실도피가 심해 피해망상이 됐을 뿐입니다. 세상에 여러 등용문이 있지만 그런 인간들이 넘쳐나는 건 문학계뿐일지도 모르겠습니다."

구사카의 말투가 도중에 비평가처럼 바뀌었다.

"노래를 잘 부르는 놈이 가수를 지망한다. 그림을 잘 그리는 놈이 화가를 지망한다. 당연한 이치입니다. 하지만 문학계는 유독 그 이치가 전혀 들어맞지 않습니다. 문법도 정확하지 않고 구성력과 캐릭터 빌딩 능력도 없는 인간이 원고지 5백 장이나 천 장에 글자를 늘어놓고 뻔뻔하게 보냅니다. 일본어로 말하니 일본어 소설도 쓸 수 있다고 생각하는가 본데 착각도 이런 착각이 없어요."

"착각, 이라고요."

"응모자의 거의 90퍼센트는 그렇게 착각합니다. 우스운 이야기인데요, 불경기가 되면 문예신인상 응모자가 순식간에 늘어납니다. 자본도 들지 않으니 분명 일확천금을 노릴 속셈이겠죠. 최초 심사 단계에서 미리 읽기라는 작업을 시작하는데 이게 꽤 힘든 작업이거든요. 니트족이 머릿속에서만 만들어 낸 현실감 없는 이야기니, 정리해고 당한 아저씨가 절절하게 쓴 자서전이니, 몇 장만 읽어도 구역질이 납니다. 그리고 그런 작품을 응모하는 사람들한테는 르상티망* 같은 피해의식이 있어요. 아라시마 씨가 전형적인 그런 부류죠."

신랄한 말투가 마음에 걸렸다. 이누카이의 상식으로는

---

* 실패자가 성공자에게 품는 증오, 질투, 원한, 복수심.

신인상은 미래가 기대되는 샛별을 발굴하는 과정이다. 주최한 출판사 입장에서는 아무튼 자사의 이익에 공헌할 수 있는 황금알이 묻혀 있을지도 모르는데 구사카의 말투는 마치 모멸감을 품은 듯 들렸다.

"결국 응모자 대부분은 소설을 쓰는 게 싫어서 견딜 수 없는 겁니다."

"네?"

자신도 모르게 되물었다.

"그 사람들은 될 수 있으면 소설처럼 귀찮은 것은 쓰고 싶지 않아 해요. 그러니까 부끄러운 줄도 모르고 돌려쓰기처럼 다른 상에서 낙선한 작품으로 다른 신인상에 또 응모하죠. 그들은 작가라는 타이틀을 갖고 싶을 뿐입니다. 현실의 자신을 과거에 묻고 작가라고 소개하며 거들먹거리고 싶은 거죠. 그런 놈들이 득실득실합니다."

구사카의 시선은 허공을 응시했다. 이 행동은 말하는 내용이 특정 누군가를 가리킬 때의 특징이었다.

그래서 눈치챘다.

"아까 이번에는 눈에 띄는 후보작들이 없었다고 하셨죠. 시노지마 씨의 『변화』가 최종 심사 후보작에 올랐는데."

그렇게 지적하자 구사카의 얼굴이 순식간에 벌겋게 물들

었다.

"역시 소문대로 시노지마 씨의 수상은 짬짜미였습니까? 분명 최종 심사위원 중에 현역 작가가 아니라 귀사의 직원이 맡았다고 들었습니다. 그렇다면 심사에 회사의 입김이 들어가기 쉬운 조건이었던 것 아닙니까?"

"그렇지 않습니다."

구사카는 이누카이를 노려보며 말했다.

"심사는 지극히 엄정했고 저희는 『변화』가 정말로 대상에 걸맞다고 판단했기에 시노지마 씨에게 시상했습니다. 그게 다입니다."

이누카이는 구사카의 얼굴을 지그시 바라봤다. 이누카이를 노려보던 눈을 그대로 응시하자 시선이 아주 조금 위로 흔들렸다. 그 순간 구사카의 말은 본심이 아니었음을 짐작했다. 그러나 그 말은 거짓이라기보다는 대외적인 성질의 것이었다. 회사에 속한 사람이 말할 수 있는 최대한의 범위겠지.

그 경계심 드러난 눈이 문득 누그러졌다.

"그런데 이번에 불행하게 가해자와 피해자가 되고 만 두 사람 말입니다만, 공교롭게도 우리 회사와 인연이 있는 분들입니다. 차기작 집필에 의욕을 불태웠으나 뜻을 이루지 못하고 스러진 시노지마 씨, 문학에 대한 열정은 넘치지만 길을 잘못 들고 만 아라시마 씨. 이들의 한을 풀어주기 위해서라도 우리 회사는 『변화』의 조기 문고화*와 『유현의 숲』의 동시 출간을 결정했습니다."

그 대단한 이누카이도 말문이 막혔다. 살인사건 피해자와 범인, 두 사람의 작품을 팔아먹으려는 심산이다.

그야말로 기회를 놓치지 않는 민첩함과 빈틈없는 상술에 이 상황에 가장 어울리는 말을 떠올렸다.

떨어진 동전, 먼저 줍는 사람이 임자다.

---

* 일본에서는 보통 책을 단행본으로 먼저 출간한 다음 일정 시간이 흐른 뒤 문고판으로 재출간한다.

2

본부로 돌아가는 길에 이누카이는 대형서점에서 『변화』를 찾아봤지만 재고가 한 권도 없었다. 역시 백만 부 모두 팔렸나 감탄하면서 점원에게 물었더니 여성 점원은 쓴웃음을 지으며 대답했다.

"아니에요. 판매 두 달 만에 완전히 중지됐어요."

"두 달 동안만 팔았다고 해도 재고 대부분이 팔린 게 아닙니까?"

"네, 뭐 거의. 하지만 이런 책을 사는 사람은 평소에 책을 읽지 않는 손님들이니까요."

그 설명은 몹시 이해가 됐다. 책을 사는 독자층은 한정되어 있다. 즉 베스트셀러는 평소에 책을 사지 않는 사람들까지 끌어들여야 탄생할 수 있다는 이야기다.

"요즘 연예인들 책이나 평판이 좋지 않은 문예 서적은 금방 중고서점에 나와요. 『변화』도 발매일 오후부터 대형 중고서점에 잔뜩 나왔으니까요. 저희도 발매 당일부터 중고서점에 즐비할 책은 팔고 싶지 않아요. 일이니까 어쩔 수 없이 팔긴 하지만요."

말투에 비난 같은 울림이 있었다.

"이 자리에서만 하는 이야기지만, 『변화』 때문에 저희 서점 직원 중에서도 비브레사를 싫어하는 사람이 늘었어요. 책임 판매제라고 아시나요?"

고개를 끄덕이자 점원은 봇물 터진 듯 말을 쏟아내기 시작했다.

"요약하면 확실히 판매될 테니 전부 매입하라는 뜻인데, 그거 상당히 거만하지 않아요? 원래 출판사와 서점은 상생 관계일 텐데 말이에요. 게다가 내용도 그 모양이고. 실은 대형서점 중에 『변화』 재고가 엄청나게 남아서 골치를 앓는 곳도 적지 않아요. 하지만 책임 판매제는 매입 가격이 정가의 40퍼센트니까 쉽사리 반품할 수도 없죠. 그런데 그것도 『변화』는 60퍼센트였어요. 재고 정리 시기가 오면 다시 한번 출판사와 협상하겠지만 그때까지는 창고에서 썩고 있겠죠. 그래서 화가 난 각 서점의 문고 담당자들이 담합해서 비브레사 문고본을 몽땅 반품했어요. 말하자면 책임 판매제에 대한 복수죠."

말 못 하는 서점 직원이 보인 최소한의 항의인가. 이 정도 대처는 듣기만 해도 어쩐지 흐뭇하다.

"그런데 비브레사가 저희보다 몇 수는 위더라고요. 지난달 태풍으로 오카야마의 외딴섬이 피해를 입었잖아요. 그랬더니 비브레사는 재난 지역에 대량의 비브레사 문고본을 보냈어요. '재난 지역 주민을 응원하고 싶다'면서. 웃기죠. 저희가 반품한 책들도 포함해서 창고에 잠들어 있던 재고를 한번에 정리한 것뿐인데 그걸 선의로 포장하다니요. 무엇보다 물과 식량이 부족해 어려운 곳에 책을 보내서 어쩌자는 건지. 책을 받은 마을 대표도 분명 민폐라고 생각했을 거예요."

분을 삭이지 못하는지 점원의 혀끝이 점점 날카로워졌다.

"형사님, 서점대상이라고 들어보셨나요?"

"이름 정도는요."

"전국 6백여 명의 서점 직원들이 '가장! 팔고 싶은 책'을 투표해 대상을 정하는데요, 6백 명이나 되면 취향도 제각각이죠. 그래도 백만 부를 팔았을 만한 책이라면 반드시 베스트 10 안에는 들 거예요. 하지만 『변화』는 베스트 10은 커녕 그 밖의 순위에도 들지 못했어요. 서점 직원 6백 명 중에 누구 하나도 그 책에는 투표하지 않았어요. 즉 우리 서점 직원들에게 『변화』는 '가장! 팔고 싶지 않은 책'이었다는 뜻이에요."

다음으로 대형 중고서점으로 향하니 마침내 실물을 찾을 수 있었다. 같은 선반에 스무 권이나 나란히 꽂혀 있었다. 뒤표지에 표시된 정가는 '1,400엔+세금'이었지만, 그 위에 붙은 가격표는 전부 105엔이었다. 판권을 확인하니 작년 12월에 발행되었으니까 불과 8개월 만에 가격이 90퍼센트 이상 떨어졌다는 뜻이다.

비정상적인 가격 폭락에도 놀랐으나 내용을 읽고는 더욱 놀랐다. 이누카이는 소설을 잘 모르지만, 표현이 유치해서 도무지 문학상을 수상한 작품이라고 생각할 수 없었다. 이 내용에 3천만 엔의 가치가 있다면 소설계에는 하이퍼 인플레이션이 온 것이다.

이누카이는 비브레사에 대해서도 조사했는데 이 회사의 평판도 상당히 무너져 내린 상태였다.

비브레사는 원래 아동서적 전문 출판사였는데 저출산으

로 매출이 급감하면서 최근 몇 년은 적자가 이어졌다. 사내 내분이나 올림픽 선수의 자서전 출간을 앞두고 저자에게 출판 금지 소송을 당하는 등 세간의 평도 좋지 않았다. 『변화』를 백만 부 판매해서 큰 이익을 보았지만, 누적 적자와 떨어진 회사의 평판을 고려하면 마냥 기뻐할 일은 아니었다. 아니, 『변화』 사건을 계기로 직원 몇 명이 사직서를 냈다는 이야기를 믿는다면 결과적으로 수지가 맞지 않는 셈이었다.

피의자 아라시마 슈토, 본명 아라시마 히데토가 자백한 살해동기는 자기변호가 전부가 아니었을지 모른다는 생각이 들기 시작할 무렵, 제출된 시노지마의 부검 보고서를 읽은 이누카이는 의자에서 주르륵 미끄러져 떨어질 뻔했다.

직접적인 사인은 동사, 라고 적혀 있었다.

"더워 죽을 8월이 한창인데 동사, 라니요. 그렇게나 깊게 칼에 찔렸는데."

이누카이가 닦달하자 미쿠리야는 다소 의외라는 표정을 지었다.

"호오. 천하의 이누카이 하야토도 아직 그런 쪽 지식은 부족한가."

"비꼬시는 겁니까?"

"남의 약점을 발견하는 건 상당히 재밌는 일이야. 그게 수사1과의 에이스라면 더더욱. 하지만 뭐, 가슴에 꽂힌 칼에 눈이 팔린 것도 당연하다면 당연하지. 그런데 그 자상에는 생활반응이 없었어. 죽은 지 좀 된 다음에 생긴 상처라는 뜻이야."

미쿠리야는 가까이에 있는 의자에 앉아 파일로 부채질을 했다.

"인간의 체온은 외부 온도와 상관없이 항상 일정 온도를 유지해. 하지만 자율신경에 이상이 오면 체온 조절이 불가능해져서 신체 기능에 지장을 주지. 즉 원인은 자율신경 이상이기에 동사가 반드시 추운 곳에서만 일어나는 게 아니란 말이야. 설령 한여름 뙤약볕이라고 해도 조건만 맞으면 동사해. 원래 동사라는 건 특이 소견이 적긴 한데, 저온 상태에서 헤모글로빈과 산소가 결합해 산소 헤모글로빈 농도가 높아지므로 시반이 선명한 붉은색을 띠어. 같은 이유로 좌우 심실의 혈액 색상에도 차이가 나지. 그리고 온몸을 도는 심장의 피는 추출해서 내버려 두면 응고돼. 또 이번 경우에는 다른 요인으로도 동사를 추정할 수 있어."

"뭔데요?"

"혈중알코올농도. 보통 혈중알코올농도가 0.16퍼센트를 넘으면 급성알코올중독이라고 하는데 피해자의 혈액을 검사했더니 0.45퍼센트가 나왔어. 임상으로 구분하면 만취 상태를 넘어선 셈이지."

"0.45퍼센트……."

"알코올은 뇌를 마비시켜. 일정량 이상을 섭취하면 심박 기능을 제어하는 뇌간부, 나아가 생명 유지에 관여하는 중추 부분까지 마비시키지. 혈중알코올농도 0.40퍼센트를 넘으면 만취자의 절반은 한두 시간 만에 사망해. 잘 걷지 못하고 의식이 흐릿하고 말도 제대로 못 하지. 한번 넘어지면 일어나지도 못해. 알코올 때문에 혈관이 확장돼서 빠르게 체온을 빼앗겨. 공원 벤치에 쓰러지면 꼼짝도 못 하는 상황에서 체온이 떨어지기 시작하지."

가스미의 증언에 따르면 시노지마는 최근 매일 술독에 빠져 있었다고 했다. 이는 미쿠리야의 소견과 일치했다.

"체온이 32도 밑으로 떨어지면 자율신경계 마비가 시작되면서 의식장애와 감각 둔화가 나타나. 30도 밑으로 떨어지면 심방세동 등 부정맥을 일으키지. 그리고 26도 전후에 생사의 임계점을 넘어서는 거야."

만취로 인한 동사. 그렇다면 사건이 아니라 단순한 사고라는 뜻이다.

"그럼 어째서 동사한 사체를 칼로 찔러 죽인 척했을까요?"

"그건 본인에게 물어봐야 알겠지."

다행히도 아라시마는 아직 관할서에서 구류 중이었다. 다카나와 경찰서로 쳐들어간 이누카이는 곧바로 아라시마를 취조실로 끌고 들어갔다.

"살인을 이름을 알리는 데 이용하려고 했군."

말을 꺼내자 아라시마는 단 한 번 움찔 어깨를 떨었다.

"부검하면 살인이 아니라는 사실이 금방 밝혀지리라 예상하고 요란하게 연극을 꾸민 거잖아."

"왜, 내가 그런 짓을……."

"형법 제190조 사체손괴죄. 사체, 유골, 유발, 또는 관 내에 장치한 물건을 손괴, 유기, 은닉 또는 영득한 자는 3년 이하의 징역에 처한다."

이누카이가 조문을 읊자 아라시마는 점점 고개를 떨궜다.

"3년 이하의 징역이라고 해도 초범이니까 집행유예로 풀려날 수도 있어."

"그러니까 내가 왜."

"비록 한순간만이라도 유명해지면 자신의 작품도 출판되지 않을까. 마찬가지로 유명하다는 이유 하나만으로 대상을 받은 시노지마처럼……. 그렇게 생각했잖아?"

"내가 어떻게 그런 앞날까지 예측해서 움직였다는 건데요."

"네가 응모한 작품은 법의학 지식을 총동원한 미스터리물이었어. 당연히 사망 추정 시각과 체온 변화의 관계, 생활반응에 대해 조사해 알고 있었겠지. 둘 다 기본이니까."

이누카이는 숙이고 있던 아라시마의 고개를 거칠게 들어 올렸다.

"한 가지 좋은 소식이 있어. 비브레사는 네 놈이 쓴『유현의 숲』을 출간할 계획이야."

순간 아라시마의 표정이 밝아졌다.

"저, 정말?"

"축하해, 잘됐네. 살인범 아라시마 슈토의 데뷔작 긴급 출간! 현시점에서 상품 가치가 있다고 판단했다는군. 하지만 그 계획을 계획인 채로 끝내는 방법도 있지."

"……뭐라고?"

"혐의가 풀렸다며 지금 당장 널 풀어 줄 거야. 물론 비브레사에도 즉시 연락할 거다. 구사카인지 뭔지 하는 편집자는 틀림없이 기뻐하겠지. 여하튼 곧바로 상품 가치가 하락한 책을 출판하지 않고 끝났으니까.『변화』로 대박을 터뜨리고도 누적 적자에 시달리는 비브레사한테는 리스크 매니지먼트를 잘했다는 평가를 받을 테고.”

“하지 마!”

“무고한 사람을 계속 잡아두는 도리에 어긋나는 짓은 법이 용서하지 않는다고.”

“저, 적어도 책이 나올 때까지만이라도 기다려 주세요.”

“우리는 기다릴 이유가 없지. 자, 나가는 문은 저쪽이야.”

“제발!”

몸을 일으키려고 하자 아라시마가 책상에 매달렸다.

“하루, 단 하루만이라도 좋으니까. 내 책이 나오고 나서…….”

“그럼 네가 뭘 해야 할지 알겠지?”

목소리를 낮추고 말하자 아라시마가 시선을 들어 이누카이를 쳐다봤다. 비 맞은 강아지 같은 눈빛이었다.

“그날은 10시쯤까지 인터넷 카페에서 기다렸습니다. 그 시간까지 시노지마가 집 밖으로 나오지 않는다는 사실을 미리 조사해서 알고 있었거든요. 최근 며칠은 항상 10시가 지난 뒤에 본인이 직접 편의점에 가는 패턴이었어요.”

그래서 아라시마는 당일에도 그 시간표대로 시노지마의 동선을 쫓았다. 그런데 그날만은 시노지마가 공원 벤치에 누워 있었다.

"깨우려고 몸에 손을 댔더니 이미 차갑게 식은 상태라 깜짝 놀랐어요. 형사님 말대로 법의학 지식을 주워들어서 그가 이미 몇 시간 전에 죽었다는 걸 알았죠. 난 인터넷 카페 CCTV에 찍혔으니 그때까지 알리바이는 확실히 성립해요. 이미 사체가 되었으니 목을 조르든 칼로 찌르든 중범죄는 되지 않죠. 그래서 그런 거짓말을 했습니다."

연극을 꾸민 동기도 이누카이가 지적한 대로였다.

"예전에도 비브레사는 수감 중인 범죄자의 수기를 출판해 베스트셀러로 만든 적이 있어요. 그래서 시노지마에 얽혀 세간의 주목을 받으면 나도 확실하게 데뷔할 수 있으리라 생각했습니다."

짐작한 대답이었지만 그래도 실제로 본인의 입으로 들으니 표현하기 힘든 위화감을 느꼈다.

"확실히 중범죄도 아니고 집행유예를 받을 가능성도 커. 하지만 집행유예가 아니라 징역 3년을 살 가능성도 제로는 아니잖아. 그러면 전과자가 된다고. 데뷔작을 내는 게 전과자가 되는 것보다도 중요한가?"

"당연하죠."

아라시마는 마치 당연한 말을 묻는다는 말투였다.

"아무 죄도 짓지 않고 시궁창에서 허우적대는 것보다 전과 1범이라도 작가로서 대접받는 편이 훨씬 나아요. 물으나 마나 한 이야기죠."

"처음에는 신기해서 책을 사는 사람도 있겠지. 하지만 연예인 책 같은 장르가 오랫동안 팔릴 리 없을 거야."

"시노지마의 책은 백만 부 팔렸잖아!"

아라시마가 절규했다.

"그딴 수준 낮은 책이 팔릴 정도면 내 책은 더 잘 팔릴 거예요."

"징역 3년을 선고받으면 어쩔 셈이야. 데뷔해도 3년 동안이나 활동하지 않으면 문단과 독자들에게 잊힐 텐데. 판결이 나오는 순간 넌 보잘것없는 좀도둑보다도 못한 신세가 될 거야."

"두 번째는 더 걸작을 쓰면 돼요. 충격적으로 데뷔한 만큼 분명 다들 내가 담장 밖으로 나오기만을 목 빠지게 기다릴 테니까."

아라시마는 열에 들뜬 듯 계속 떠들었다.

"대형 출판사들이 서로 내 원고를 차지하려 들겠죠. 데뷔작을 읽고 깜짝 놀란 독자들은 서점에서 내 차기작을 앞다투어 사갈 거예요. 그렇게, 나는 시대의 아이콘이 될 겁니다."

"진심으로 그렇게 생각하나?"

낮은 목소리로 알아듣도록 타이르듯 물었다. 아라시마는 침묵했다. 그리고 얼마 후 그의 어깨가 가늘게 떨리기 시작했다.

"나도 심사 과정을 들었어. 시노지마의 수상 의혹은 차치하고 정말 전업 작가로 살아갈 자신이 있는 건가? 구사카 편집자가 말했어. 응모하는 놈들 대부분은 작가라는 타이틀을 원할 뿐 소설 따위 쓰고 싶어 하지 않는다고. 넌 어느 쪽이냐."

"······시끄러워."

"서른네 살에 백수인 처지를 견딜 수 없겠지. 자신을 무시하는 놈들이 다시 돌아보도록 만들고 싶을 거야. 나는 너희와 다른 존재라고 말하고도 싶겠지. 하지만 방법이 없어. 과시할 무대가 없지. 그러니까 계속 응모하는 거야. 능력이 없다는 사실은 외면한 채 한 푼의 값어치도 안 되는 원고를 계속 쓰고 또 낙선하고. 그래도 달콤한 꿈에 깨고 싶지 않아 계속 응모해. 꿈에서 깨면 너무나 무서운 현실과 마주

해야 하니까."

"시끄러워! 닥쳐!"

아라시마는 책상에 바짝 엎드려 움직이지 않았다. 이윽고 배 속 깊은 곳에서부터 짜낸 듯한 소리가 들려왔다.

"……말 안 해도 알아, 안다고. 나만 그런 거 아니야. 이런 신인상에 응모하는 놈들 대부분이 그래. 그런데 그게 잘못이야!?"

"잘못은 아니지만 그 노력과 열정으로 다른 일을 하면 더 잘 할 수 있을 것 같군."

"다른 일이라도 평범한 결과로는 안 돼! 인생을 한 방에 역전시킬 만한 임팩트가 아니면 의미가 없다고."

천천히 들어올린 얼굴에는 길을 잃은 다섯 살짜리 어린아이가 있었다.

"취직에 실패하고 파견 사원이 됐지만 경기가 나빠지자 제일 먼저 잘렸어. 지금까지 나 자신이 특별하다고 믿었는데 전혀 아니었어. 세상 어디에도 나 같은 건 필요로 하지 않았다고. 그래서 나는…… 나는……."

"꼭 특별해야만 해?"

이누카이는 별수 없다는 사실을 알면서도 말했다. 아라시마는 병에 걸렸다. 자가 치료도 할 수 없고 특효약도 없는 병이다. 방치하면 혼이 망가져 이런 식으로 병들어 버린다. 무서운 사실은 이 병이 아라시마뿐 아니라 많은 사람 사이에 퍼져 있을 가능성이었다. 구사카의 말이 맞다면 이 병에 걸린 사람은 수천 명 단위다.

"매일 똑같은 시간에 일어나 똑같은 전철을 타고 하루를 마쳐. 급여가 적다고 투덜대면서도 퇴근해서 가족들과 식탁에 둘러앉지. 평범하게 사는 걸, 평범한 삶을 유지하는 건 네 생각보다 훨씬 고되고 매일이 전쟁의 연속이야. 건강을 잃은 사람이라면 더욱 그래. 넌 그런 전쟁을 외면할 뿐이잖아. 스스로에게 전투 능력이 없다고 단정 짓고 적 앞에서 도망칠 뿐이잖아."

형사가 피의자에게 하는 말이 아니었다. 나이도 고작 한 살 차이다. 그래도 묻지 않을 수 없었다.

"혐의는 살인죄에서 사체손괴죄로 변경한다. 이건 기자회견으로 발표할 거야."

아라시마는 원망스러운 시선으로 이누카이를 한참 동안 바라봤다.

3

"그래서 사체손괴죄라는 건 중대한 범죄인가요?"

구사카는 못마땅한 얼굴로 이누카이에게 물었다.

"절도죄가 10년 이하의 징역, 경범죄 처벌이 구류 또는 과료니까 죄의 경중만 따지면 경범죄에 가깝다고 할 수 있죠."

"경범죄. 그러니까 노상 방뇨 수준이라는 말입니까. 나 원 참, 무슨 그런 일이."

응접실 의자에 앉은 구사카는 천장을 올려다봤다.

"경범죄여서 유감스러워 보이는군요."

"그렇지 않습니다. 암요. 그렇고 말고요. 다만 출간 일정을 변경할 수밖에 없겠습니다."

"왜입니까?"

"당연하죠. 저자가 살인범이 아니라 단순한 경범죄 위반
자라면 독자들의 흥미가 반감되니까요. 아니, 반감은커녕
제로입니다. 이래서야 출판하나 마나죠."

작품의 내용 따위 아무래도 좋다. 구사카의 노골적인 태
도는 차라리 시원시원할 지경이었다.

"『변화』의 문고판에 끼워 팔면 상당한 시너지 효과가 있
으리라 예상했는데 말입니다. 처음 사건 소식을 들었을 때
는 아라시마 씨의 행동에 경악했지만 뚜껑을 여니 사체에
상처를 낸 정도라니 한심해서 원."

손을 떼는 속도가 빠르기도 하다. 역시 이 남자에게는 아
라시마가 흉악무도한 살인범이어야만 했던 듯하다.

"한심하다는 말이 나와서 말인데 시노지마 씨야말로 한
심합니다. 남에게 원한을 사서 살해당한 거라면 또 몰라,
술이 떡이 돼서 얼어 죽었다고요? 꼴 같지 않아서 정말. 차
라리 유서라도 남겼으면 그나마 나았을 텐데."

"시노지마 씨의 서재에서 쓰다 만 원고를 발견했습니다."

"쓰다 만 원고요?!"

"제목뿐이었지만 말입니다. 『변화』의 속편을 집필할 예

정이었던 듯합니다."

"그딴 것의 속편이라니……. 하……, 그렇게나 두들겨 맞아놓고도 정신을 전혀 못 차렸구나."

구사카는 질린 목소리로 말해 놓고는 앞에 이누카이가 있다는 사실을 깨닫고 황급히 시선을 피했다.

이런 상황에서 모르는 척하는 것이 오히려 실례일 테다.

"일전에는 대상에 걸맞은 작품이라고 말씀하시지 않았나요?"

노려보지도 비난하지도 않은 채 그저 가만히 시선을 고정했더니 마침내 두 손 두 발 다 들었다는 듯 구사카가 한숨을 내쉬었다. 방문이 닫혀 있는 것을 흘끗 확인한 다음 이누카이를 바라봤다.

"형사님, 『변화』를 읽어보셨습니까?"

"얼마 전에 다 읽은 참입니다."

"그럼 대화가 수월하겠군요. 그런 소설에 대상이라는 왕관을 씌워 발매했습니다. 그게 바로 이 회사의 영업방침입니다."

구사카는 마치 금제에서 해방된 듯 홀가분한 표정을 지었다.

"제 전 상사가 출판 프로듀서를 한 게 계기였습니다. 어느 날, 시노지마 다쿠를 요란하게 등단시키지 않겠냐며 제안했죠. 당시 연예계에서 밀려난 시노지마는 『변화』의 원고를 출판사 몇 군데에 투고했지만 아무도 상대해 주지 않았습니다. 뭐 타당한 판단이었죠. 우리는 나름대로 상금 3천만 엔짜리 문학상을 주최했는데도 최근 몇 년은 수상작이 없어 폐지하자는 주장이 나왔습니다. 수지가 맞았던 거죠. 사내에서도 반대 의견이 있었지만 사장의 말 한마디로 상이 결정됐습니다."

"아라시마와 다른 응모자들은 참기 힘들었겠군요."

"그 사람들이 안됐다고는 생각하지만. 출판은 문화사업이기 전에 영리사업이기도 하니까요. 겉치레가 밥 먹여 주지는 않습니다."

"하지만 그 때문에 빈축을 샀잖아요."

"빈축은 돈을 내고라도 사라, 라는 게 우리 사훈이라서요."

자조 섞인 웃음을 짓는 얼굴은 어딘가 측은하게 느껴졌다. 당연한 일일지도 모른다. 자신이 시궁창에 살고 있다는 사실을 자랑하는 존재는 물고기 정도일 테다.

"다른 출판사에서 일하는 편집자 동료들에게도 욕을 바가지로 먹었습니다. 너희 회사가 한 짓 때문에 다른 신인상들도 싸잡아 같은 취급을 당하면 어떡하냐고. 흥, 내 알 반

가. 이런 출판 불황 속에서, 억울하면 정직하게 장사해서 정직하게 이익을 내든지."

"편집자님을 조금 다시 봤습니다."

"네?"

"자신이나 자신이 몸담은 조직을 정당화하는 인간보다 현실을 제대로 인식한 인간을 더 믿을 수 있거든요. 자신과 다른 사람의 능력을 옳게 평가할 수 있으니 일을 할 때도 실패가 적죠."

"그거 참 감사하군요."

"그 정확한 인물 평가 때문에 당신은 아라시마가 시노지마를 살해하도록 부추길 수 있었습니다."

"……뭐라고요?"

"아라시마가 전부 자백했습니다. 예전에 비브레사에 항의하러 갔을 때 구사카 편집자와 대화를 나눴다고. 시노지마를 죽이면 센세이셔널하게 등단할 수 있다고 했다. 따지고 보면 구사카 편집자가 제안한 일이라고 하더군요."

"무슨 얼토당토않은 소리를!"

"물론 명령이나 의뢰 같은 뉘앙스는 아니었습니다. 나중에 꼬투리를 잡히지 않도록 완곡하게 부추겼죠. 아라시마가 최대한 분명하게 기억해 냈습니다. 당신이 이렇게 말했다면서요? '시노지마의 그런 소설이 히트 친 것도 그 녀석이 유명인이기 때문이에요. 내용은 상관없습니다. 그러니까 당신도 유명해지기만 하면 책 같은 건 쉽게 낼 수 있어요. 하지만 유명해지려면 어지간한 일로는 안 될 텐데. 그야말로 범죄 같은 것이라도 저지르지 않으면'. 어떻습니까? 제대로 정확하게 표현했습니까?"

이누카이가 외듯 말하자 구사카의 얼굴에 순식간에 불안한 빛이 감돌았다.

"그것도 그 남자의 미친 소리입니다. 자기 책임을 다른 사람에게 뒤집어씌울 작정입니다."

"상식적으로, 하지도 않은 살인을 했다고 떠들고 다니는 사람이 책임회피를 하겠습니까?"

이누카이는 구사카의 눈에서 잠시도 시선을 떼지 않았다.

"물론 아라시마가 녹음기를 가지고 있는 건 아닙니다. 당신이 교사했다는 사실을 법정에서 입증할 수 없죠. 설령 입증할 수 있다고 해도 과연 이 정도 발언이 살인 교사에 해당하는지, 그 또한 의견이 나뉠 겁니다. 아무튼 당신은 벌받을 걱정은 안 해도 될 것 같군요."

구사카의 표정에서 경계의 빛이 점차 흐려졌다. 말보다 태도가 훨씬 정직한 남자다. 행동을 관찰하는 것만으로 신문하는 수고를 덜 수 있다.

"이건 어디까지나 아라시마의 사체손괴 혐의를 보강하기 위한 사정 청취입니다. 그렇게 긴장하지 않으셔도 됩니다."

"……설마 진짜로 실행에 옮길 줄은 몰랐습니다."

"인정하십니까?"

"저로서도 잡담의 연장선으로 한 이야기였습니다. 형사님이 말씀하신 그대로입니다. 아라시마 씨에게는 유명해지려면 범죄 비슷한 것이라도 저질러야 한다고 말했습니다."

살인, 이라고 분명하게 말하지 않을 정도로 구사카는 조심성이 많았다.

"그 사정은 시노지마와 같습니다. 손도 못 쓸 정도로 어설픈 아마추어의 졸작을 상품화하는 거죠. 어지간히 화려한 포장이 아니고서야 팔리지 않아요. 아라시마 씨는 세간을 떠들썩하게 만들 정도로 잘 저질렀습니다."

"하지만 그런 한철 장사는 오래가지 못하잖습니까."

"오래갈 필요는 없습니다. 어차피 시노지마 씨도 아라시마 씨도 일회용이니까요. 제대로 된 작가는 다른 출판사에서 발굴해 줍니다. 우리는 다른 회사에서 키운 작가를 두루두루 쓰면 됩니다. 어차피 데뷔하는 신인 작가 대부분은 5년만 지나면 도태됩니다. 우리가 하는 일은 오히려 시장에

활기를 불어넣어 주는 것이죠."

활력이라니. 이 얼마나 글자와 반대되는 살풍경한 단어란 말인가. 순간의 영광을 위해 인생을 갉는 사람들의 미래를 생각하니 마음이 차갑게 식었다.

"그런데 출간 전에 들킨 건 예상 밖이어서……. 형사님, 그 발표를 어떻게든 보름 정도 미룰 수는 없을까요?"

이누카이는 이번에야말로 떡 벌어진 입을 다물 수 없었다. 살인을 교사한 자와 그 살인을 저지른 자가 같은 말을 한다.

"정말 눈 감으면 코 베어 가는 업계네요. 어떤 출판사는 그런 식으로 보도를 늦추는 것보다 훨씬 민첩하게 움직이는 모양이던데요."

"뭐라고요!?"

구사카의 몸이 순간 굳었다.

"어느 잡지사에서 아라시마의 단독 인터뷰를 계획하고 있더군요. 투고 작품을 출간하는 건 아니지만 비브레사의 내부 사정과 함께 특종으로 다룰 예정이라고 들었습니다."

"그게 말이 됩니까! 그런 짓을 하면!"

"네네. 그런 짓을 하면 비브레사의 악평만 더욱 부각되겠죠. 당신도 높은 곳에서 고고하게 구경만 하고 있을 수는

없을 겁니다. 법적으로 추궁당하지는 않지만 분명 양식 있
는 사람들이 집중포화를 쏟아낼 테니까요."

엉덩이를 들썩이는 구사카를 이누카이가 손으로 제지했
다. 어차피 느긋하게 엉덩이 붙이고 앉아 있을 수 있는 여
유도 지금뿐이다.

"언론을 이용해 돈을 벌려고 했습니다. 새삼 언론에 이용
당하는 처지가 됐다고 불평할 군변은 아니지 않습니까?"

4

"그럼 남편은 살해당한 게 아니네요."

가스미는 안도한 얼굴로 이누카이의 보고를 들었다.

"안심하신 듯하군요."

"네. 다른 사람의 원한을 사 살해당했다니, 그 사람답지 않다고 생각했거든요."

"원한은 사지 않았어도 이용은 당했죠. 『변화』가 문고화 된다는 이야기는 비브레사한테 들었죠?"

"네. 하지만 그건 감사한 소식이라 승낙했습니다. 『변화』 가 다시 수많은 독자의 손에 전해진다면 그 사람도 한을 풀 수 있으리라 생각했어요."

"참, 그 이야기는 중단될 수도 있습니다."

"네?"

"남편분의 죽음이 사건이 아닌 단순 사고라면 지금 출판할 이유가 없다. 비브레사에서 그런 의견이 나온다고 하더군요."

"그럴 수가……. 작가가 어떻게 죽었는지에 따라 책의 매출이 달라지나요?"

"적어도 비브레사는 그렇게 생각하는 모양입니다."

"무슨 그런 출판사가 다 있어요!"

가스미는 분노를 감추지 않았다.

"사람의 생사까지 장사에 이용하다니……. 이러면 죽은 남편은 편히 눈감을 수 없을 거예요."

"확실히 그렇겠죠."

"그, 그 출판사는 남편이 살았든 죽었든 책만 팔면 된다는 심보네요. 피도 눈물도 없다는 말이, 진짜로 현실에서 벌어지고 있었어요."

"사모님, 그 말에는 저도 동의합니다. 피도 눈물도 없는 일은 세상에 만연합니다. 그것도 의외로 가까운 곳에서 말이죠."

불온한 말투에 가스미가 반응했다.

"형사님. 그게, 무슨 뜻이죠?"

"제가 처음 방문했던 날, 남편분이 사망 직전까지 사용한 술잔을 가져갔습니다. 기억하십니까?"

"네."

"코를 대자 감귤류 향이 났습니다. 레몬 추하이*인가 했는데 시노지마 씨는 소주를 언더록으로만 마셨다고 하셨죠. 그래서 감식을 보냈더니 묘하게도 알코올 두 종류와 레몬즙이 검출됐습니다."

이누카이는 소주병이 진열된 찬장으로 다가갔다.

"두 가지 모두 틀림없이 고순도 에탄올인데 그중 한 가지는 당밀로 만든 것이었습니다. 그리고 다른 하나는 곡물로 만든 것이었죠. 당밀이 원재료인 술은 여기 진열된 소주, 정식 명칭은 소주갑류인데, 곡물이 원재료인 술은 보드카였습니다. 즉 그 술잔에는 소주와 보드카 두 가지가 담겨 있었다는 뜻이죠. 이상하지 않습니까? 소주 언더록밖에 마시지 않는 시노지마 씨를 생각하면 있을 수 없는 일이잖아요. 그리고 소주갑류의 알코올 도수는 36도 미만. 그에 반해 보드카는 90도 가까이 되는 것들도 있습니다."

---

* 일본 소주에 탄산과 과즙 등을 섞은 술.

이누카이는 곤혹스러워 보이는 가스미를 무시하고 소주 병을 차례로 꺼내 라벨을 확인했다.

"무작정 빨리 취하고 싶은 놈은 소주에 보드카를 섞나 보네요. 그러면 알코올 도수가 단숨에 올라가죠. 평소와 같은 속도로 한 잔 마시면 세 배쯤 되는 알코올을 섭취하게 되는 셈입니다. 그런데 그러면 알코올 냄새가 너무 심해져 버리죠. 자, 여기서 레몬이 등장합니다. 보드카가 섞여 알코올 냄새가 심해진 술에 레몬즙을 넣으면 곧바로 냄새가 감쪽같이 사라져 버리죠. 술을 즐겨 마시는 사람들에게는 팁이지만 어떤 상대를 만취하게 만들려는 사람에게는 못된 꾀가 되기도 합니다. 만취한 상대를 밖으로 내보내 급성 알코올 중독으로 동사시키려는 계획을 꾸민 자에게는 살인의 수단이 되기도 하고요."

"무슨 소리예요! 아무리 취했다고 해도 이 계절에 동사할 거라고 누가 상상이나 하겠어요."

"아뇨. 당신은 알고 있었습니다."

이누카이는 품에서 종이 한 장을 꺼냈다.

"이건 몇 년 전 신문의 축소 인쇄물입니다. 8월 20일, 어느 대학 모임에서 강제로 원샷을 한 학생이 사람들과 헤어진 후 길바닥에서 동사한 사고가 보도됐죠. 이 대학생이 소속된 세미나에 당신 이름도 있었습니다. 그래요, 가스미 씨. 당신은 이 사고로 사람이 한여름에도 동사할 수 있다는 사실을 알게 됐습니다."

한동안 침묵하던 가스미가 정신을 차린 듯 무시무시한 눈으로 이누카이를 쳐다봤다.

"제가 남편의 동사를 계획했다는 증거는 없습니다. 게다가 만취한 사람을 밖에 내보냈다고 동사하라는 법도 없어요."

"네. 이건 어디까지나 정황증거일 뿐입니다. 그리고 동사할 가능성에 결과를 건 행위는 미필적 고의에 의한 살인이라고 해서요. 입증이 상당히 어렵습니다. 하지만 요즘에는 정황증거만으로도 유죄 판결이 나오는 케이스가 늘고 있으니 검찰도 기소를 뭉개지는 않을 듯하군요. 아아, 그리고 하나 더."

"또 뭡니까?"

"남편분이 애용하던 컴퓨터 말인데요, 그건 절전 상태였습니다. 부팅하니 변경 내용을 저장하겠냐는 팝업창이 뜨더군요. 그런데 화면에는 제목밖에 없었습니다. 즉 그전까지 저장 상태였던 글이 삭제됐는데 수정한 내용을 저장하지는 않았다는 말입니다. 삭제한 글은 금방 나왔습니다."

이누카이는 종이 한 장을 더 꺼냈다.

"이렇게 적혀 있었습니다. '변화는 계절만의 것이 아니다. 시대도 유행도 마치 가을 하늘의 구름처럼 흘러간다. 내 주위에서는 아내의 태도가 그러했다. 예전에는 햇살처럼 따스했던 아내가 지금은 북풍처럼 차갑다. 그것은 마치 온도를 한껏 내린 냉장고처럼…….'"

"쯧!"

희미하게 들리는 혀를 차는 소리와 함께 정숙한 아내의 가면이 벗겨졌다.

"자신에게 불리한 증언을 할 필요는 없고 저도 꼬투리를 잡을 생각은 없습니다. 그런데 남편분이 수상 후 첫 작품에 이런 글을 쓴 이유로 짐작이 가는 점은 없으십니까?"

가스미가 입꼬리만 올리며 웃었다.

"전 시노지마의 재능에 끌려 결혼했어요. 데뷔했을 때만 해도 반짝반짝 빛나 보였거든요. 그런데 가수로서의 재능은 허상이었고 로또처럼 발표한 데뷔작도 히트는 쳤지만 그쪽 재능도 없다는 사실을 깨달았어요. 당장은 돈이 궁하지 않아도 본인이 매일 술타령이나 하고 있으니 원. 반짝이는 다이아몬드라고 생각했는데 그냥 돌멩이였어요. 이거 완전 심한 배신이라고 생각하지 않으세요?"

가스미 딴에는 본인도 사기 피해자라는 논리인가.

따지고 보면 이번 사건에 엮인 사람들은 모두 자신이야말로 피해자라고 생각한다. 하지만 이누카이의 생각은 달랐다.

모두가 가해자였다.

4

푸른 물고기

1

"그러니까 말이야, 료 씨는 그런 부분에는 욕심이 없다고나 할까, 손해 보는 면이 있어."

에미는 여전히 연상을 연상으로 여기지 않는 말투였다. 그러나 그 사실이 오히려 기분이 좋았다.

"손해, 본 건가. 그냥 혼인신고서 한 장일 뿐이잖아."

"아직 9월이잖아. 12월에 혼인신고를 하면 부양가족공제를 올해 열두 달 치 소급해서 돌려준다고. 지금 혼인신고 하면 아까워."

"얼마나 돌려받는데?"

"료 씨의 수입으로는 8만 엔 정도. 무시할 수 없는 액수라고."

8만 엔, 확실히 무시할 수 없는 금액이다. 그렇다고 해도 부양가족공제 환급 따위 살면서 생각해 본 적도 없기에 한무라 료는 어렴풋이 어색함을 느꼈다. 자신이 누군가를 부양한다니. 죽은 부모가 이 말을 들으면 분명 뿌듯한 표정을 짓겠지.

"그러니까 혼인신고는 12월에, 결혼식은 내년 이후에. 괜찮지? 실질적으로는 이미 부부기도 하니까!"

에미는 그렇게 말하며 료의 목을 보들보들한 팔로 감았다. 순간 향수의 달콤한 향이 콧속을 간지럽혔다. 에미의 팔은 단단한 사슬 같았다. 이렇게 되면 료는 아무런 저항도 할 수 없었다.

료가 운영하는 낚시용품점에 모토하시 에미가 처음 나타난 것은 석 달 전의 일이었다. 대나무 낚싯대부터 카본 낚싯대까지 죽 진열된 낚싯대 코너에서 어찌할 바를 모르고 오랫동안 서 있었다.

어떤 물건을 찾으십니까? 평소와 같은 영업용 미소는 다음 한마디에 날아가 버렸다.

"물고기를 잡을 수 있는 낚싯대요."

물어봤더니 살면서 낚시터에서 낚싯대를 드리운 적조차

없다고 했다. 다시 보니 프릴이 달린 번듯한 치마 차림이었는데, 낚싯배 위보다는 오모테산도를 걷는 편이 더 어울릴 법한 여자였다.

낚싯대를 고르는 것보다 먼저 배워야 할 것이 많은 손님이군. 그렇게 생각한 료는 우선 낚시에 어울리는 패션부터 설명하기로 했다. 최근에 낚시가 은근히 유행하면서 젊은 여성 고객도 종종 눈에 띄었는데 개중에는 구명조끼를 입는 것이 싫어서 일찌감치 낚싯대를 놓는 사람도 있었기 때문이다.

구명조끼 사이즈를 맞추고 미끼 종류를 설명하는 동안 사이가 점점 가까워졌다. 대화 장소가 가게에서 레스토랑으로, 그리고 호텔 객실로 바뀌는 것도 순식간이었다.

올해로 마흔다섯 살, 지금까지 마음을 설레게 하는 연애와는 인연이 없었던 인생에 찾아온 늦은 봄. 게다가 상대는 아직 20대로 얼굴이 작은 미인이었다.

처음에는 자신에게 몹시 어울리지 않는 연애라고 생각했다. 매일 아침 들여다보는 거울 속에는 피로에 지쳐 빨리도 추하게 늙기 시작한 중년 남자의 얼굴이 있었다. 짚신도 짝이 있다지만 이런 남자를 선택한 여자는 호기심을 넘어 취향이 기이하다고밖에 생각되지 않았다.

그래도 에미는 료에게 멋지다고 말해 줬다. 윤기를 잃은 피부나 희끗희끗한 머리가 섹시하다고 말해 줬다. 당황스러운 마음에 또래 친구들에게 물으니 요즘은 나이 차이가 많은 결혼이 유행이며 경제력 없는 젊은 남성보다 중년 남성을 결혼 상대로 선택하는 여성이 많은 듯하다고 해서 아주 조금은 수긍이 갔다.

떠올려 보면 자신의 인생에 아름답다고 할 만한 추억은 아무것도 없었다. 색정적인 일도, 다른 사람들이 부러워할 만큼 돈을 번 일도 없었다. 아버지가 운영하던 가게를 물려받자마자 부모님은 돌아가시고 이대로 낚시용품점 주인으로 인생을 마치는 것인가 생각하던 참에 나타난 만남이었다. 하나쯤은 이런 분에 넘치는 일이 생길 만하다고 생각했다.

"그보다 말이야……, 내일 바다로 나가잖아? 어디까지 갈 거야?"

"응, 내일은 조금 먼 바다까지 가볼까 생각 중."

"먼바다?"

"지금 쥐치가 맛있을 때잖아."

"쥐치라니? 나 그런 물고기는 처음 들어 봐."

"여러 종류가 있지만 일반적으로는 쥐치라고들 부르지.

흔히 복어 대용품으로 취급하지만 제철 쥐치는 여차하면 복어보다도 맛있다고."

"뭐라고, 복어보다 맛있다니! 하지만 복어는 독이 있어서 복어 요리 면허가 있어야 하잖아."

"그러니까 말이야, 쥐치는 독이 없어서 간도 식초에 절여 그대로 먹을 수 있어. 껍질을 벗기기 쉬워서 아마추어도 손쉽게 조리할 수 있고."

"그 아마추어는 날 말하는 거야?"

"하하하. 아직도 생선 손질을 못 하는 에미에게 맡길 줄 알고? 전부 내가 할 테니 보고만 있어도 돼."

"이러니 내가 료 씨를 안 좋아하고 배겨?"

에미가 갑자기 안기는 바람에 료는 다다미 위로 쓰러졌다.

바로 그때, 문을 열고 유키오가 나타났다.

"저기 말이에요 매부. 금슬이 좋아 다행이지만 처남 앞에서 그런 건 쪼끔 자제해 주시죠오."

"그전에 노크를 하는 게 예의잖아!"

서둘러 몸을 뗀 에미가 입술을 삐죽이며 반박했지만 유키오는 그다지 반성하는 기색도 없이 히죽히죽 웃었다.

"그야 그렇지만 이 정도로 내 집처럼 편하면 예의도 안 차리게 되는 것도 사실이니까. 미안해요, 매부."

"왜 나한테는 사과 안 해!"

"거기에 털 나기 전까지 같이 목욕한 여동생한테 새삼스럽게 사과는 무슨."

"성희롱이야! 방금 한 말은 아무리 가족이라도 성희롱이라고!"

"에둘러 축하한 거야. 성희롱 성립 안 된다고."

유키오는 쾌활한 웃음을 날렸다.

이 남자는 자신보다 열 살은 어린데 몹시 나이 지긋한 느낌이 드는 사람이다. 게다가 연장자에 대한 배려도 잊지 않아 호감이 높았다.

유키오는 에미보다 한 달 늦게 료의 집에 굴러들어왔다. 에미가 료와 동거한다는 소식을 듣고 인사차 찾아왔는데 하루 이틀 매일 밤마다 축하 파티를 하는 사이에 눌러앉아 버렸다. 아무리 동거 상대의 친오빠라지만 졸지에 동거인이 늘어나 당혹스러웠다. 하지만 유키오의 개방적인 성격과 에미의 기쁜 듯한 태도에 떠밀린 듯한 모양새로 지금의 기묘한 동거생활이 이어지고 있었다.

하지만 이유는 그뿐만이 아니었다. 무엇보다 료 자신이 이 생활을 기꺼워하기 시작했다.

어머니에 이어 아버지가 돌아가시고 나서 줄곧 혼자 살

앞는데 단란한 가족을 경험했던 자에게 찾아온 고독은 서서히 중독되는 독약과 같았다. 혼자 남겨진 거실에서 말없이 젓가락을 움직이며 대화를 나눌 사람도 없이 잠자리에 드는 생활을 반복하니 가슴속에 공허감이 몰려왔다. 그것은 TV의 개그 프로그램을 봐도 술을 마셔도 채워지지 않는 공허감으로, 나쁜 감정을 배양하는 근원이 됐다.

그 공허감을 채워 준 사람이 유키오와 에미 남매였다. 료도 그 사실을 자각하고 있기에 두 사람에게 감사하는 마음은 있을지언정 민폐라는 생각은 털끝만큼도 들지 않았다.

"그래서 무슨 이야기를 그렇게 재밌게 한 거야?"

"내일 나갈 배낚시. 료 씨가 쥐치 잡아 준대. 이 시기 쥐치는 복어보다 맛있대."

"오호, 복어보다 맛있다고? 그건 기대되네."

"신선함이 생명이니까 잡자마자 배 위에서 바로 손질해서 먹게 해 줄게."

"오오, 이게 웬 호강이야."

"호강이나 마나 낚시용품점이라 그나마 생기는 국물이지. 아아, 그러니까 아침은 먹지 마. 배에서 점심을 맛있게 잔뜩 먹으려면."

그러자 에미가 걱정스러운 듯 말했다.

"료 씨, 괜찮겠어? 아침밥 굶었다가 허탕이라도 치면 우리는 배 위에서 다 쫄쫄 굶어 죽을 거란 말이야."

"확실히 아마추어한테는 어려울 거야. 하지만 이맘때에 쥐치도 못 잡을 것 같으면 낚시용품 장사 같은 건 접어야지."

다소 뿔이 난 듯한 말투에 유키오와 에미는 서로 마주 보며 키득키득 웃기 시작했다. 료는 그 모습을 보고 자신이 이런 평온을 바랐다는 것을 절실히 깨달았다.

그때, 가게 앞에서 소리가 났다.

"이봐, 있어?"

목소리만 들어도 누군지 알았다. 료는 터져 나오려는 한숨을 참으며 가게를 나왔다.

"안녕했어?"

가게 앞에 불량해 보이는 남자가 두 손을 주머니에 찔러넣고 서 있었다. 그것만으로도 충분히 영업방해였지만 특히 삼백안과 엷은 눈썹 때문에 인상이 더욱 나빠 보였다.

"무슨 일이야."

"무슨 일이냐니. 친동생한테 할 소리야?"

데루유키는 입술을 삐죽이며 말했다.

"오랫동안 코빼기도 안 보이더니 요즘 들어 종종 얼굴을 내밀잖아. 무슨 속셈이 있겠거니 생각하는 게 당연하지."

"부모님도 모두 돌아가셨잖아. 애도 아니고 날마다 본가엘 왜 오겠어."

"흥. 부모님이 살아계실 때도 제대로 얼굴 비친 적 없으면서."

"칫."

데루유키는 혀를 차며 고개를 돌렸다. 불리해지면 얼굴을 똑바로 쳐다보지 않는 버릇은 여전했다.

다섯 살 터울, 피를 나눈 단 한 명의 형제. 그러나 중학생 때부터 행실이 나빠 밤 장사를 전전하다가 폭력조직원이 되고 말았다. 그래서 집에 찾아오지 않았다고 탓하기는 해도 데루유키의 얼굴을 보지 않아서 좋았다.

피를 나눈 혈육보다 타인이 더 편하다. 아니, 피를 나눴기에 비틀린 애증일지도 모른다.

"가게 꼴 하고는, 올 때마다 파리만 날리네. 안 망하는 게 용해."

"신경 꺼."

"낚시용품점 같은 건 박리다매잖아. 어차피 아버지 대부터 다니던 단골로 겨우 벌어먹고 살겠지."

집안 장사라서 데루유키도 내부 사정을 꿰고 있었다.

만약 장인이 직접 만든 고급 대나무 낚싯대나 최신 소재로 만든 낚싯대라면 값이 나가겠지만 낚시용품 대부분은 용돈으로도 살 수 있다. 가게 주인이 낚시를 좋아하면 자연스럽게 고객과 교류할 수 있고 단골손님도 생긴다. 그래서 큰돈은 못 버는 대신 크게 손해 보지도 않으며, 불황에도 강하고 유행도 꺼지지 않는다고들 한다.

"뭐야. 이제 와서 본가 장사에 흥미라도 생긴 거야?"

"흥, 그럴 리가 있나. 지지리 궁상맞은 장사 따위."

"그럼 무슨 일인데."

"오늘도 왔어? 그 두 사람."

두 사람, 모토하시 남매를 가리키는 말이다.

"당연하지. 계속 동거하고 있는데."

"빨리 내쫓아 버려, 그놈들."

"무슨 소리를 하려나 싶었더니……."

"여자만도 모자라 그 오빠 놈까지 같이 산다고? 도대체 얼마나 멍청한 거야. 여기가 언제부터 무료 쉼터였어. 어차피 형 재산을 노리고 굴러들어왔을 게 뻔해."

"내 재산이라고? 재산이라고는 고작 이 코딱지만 한 가게 한 칸뿐인데."

"건물까지 통으로 팔면 꽤 큰돈이야."

"야쿠자들이나 할 법한 발상이네."

"아마추어는 아마추어 나름대로 질이 나빠. 야쿠자는 적당선을 알거든. 쓸데없는 짓까지는 안 해. 하지만 아마추어는 정도를 모르니까 안 해도 되는 일까지 건드린다고."

"닥쳐."

료는 데루유키의 팔을 붙잡고 가게 밖으로 데리고 나갔다. 데루유키의 말을 안쪽에 있는 두 사람에게 더는 들려주고 싶지 않았다.

"너처럼 살면 너 나 할 것 없이 다 나쁜 인간으로 보이나 보지."

"그건 아니지."

데루유키는 비뚜름한 미소를 지으며 말했다.

"인간은 원래 다 나빠. 정도에 차이만 있을 뿐이지."

"너란 놈은!"

"옛날부터 도덕주의자였던 형은 인정하고 싶지 않겠지. 인간은 누구나 가슴속에 악의를 품고 있어. 우리 야쿠자들의 악의는 겉으로 티라도 나니 애교지. 아무튼 간판이니까. 그런데 평소에 숨기고 있는 아마추어들은 감당이 안 된다니까."

"저 두 사람을 욕하면 가만 안 둬."

"욕 안 해. 이 가게 권리를 일단 내 앞으로 해 줘."

"뭐라고?"

"등기상으로만 그러라는 거야. 가게의 토지건물 명의자를 나로 해. 그러면 쟤네들도 형을 노릴 목적을 잃을 거야. 물론 저놈들이 집을 떠나면 다시 명의를 돌리면 되지."

"수상한데."

"거참, 동생 말 좀 믿지 그래."

"신뢰받고 싶으면 신뢰할 수 있는 인간이 되라고."

"퉷!"

데루유키는 말과 함께 침을 뱉었다.

"정말 하는 짓이 하나도 안 변했구나. 중딩 때랑 똑같아."

"그 말 그대로 돌려줄게."

"후회하지나 마."

"후회할 만한 인생은 살지 않았어. 내가 너 같은 줄 알아?"

"나도 후회 안 해. 이딴 낚시용품 가게의 주인 노릇이나 하다 끝나는 인생 따위 사양이니까."

데루유키는 어깨를 들썩이며 등을 돌렸다.

"또 올게."

"다시는 오지 마."

데루유키는 뒤도 돌아보지 않고 한 손을 흔들며 떠났다. 료는 차라리 그 뒷모습에 대고 욕이나 퍼부어 줄까 생각했다.

가게로 돌아와 안으로 돌아가자 분위기가 싹 바뀌었다는 사실을 금방 눈치챘다. 에미와 유키오가 어색한 듯 다다미로 시선을 떨궜다.

"나, 나는 차 좀 내올게."

에미는 안절부절못하며 자리에서 일어났다. 역시 데루유키와의 대화가 이곳까지 들린 듯하다.

"미안해요, 유키오 씨. 혹시 들었으면 그놈이 한 말은 신경쓰지 마. 어차피 야쿠자 놈이 지껄인 말이니까."

"아뇨, 사과할 사람은 저죠, 매부."

유키오는 시든 꽃처럼 고개를 숙였다.

"사실 이렇게 남매가 눌러앉은 게 몰상식한 짓이라는 건 알지만 너무 편하고 좋아서……. 나도 휴대폰 하나면 할 수 있는 심부름센터 일을 하니 사무실도 필요 없고, 되도록 에미 곁에 있어 주고 싶어서……. 아아, 틀렸어요. 무슨 말을 하든 변명밖에 안 되네요."

"신경 쓰지 마."

"혹시라도 민폐라면 제가 나갈 테니까."

"전혀 아니야. 원래부터 세 식구가 살던 집이라 크기도 딱 좋아."

"에미는 보시다시피 생긴 것과는 달리 정신연령이 훨씬 낮아서 제가 옆에 없으면 무슨 짓을 저지를지 걱정돼요."

평소에는 침착하다가도 에미의 일이라면 순식간에 허둥댄다. 이런 점도 료가 유키오를 마음에 들어 하는 이유 중 하나였다.

"남매가 사이가 좋아 부러울 따름이야. 내 동생 놈은 그 모양이라. 피를 나눈 게 못마땅하기 그지없다니까. 그래서 되도록 유키오 씨와 에미가 데루유키와 마주치지 않도록 하고 싶어."

모토하시 남매와 데루유키가 서로 만나면 반드시 사달이 날 것이다. 그 사태만은 피해야 한다.

"내가 에미와 결혼하면 여기 들어오기 점점 힘들어져서 가게를 빼앗기 어려울 테지. 그렇게 되기 전에 어떻게든 권리를 빼앗으려는 속셈이야."

"하지만 또 온다던데."

"온다 해도 문턱도 못 넘을 거야."

"우리 남매 때문에 형제 사이가 틀어진 것 같아 괜히 마음이 불편하네요."

"사이가 나쁜 건 하루 이틀 일이 아니니까. 유키오 씨가 마음 쓸 일이 아니고."

"매부. 정말 그래도 괜찮아요?"

유키오는 진지한 눈빛으로 료를 바라봤다.

"에미는 성격이 저래서 앞뒤 생각 없이 밀고 들어와 안주인 행세를 해요. 그런데도 매부는 성가시다는 표정 한 번 안 짓잖아요."

"딱히 성가시지 않으니까."

"혼인신고랑 결혼식 날짜도 저 녀석이 멋대로 정한 것 같고."

"결혼식은 신부가 주인공이고 신랑은 그저 들러리라고 하잖아."

"생명보험 수령인도 에미로 지정하고."

"내가 결정한 거야."

"벌써 매부를 휘두르려고 해요."

"부부 사이가 좋은 비결이라고들 하지 않나."

질문과 대답을 반복하는 사이에 유키오의 입가에 점점 미소가 번졌다.

"정말 매부 같은 사람도 드물 거예요. 에미한테 낚였다는 건 알아요?"

"항상 낚는 입장이니까 가끔은 낚이는 것도 나쁘지 않지."

"매부 낚으려다가 내가 낚였네."

"남자는 낚은 적 없는데."

마침내 유키오가 웃기 시작했다.

"매부, 저는 말이에요. 에미를 조금 다시 봤어요."

"뭘?"

"이런저런 실수가 많은 동생이지만 매부를 선택한 것만큼은 옳았어요."

"그건 고맙네."

"전 지금 하는 일이 자리가 잡히면 바로 나갈게요. 아마한 달 정도면 될 거예요."

"서두를 거 없어."

"신혼집에 그 이상 머무르면 저는 어떻겠어요. 이래 봬도건강한 성인 남자거든요."

그때 에미가 문틈 사이로 고개를 내밀었다.

"아. 분위기 다시 돌아왔네."

그렇게 말하며 여우처럼 료의 옆에 앉았다.

"에미야. 넌 귀찮은 일이 생기면 맨날 도망가더라."

"그치만 분위기 파악하고 바꾸는 건 오빠 주특기잖아. 내가 있어 봤자 아무 도움도 안 돼."

에미가 성가신 일을 싫어하는 것은 알고 있었다. 반대로유키오는 협상과 세부 사항을 확인하는 것을 좋아했다. 매우 적절한 역할분담이었다.

　이 남매가 오래도록 사이좋게 지낼 수 있는 이유 중 하나
일 것이라고 생각했다.

2

아침 7시 전인데 늦더위의 영향으로 공기는 아직 무겁고 습했다.

료와 모토하시 남매는 우라야스 선착장에 있었다.

한무라 낚시용품점이 소유한 배는 15마력에 전체 길이 5미터의 작은 배였다. 지금은 조건이 다소 완화됐지만 예전에는 이런 작은 배를 다루는 데도 4급 소형선박 면허가 있어야 했다.

가게는 말할 것도 없고 강변이나 배 위도 단골손님과의 중요한 교류의 장이었다. 포인트, 릴 선택, 낚시감의 습성 등 정보를 제공하면서 신뢰를 얻는다. 그러나 역으로 손님과 같은 조건에서 낚싯대를 드리웠는데 아무것도 낚지 못하면 체면을 구기므로 배낚시를 하려면 그에 걸맞은 실력이 필요했다.

당연히 료도 아마추어에게 지지 않을 정도의 자신은 있었다. 오늘의 목표는 쥐치. 쥐치를 낚기 위한 포인트는 이미 파악해 뒀다. 배불리 먹이려고 에미와 유키오가 아침도 거르게 했다.

"편의점에서 주먹밥 정도는 살 줄 알았는데 정말로 현지 조달로 때울 작정이네."

에미는 약간 걱정스럽게 말했다.

"에미. 그건 매부의 자존심에 상처를 주는 말이야."

"그치만 료 씨는 오늘 쥐치만 잡을 거잖아."

"뭐, 먹거나 말거나 하는 수준이 아니라 취미로 하는 낚시니까. 우연히 잡은 물고기를 공짜로 먹다니 옳지 못하지, 암."

료는 웃으며 대꾸했다.

"그런 거야?"

"예를 들어 씨를 뿌렸더니 꽃이 펴서 아아 예쁘다 하는 건 취미도 뭣도 아니야. 그냥 작업이지. 몇 년 몇 월에 어떤 크기에 어떤 색 꽃을 피우려고 이런저런 지혜를 짜내고 경험을 살리는 게 바로 쥐미지."

"흐음."

"낚시라면 무언가 한 가지 목표를 정하는 법. 그러니까 오늘은 쥐치 하나에만 집중하겠어."

"난 배만 부르면 불만 없어."

"그럼 짐 체크만은 게을리하지 마. 에미는 배낚시 처음이지?"

"응."

"유키오 씨는?"

"저도요. 이 정도 배를 다룬 적은 있어도 낚시까지 해본 적은 없어요."

"배 타는 건 위험천만하다고들 하잖아. 주의에 주의를 기울여도 전혀 지나치지 않아. 자, 우선 이거."

료는 두 사람에게 약 꾸러미를 건넸다.

"이게 뭐야?"

"멀미약. 작은 배는 심하게 흔들려서 멀미가 잘 나거든. 그리고 직사광선 때문에 따가우니까 이거랑 이것도 필수품이야."

모자와 편광렌즈를 건네자 에미는 노골적으로 싫은 얼굴을 했다.

171

"꼬라지가 인기 없는 연예인 같아."

"불평하지 말고. 아아, 셔츠는 긴팔. 그리고 신발. 운동화는 안 돼. 자, 이걸로 갈아 신어."

"이건 장화잖아……."

"그래, 그리고 이게 가장 중요해."

료는 그렇게 말하며 구명조끼를 내밀었다. 요즘 유행하는 자동팽창식이 아니라 주황색 일반 구명조끼였다. 가슴 앞에 내밀자 벨트가 땅까지 닿았다.

"이상하게 벨트가 긴 것 같은데."

"구명조끼는 대충 걸치기만 해서는 안 돼."

에미에게 구명조끼를 입히고 사타구니를 지나 하체 무게까지 지탱하도록 벨트를 고정했다.

"잠깐! 이건 훈도시* 같잖아."

"이렇게 안 하면 막상 바다에 빠졌을 때 구명조끼만 둥둥 뜨고 몸은 가라앉잖아. 그리고 에미한테는 이거 하나 더."

마지막으로 건네받은 것은 젤리 같은 액체가 든 가늘고 긴 비닐봉투였다.

"……이게 뭐야?"

---

* 일본 성인 남성의 전통 속옷.

"여성용 휴대용 화장실. 그 안에 소변을 누면 폴리머가 흡수해서 금방 굳어. 냄새도 안 나고."

"여, 여기에 볼일을 보라고?"

"나와 유키오 씨는 소변은 배 위에 서서 해결하면 되지만 에미는 그럴 수 없잖아."

"이거 완전히 벌칙이잖아."

에미는 오만상을 찌푸렸다. 그 모습을 흘끔흘끔 살피며 유키오는 필사적으로 웃음을 참았다.

7시가 조금 넘어서 배를 출발시켰다.

오래된 엔진이 경쾌한 소리를 내며 돌았다. 뱃머리가 파도를 갈랐고 아침 햇살을 반사하는 파도는 반짝반짝 빛났다. 뺨에 닿는 바람은 여전히 습했지만 기분은 상쾌했다.

강가 양옆으로 늘어선 빌딩과 집을 바라보면서 다리 몇 개를 지나쳐 큐에도가와강을 내려가자 마침내 하구가 보였다.

료는 하구를 빠져나갈 때 보이는 풍경을 좋아했다.

빽빽한 빌딩 숲은 일상생활의 상징이다. 권태와 초조, 그리고 꽉 막힌 느낌이 소용돌이친다. 그러나 드넓은 망망대해에는 그런 것들이 존재하지 않는다. 료에게 하구를 벗어나는 일이란 일상에서 벗어나는 것과 같은 의미였다.

"와아, 기분 완전 좋다!"

조금 전까지 오만상을 찌푸린 얼굴은 어디로 갔는지 에미가 하늘을 밀어 올리듯 몸을 쭉 뻗었다.

유키오는 언제나처럼 온화한 얼굴로 바다를 바라봤다.

"유키오 씨, 무슨 일이야. 말이 없어졌네."

"뭐 좀 생각하느라……. 저기요 매부, 아까 우연히 잡은 물고기를 공짜로 먹는 건 취미로서 옳지 못하다고 했잖아요."

"응."

"저도 같은 생각이에요."

"오호."

"목표를 정해 하나에 집중해라. 바로 그 말이에요. 확률이고 뭐고 아무 생각 없이 그물이나 미끼를 던지는 건 전혀 스마트하지 않아요."

유키오가 우쭐하며 말했다.

"낚시도 결국 사냥이잖아요."

"그렇지."

"사냥감의 습성을 조사하고 서식지를 확인한 뒤 기회를 노린다. 아무리 조심성 많은 생물이라도 종일 긴장하며 살지는 않을 테니까 어딘가에 틈이 생긴다. 그 틈을 노려 덮

174

친다. 사냥감과의 심리전, 그게 사냥의 묘미래요. 그리고 캐치 앤 릴리즈* 같은 허세는 부리지 말 것."

"나 같은 사람은 잡을 생각이 없었던 고기나 작은 물고기는 놓아줘."

"잡아 죽인 사냥감은 반드시 배 속에 넣는다. 그게 사냥감에 대한 진짜 예의라고 생각해요."

"지금까지 사냥해 본 적 있어?"

"몇 번 해본 적은 있어요. 다 땅 위에서였지만. 사냥은 역시 민족을 불문하고 수컷의 본능인가 봐요."

세 사람을 태운 배는 이윽고 수로를 빠져나와 도쿄만으로 나왔다. 갑자기 바람과 바다향이 강해졌다. 햇빛을 가려주던 것들은 완전히 자취를 감추고 세 사람은 온몸으로 햇빛을 받았다.

"꺄아아아, 장난 아니다!"

에미가 환호성을 지른 것도 무리는 아니었다. 삼백육십 도 탁 트인 시야에 왼쪽에는 도쿄 디즈니랜드가, 오른쪽에는 가사이린카이 공원이 한눈에 들어왔다. 이런 절경은 이 지점에서만 맞이할 수 있다.

---

* catch and release. 물고기를 잡았다가 놓아주는 것.

"그런데 료 씨, 도대체 어디까지 나갈 계획이에요?"

"음, 4킬로미터 정도 떨어진 먼바다까지?"

쥐치 낚시 포인트는 동업자에게 알아뒀다. 료 본인도 사흘 전 그 장소에서 실제 쥐치를 낚았다. 조류와 수온이 변하지 않은 한 포인트도 크게 움직이지 않았을 터다.

연안 근처에는 소형 배 몇 척이 한가롭게 노닐고 있었다. 도쿄만은 예전보다 상당히 풍요로워졌고 이맘때에는 갈치, 참돔, 꼴뚜기, 문절망둑이 신나게 잡힌다. 단골손님을 태우는 평소라면 이 주변에 배를 멈추고 영업하겠지만 오늘은 목표가 다르다.

"저기, 이 앞에 섬 같은 건 없어? 섬 양쪽에서 중국군과 자위대가 대치하는 장면이라거나."

"그건 센카쿠잖아. 네 지리 감각은 도대체 어떻게 된 거야."

"그치만 오빠, 좀 질려. 계속 같은 풍경만 나오잖아."

"경치 따위 상관없잖아. 어차피 넌 먹을 생각만 하고 따라온 거니까."

"에미, 지루한 모양이네."

료가 관심을 주자 에미가 입술을 삐죽이며 고개를 끄덕였다.

"심심하다니 잘됐네. 이거 좀 부탁할게."

그러면서 옆에 놓아둔 소쿠리를 내밀었다. 안에는 많은 바지락과 펜치가 들어 있었다.

"이게 뭐야? 먹는 거야?"

"아니, 쥐치를 잡을 때 쓸 미끼. 그 펜치로 바지락 살을 전부 발라내."

"쥐치가 이런 걸 먹어? 게다가 발라내라니."

"거 봐 거 봐, 에미도 조만간 낚시용품점 안주인이 되려면 이런 일에 익숙해져야 해."

유키오가 약 올리듯 말하자 에미가 투덜대며 바지락 살을 발라내기 시작했다.

"미안해요 매부, 동생이 이 모양이라. 정말로 에미 같은 애가 낚시 가게 안주인이 될 수 있으려나요."

"이런 흔들리는 작은 배를 타고도 멀미하지 않으니 이미 합격이야."

"헤헷."

"매부, 안 돼요. 이 녀석 또 기고만장한다고. 하긴 어느 장사나 적성이 있는 법이니까."

그 단어가 문득 꽂혔다.

"그러고 보니 유키오 씨, 심부름센터를 한다고 했지. 구체적으로 어떤 일을 하는 거야? 새삼스럽지만."

"이름 그대로예요. 청소나 이사에 강아지 산책부터 결혼식 사회까지, 하다못해 노인 요양보호사 노릇까지 해요."

"호오, 대단하네. 그런데 그런 일은 자격증이 필요한 거 아닌가?"

"네, 대부분 자격증은 땄어요."

"그럼 차라리 특정 분야를 전문으로 하는 게 좋지 않을까. 요즘은 요양보호 자격증만 있어도 요양보호 회사에서 서로 데려가려고 난리잖아."

"으음. 매부, 낚시용품점은 거의 불황을 안 타잖아요?"

"음, 난 다른 장사는 잘 모르지만 말이야."

"요즘은 자격증만 있다고 쉽게 취직할 수 있지가 않아요. 게다가 자격증이 있으면 회사에서 정직원 대우를 해줘야하니까. 요양보호 현장에서도 값싼 임금에 무자격자를 고용하는 곳이 많아요. 실제로 저도 자격증이 잔뜩 있지만 전혀 먹히지 않고요."

"그렇군."

"게다가 저 자신도 회사 생활에 익숙해지지 않는다고 할까, 조직에 적응하지 못하는 사람이라서요. 몇 군데 취직해봤는데 전부 적성에 맞지 않았어요. 분명 사회에 적응하지 못하는 인간인 것 같아요."

"하지만 지금은 심부름센터로 먹고살잖아. 그럼 그 심부름센터에 맞는 적성이란 건 뭐야?"

"심부름센터의 적성! 으음, 글쎄요. 한마디로 고객의 니즈를 얼마나 빠르고 적확하게 파악하느냐, 겠죠."

유키오는 초연한 말투로 말을 이었다.

"처음 만나는 순간, 이 사람이 무엇을 싫어하고 무엇을 바라는지 꿰뚫어 보는 능력. 전 그 능력만큼은 뛰어나요."

그러고 보니 과연 그랬구나 싶었다. 확실히 모토하시 유키오라는 남자는 다른 사람의 욕망과 숨겨진 감정을 읽어내는 재주가 뛰어났다.

배는 마침내 육지에서 4킬로미터 떨어진 해역에서 속도를 줄였다.

이곳을 중심으로 주변을 탐색했다. 어지간해도 한 시간 정도만 버티면 분명 성과가 있으리라. 물론 입질은 료의 몫이고, 아마추어인 모토하시 남매에게는 별 기대를 하지 않았다.

"말해 두는데 쥐치 말고 다른 고기가 걸리면 놓아줘."

"아, 뭐야아아."

에미가 어이없다는 목소리로 대꾸했지만 료는 무시했다.

뭐가 됐든 에미에게 낚이는 물고기는 분명 자신처럼 상당한 바보일 테다.

료는 배의 왼쪽과 오른쪽에 각각 모토하시 남매의 자리를 정해 준 뒤 자신은 선미에 자리를 깔고 낚싯대를 드리웠다. 해가 점점 높아지며 햇빛에 피부가 탔지만 해수면을 스치는 바람이 열을 조금 빼앗아갔다. 그래도 완전히 무장한 차림새가 고역인지 에미는 목덜미에 흐르는 땀을 몇 번이나 훔쳤다.

세 사람 사이에 대화가 끊겼다. 유키오는 물론 에미도 입질에 온 신경을 집중한 듯했다.

료의 견해로는 남매 중 낚시에 맞는 사람은 에미였다. 이렇게 가만히 입질을 기다리는 광경을 보면 매우 한적해 보이니 느긋한 성격이 유리한 듯하지만 그렇지도 않다. 다소 성격 급한 사람이 미세한 입질도 놓치지 않으므로 물고기가 미끼만 먹고 도망치는 일은 좀처럼 당하지 않는다. 그런 점에서 유키오는 지나치게 신중한 면이 있는데 에미는 적당히 성격이 급하므로 낚시에 유리하다.

역시 가장 처음 입질이 온 사람은 에미였다.

"와아아! 뭐가 막 당겨! 당긴다구!"

에미는 서둘러 낚아 올렸다. 낚싯줄을 팽팽해지며 낚싯

대가 휘어졌다.

"잡았다, 잡았다!"

한참을 씨름한 에미가 낚아 올린 것은 10센티미터 정도 크기의 복섬이었다.

"땡! 빨리 놓아줘."

료의 말에 에미는 짜증을 숨기지 않았다.

"주둥이가 작아서 바늘을 못 빼겠어!"

"아참, 건들지 마, 건들지 마."

어쩔 수 없이 자신의 낚싯대를 고정해 놓고 복섬을 발로 밟았다.

"아, 불쌍해. 잔인해."

"복섬은 주둥이 끝이 날카로워서 잘못 만지면 다쳐. 그래서 바늘을 뺄 때는 보통 이렇게 발로 고정하거나 펜치를 쓰지."

"이런 걸 보면 잡은 고기를 놓아주는 게 자연보호라는 생각이 안 들어."

"먹지도 않고 이대로 죽이는 것보다는 낫지."

그러고 나서 또다시 입질이 오지 않는 시간이 흘렀다. 대화도 없이 들리는 것은 파도가 배를 때리는 소리뿐이었다. 그러자 슬슬 인내심이 바닥을 드러낸 에미가 하늘을 향해 불평을 쏟아냈다.

"아아, 전혀 안 잡히잖아. 지루해 죽겠어."

"조용히 해. 고기들이 다 도망가잖아."

유키오가 핀잔을 주자 에미가 다시 입술을 삐죽였다.

"아니, 아까부터 계속 이 자세잖아. 힘들어."

"낚시는 스포츠의 한 종류니까. 힘들지 않으면 스포츠가 아니지."

"스포츠인데 상쾌하지 않잖아. 있잖아, 료 씨. 이런 걸 자주 하면서도 용케도 안 질리네."

"질리기는커녕 이러고 있으면 근심 걱정을 잊을 수 있어서 더없이 행복하다고 느끼는 사람도 있어."

"더없이 행복하다고?"

"하루 행복하려면 술을 마셔라. 사흘 행복하려면 결혼해라. 평생 행복하려면 낚시를 배우라는 격언도 있거든."

"흐음, 결혼보다 오래간다니. 참."

에미의 입술이 뾰족해졌다.

또 시간이 한참 흘렀다.

다음 입질은 유키오였다.

"왔다!"

말하기가 무섭게 곧바로 릴을 감아올렸다.

그러나 수면 위로 올라온 낚싯줄 끝에는 바늘만 남아 있었다.

"쳇, 먹튀당했어. 입질이 꽤 길었는데."

"그놈이 아마 우리의 목표일 거야."

"네? 어떻게 알아요?"

"쥐치란 놈은 주둥이가 오므라든 모양이라 크게 못 벌려. 그래서 미끼를 먹을 때 깎아 먹듯이 여러 번 쪼지. 그 결과 미끼는 잘게 찢어지고 바늘만 남아. 그래서 쥐치는 일명 미끼 도둑으로 불려."

"고작 물고기 주제에 건방지잖아."

유키오는 당돌하게 웃으며 다시 바늘에 미끼를 끼었다. 아무래도 승부욕에 불이 붙은 모양이다. 그러나 신중하고 집요한 점이 유키오의 장점이라고 해도 그 점이 낚시에서도 유효하다고는 할 수 없었다.

그때, 료가 손을 대고 있던 낚싯대가 움직이며 검지와 손바닥을 건드렸다.

낚싯줄 끝을 톡톡 건드리는 듯 미묘한 감촉. 그 감촉을 감지하려고 일부러 민감한 낚싯대와 그 느낌을 분명하게 전해주는 낚싯대를 8 대 2 비율로 구성해 조립했다.

미끼를 주는 것이 아니라 낚싯바늘로 찌른다. 그러나 쥐

치의 주둥이는 단단해서 민감하면서도 강인한 낚싯대여야
한다.

톡톡 건드리던 감촉이 팽팽하게 당기는 금속성 띤 감촉
으로 바뀌었다.

드디어 물었구나.

낚싯줄을 감기 시작했다. 클러치를 껐다 켜는 것만으
로 낚싯줄을 조절할 수 있는 양축 릴로 만든 이유는 이렇
게 낚싯줄을 자주 감아야 하기 때문이다. 쥐치의 움직임은
빠르다. 그 움직임에 대처해 낚싯줄을 빨리 감으려고 1 대
5.6으로 기어비가 높은 것을 사용했다.

쥐치가 움직이는 방향과 반대로 움직이면 바늘이 쉽게
빠진다. 물고기의 움직임에 맞춰 바늘을 확실하게 걸기 위
해 자신의 의지를 릴에 집중했다.

갑자기 릴의 감촉이 단단해졌다.

됐다!

료는 재빠르게 릴을 감았다 풀었다 하면서 낚싯대 끝에
걸린 낚싯감의 호흡을 읽었다.

그리고 낚싯대를 단숨에 당겼다.

낚아 올린 것은 길이 20센티미터의 짤막한 물고기. 노리
던 낚싯감이었다. 료는 물고기의 몸에 새겨진 무늬를 보고

금방 그 물고기라는 사실을 알았다.

"이게 그거예요, 매부?"

배로 건져 올린 쥐치는 선명한 푸른색 물결무늬와 눈동자처럼 까만 반점, 그리고 커다란 꼬리가 특징이었다. 수족관에서 봐도 어색하지 않은 아름다운 물고기. 그러한 첫인상은 지금도 변하지 않는다.

"엄청 예쁜 물고기다."

"날개쥐치라고 해."

그다음부터는 비교적 수월했다. 낚싯대를 드리우자 재미나게도 날개쥐치가 물어왔다. 물고기의 움직임에 맞춰 바늘을 걸 타이밍도 익힌 탓에 이후에도 30분 동안 두 마리를 더 낚았다.

에미가 특히 먹고 싶어 하는 얼굴이라 서둘러 조리하기로 했다.

머리에 달린 뿔과 주둥이를 베어내고 주둥이 끝에서 꼬리 방향으로 단번에 비늘을 벗겨낸다. 지느러미를 잘라내고 아가미를 식칼로 깊게 찔러 내장과 함께 발라낸다. 등과 배를 가르면 쉽게 뼈에서 양쪽 살을 발라낼 수 있다.

"와아. 료 씨, 마치 요리사 같아."

"살을 발라내는 건 누구나 할 수 있어. 지금부터가 진짜 실력이 중요한 부분이지."

발라낸 살을 얇고 어슷하게 썰었다. 복어회처럼 매우 얇을 필요는 없다. 핵심은 양념이 스며들 정도의 두께다.

다음으로 간을 두 토막 내 하나는 간장에 풀어 양념을 만들었다. 그리고 나머지 하나는 갈아 으깨서 간장과 미림을 더했다. 그릇에 회를 담아 버무리면 간무침이 완성된다.

"자. 양념에 찍어 먹어도 되고 그대로 간무침으로 먹어도 돼. 맛있게 드시지요."

요리사 흉내를 내며 그릇을 내밀자 유키오와 에미는 망설이지 않고 한 점씩 입에 넣었다. 두 사람 모두 최근 몇 개월 동안 료가 친 회에 혀가 익숙해져 있을 터였다.

"이게 뭐야! 완전 맛있다! 진짜 복어보다 맛있을지도 몰라."

"와. 이거 장난 아닌데요. 고급스러우면서도 진한 맛이에요. 이 간도 맛이 깊고."

두 사람은 료의 얼굴을 보는 시간도 아까운 듯 젓가락을 놀렸다.

"그렇지? 그럼 두 사람은 먹고 있어. 난 좀 더 낚을 테니."

식사 중인 두 사람에게 등을 돌리고 다시 낚싯대를 흔들었다. 애당초 이 남매가 날개쥐치를 잡으리라 생각하지 않았다. 자신은 낚시에 두 사람은 식사에 몰두하면 그것으로 족한다.

그렇게 한동안 바닷바람을 맞고 있을 때였다.

갑자기 누가 어깨를 잡는 바람에 불안정한 배 위에 있던 료의 자세가 무너졌다. 다음 순간 료는 머리를 떠밀려 배 가장자리에 뒤통수를 부딪쳤다.

순식간에 시야가 흐릿해졌다.

통증이 느껴지기 전에 의식이 먼저 혼탁해졌다.

누군가가 하체로 손을 뻗었다, 고 생각한 순간 료의 몸이 거칠게 들려 바다로 내던져졌다.

풍덩 소리와 함께 코로 들어온 바닷물 탓에 의식이 조금 돌아왔다. 희미하게 뜬 눈에 가장 먼저 들어온 것은 붉은 액체였는데, 입가로 흘러들어와 혀에 닿자 자신의 피라는 사실을 깨달았다.

제대로 입고 있어야 할 구명조끼가 완전히 펼쳐져 목에 걸린 채 떠 있었다. 어느 틈에 고정 벨트가 풀린 것이다. 그 벨트의 끝이 바다에 떠 있었지만 팔을 뻗어도 닿지 않았다. 아니, 그전에 사지를 마음대로 움직일 수 없었다.

눈을 깜빡이자 시야가 조금 더 선명해졌다. 배 위에서 모토하시 남매의 모습이 보여서 본능적으로 팔을 뻗었다.

"사, 살려……."

입을 벌리는 순간 바닷물이 들어와 사레 들린 듯 기침이 심하게 났다.

남매는 료를 바라보며 엷은 웃음을 짓고 있었다.

"뭐야, 매부. 아직 말할 힘이 남아 있어요?"

유키오가 의외라는 듯 말했다.

"하지만 뭐, 시간 문제지. 보이지? 머리에서 피가 계속 흐르잖아."

선헤엄을 치려고 팔다리를 허우적거렸다. 목에 걸린 구명조끼 때문에 얼굴만 간신히 떠 있어서 목소리조차 제대로 낼 수 없었다.

"이유도 모르고 죽으면 억울할 테니 가르쳐 줄게. 우리가 노리던 건 그딴 변변찮은 낚시용품점이 아니라 당신의 사망보험금이었어."

"고마워, 료 씨. 1억 엔이나 계약해 줘서."

에미가 유키오의 옆에서 웃으며 손을 흔들었다.

"말했잖아. 난 다른 사람이 무엇을 원하는지 꿰뚫어 보는 재능이 있다고. 당신이 원하는 건 여자였어. 45년 인생 내내 갈망했지만 끝내 손에 넣지 못한, 자신을 사랑해 주는 여자. 눈앞에 매달아 놓으면 분명 당신이 덥석 물 줄 알았지. 당신이 낡은 이 날개쥐치처럼 말이야."

바닷물이 귓속까지 들어왔다. 유키오의 목소리가 들렸다 안 들렸다 했다.

"내 본업은 심부름센터가 아니라 이런 거야. 누군가의 채워지지 않은 마음의 틈을 찾아내 파고드는 거. 그리고 그놈을 만족시키는 대신에 대가를 받지. 료 씨는 말이야 남을 의심할 줄 모르는 좋은 고객이었어."

"정말로 료 씨는 착한 사람이야. 하지만 남친이나 남편으로는 절대 안 고를 사람."

"착한 사람이니까 마지막까지 한 치의 의심도 없이 우리를 남매라고 믿은 거 아냐?"

"어쩔 수 없지. 유키오가 연기를 잘하잖아."

두 사람의 얼굴이 가까워지는가 싶더니 그대로 입술을 맞추고 혀를 얽었다.

"이제 알았지? 이 녀석 사실 내 동생이 아니라 아내였어. 미안, 료 씨."

"하지만 내 행복이 자신의 행복이라고 료 씨가 직접 말했으니 소원을 이룬 셈이지."

"배가 흔들리는 바람에 넘어졌다. 그 순간 뒤통수를 세게 부딪쳐 바다로 떨어졌다. 그 기세에 구명조끼의 벨트도 풀리고 의식을 잃어 익사. 우리는 열심히 구하려고 했지만 아마추어라서 배를 능숙하게 몰지 못하고 료 씨가 죽어가는 모습을 보고만 있을 수밖에 없었다……. 어때? 누구나 수긍할 스토리지? 당신한테도 미심쩍은 외상은 남아 있지 않으니."

마지막 말은 어미가 사라졌다.

료의 의식은 안개처럼 희미해져 갔다.

두 사람은 배 위에서 여전히 웃고 있었지만 그 얼굴도 곧 판별할 수 없게 됐다.

그리고 바닷물이 순식간에 입과 코로 들어왔다.

료는 의식을 잃었다.

3

"이러니저러니 해도 운이 좋았네요. 료 씨."

이누카이라고 소개한 형사가 침대 머리맡에서 말했다.

바다에 빠졌다가 정신을 차렸을 때는 병원이었다. 이누카이의 설명에 따르면 해상보안청의 순시선이 파도 사이를 표류하고 있는 료를 발견해 구출했다고 했다.

"응급 후송됐는데 사실 몇 분만 더 늦게 발견됐다면 의사가 나설 차례는 없었을 거라더군요."

"감사합니다."

"동생분이 실종신고를 한 덕분입니다."

아아, 역시 데루유키가 관여했구나…….

"야쿠자라서 해상보안청을 드나들기는 꺼려졌겠죠. 먼 바다로 나간 배가 다소 늦는 것 정도로 해상보안청이 그리 쉽게 움직이지 않는데, 동생분이 끈질길 정도로 물고 늘어졌다는 듯합니다."

새삼스럽게 데루유키를 유키오 일당과 떨어뜨려 놓아 다행이라고 생각했다.

"그런데 아까 이누카이 형사님은 수사1과라고 하셨죠? 수사1과라는 건, 그러니까……."

"네, 사건성이 있어서요. 한무라 씨, 바다에 떨어졌을 때의 상황은 기억하십니까?"

료는 배 위에서 갑자기 유키오에게 습격당한 일부터 에미와 만났을 때까지의 일을 설명했다.

"흠. 전형적인 보험금 살인이었다는 말씀이군요."

"그 두 사람 좀 잡아 주세요. 절 죽이려고 했으니."

"그럴 필요는 없습니다. 그 두 사람은 이미 고인이 됐으니까요."

"……네?"

"료 씨를 발견한 장소에서 약 5백 미터 떨어진 지점에서 배를 발견했는데, 그 배에 타고 있던 유키오와 에미는 이미 숨져 있었습니다. 중독사로요."

"그랬……습니까."

"부검 결과 펠리톡신이라는 독이 검출됐습니다. 호흡 곤란이나 부정맥도 일으키지만, 관상 동맥 수축 작용이 치명적인 독이죠. 잘은 모르지만 복어 독인 테트로도톡신보다 70배는 강하다더군요. 그러니 그런 물고기 세 마리를 간까지 먹어치운 두 사람은 버틸 수 없었겠죠. 불과 몇 시간 만에 괴로움에 몸부림치며 죽었을 것이라는 게 검시관의 의견입니다."

이누카이는 잠시 말을 끊더니 료에게 얼굴을 들이밀었다.

"그러니까 당신의 계획은 성공했다는 말입니다. 살인 계획을 꾸민 두 사람에게 보기 좋게 복수했으니까요."

"나, 나는."

"경시청 수사1과 형사가 일부러 병실까지 찾아온 이유는 피해자의 증언을 듣기 위해서가 아니라 독살 사건의 용의자를 신문하기 위해서입니다."

이누카이의 냉철한 눈이 료를 꿰뚫어 봤다. 그 시선을 받은 료는 이 남자가 모든 사실을 알아차렸다는 것을 느꼈다.

그러자 기이하게도 허탈감과 함께 안도감을 느꼈다.

"배 위에는 두 사람이 먹은 생선 잔해가 있었습니다. 감식했더니 날개쥐치라는 물고기라더군요."

"……맞습니다."

"본래 날개쥐치는 수온이 18도 이상인 곳에서만 서식하기에 오키나와를 비롯해 쿠로시오 해류가 흐르는 고치와 와카야마 해역에만 서식합니다. 그런데 요즘 해수온이 높아지면서 도쿄만 근해뿐만 아니라 도마코마이* 앞바다에서도 발견된다는 보고가 있더군요. 간토 지방에서는 날개쥐치를 잡아도 먹지 말라고 요코야마 항만청이 경고까지 했습니다. 낚시용품점을 운영하는 당신이 이 사실을 몰랐을 리가 없습니다. 실제로 동종 업계 종사자가 당신이 일부러 날개쥐치의 낚시 포인트를 알아가려고 연락했다고 증언했습니다. 그때는 실수로 날개쥐치를 잡을까 봐서, 라고 덧붙였다고 하던데 사실은 반대였죠."

그렇구나. 이미 거기까지 수사의 손길이 닿았구나.

자신이 조는 사이에 두 사람이 날개쥐치를 낚아서 멋대로 먹고 말았다. 경찰에 그렇게 증언할 심산이었는데, 설마 그전에 모토하시 남매에게 습격당하리라고는 꿈에도 생각 못 했다.

---

* 일본 북단부 홋카이도에 위치한 도시.

"그럴 수밖에 없었습니다."

"죽일 수밖에? 두 사람을 쫓아내거나 관계를 끊으면 됐지 않습니까."

"그게 안 되더군요. 그 두 사람은 생활 깊숙이 침투했고 저는 어느샌가 주도권을 빼앗겼습니다. 게다가 무슨 일이 벌어지지 않는 한 경찰은 움직이지 않죠."

그렇다. 반강제로 사망보험을 계약했을 때부터 유키오 일당의 계획을 어렴풋이 눈치챘다. 그런데도 두 사람을 내쫓지 못한 이유는 두 사람의 존재가 자신의 외로움을 메워줬기 때문이다. 생명을 빼앗긴다는 불안과 또다시 외로움에 빠진다는 공포가 팽팽히 맞섰다.

"저로서는 정당방위였습니다."

진심이었다. 두 사람 앞에서 범행 의도를 대놓고 지적하지 못하고 서서히 살해당하기를 기다리는 료에게는 그것이 가장 온당한 살해 방법이었다. 그렇지 않았다면 반드시 자신이 살해당했으리라. 아니, 실제로 살해당할 뻔하지 않았던가.

"정당방위요? 안타깝게도 그 주장은 분명 받아들여지지 않을 겁니다. 당신은 그렇게 생각했더라도 두 사람의 살의를 입증할 증거가 아무것도 남아 있지 않습니다. 그런데 료 씨의 범행은 정황증거와 물적증거가 모두 있습니다."

"그러니까 어느 쪽의 증거가 남아 있느냐, 가 핵심이군요."

"사실대로 말씀드리면요……. 그건 그렇고 이 물고기는 참 예쁘네요."

이누카이는 가지고 있던 날개쥐치 사진을 보며 감탄했다.

주둥이가 튀어나온 마름모 모양에 커다란 꼬리지느러미, 선명한 푸른색 물결무늬.

맹독을 지녔기에 외모가 매혹적인 것일까, 아니면 매혹적인 외모기에 맹독을 지닌 것일까.

문득 유키오와 에미가 날개쥐치와 겹쳐 보였다.

5

녹색 정원의 주인

1

다쿠마의 시야에 공이 날아들었을 때 주변에 상대편 선수의 모습은 보이지 않았다.

"가아아앗! 다쿠마!!!!!"

대각선 뒤에서 공격수인 준야가 외쳤다. 골문까지 직선 상에 장애물은 없었다. 여기서 공격형 미드필더로 지명된 자신 말고는 나설 사람이 없었다.

두 다리의 속도를 한계까지 끌어올리자 공이 오른발에 딱 달라붙어 떨어지지 않았다. 날쌔게 움직이는 발목으로 공의 중심을 확실하게 찼다.

발에 진동이 느껴졌다. 그러나 세게 찬 공은 크로스바 위를 넘어 커다란 포물선을 그리며 운동장 밖 가정집 안으로 사라졌다.

"아, 또야."

뒤따라온 준야가 기가 막히다는 듯 말했다.

"자, 다녀와. 다쿠마."

"공격형 미드필더가 공을 주우러 가라고?"

"방금은 네 책임이잖아. 안 그래도 그 집은 네 담당이야."

헤헤거린 다쿠마는 머리를 긁적이며 운동장 밖으로 나와 공이 들어간 집으로 향했다. 떨어질 때 들린 소리로 추측건 대 또 정원의 꽃이 몇 송이 꺾인 듯했다.

도쿄도에서 운영하는 여러 운동장 중에서도 이곳은 최악 이다. 주변에 네트나 울타리를 설치하지 않아서 공이 자주 운동장 밖으로 날아가고는 한다. 그때마다 자신들이 고개 를 숙이며 찾으러 가야 한다.

뭐, 상관없다.

저 집 노부인은 다쿠마에게 상냥하다. 사과 한마디 한 다 음 잠깐만 말 상대가 되어 주면 웃으며 공을 돌려준다. 만 날 때마다 처음 만난 듯 인사해야 하는 점은 고역이지만 정원을 망가뜨려도 변상하라고 하지 않아 감사하다. 더욱 이 할머니가 없는 다쿠마에게 그 노부인의 존재는 상당히 매력적이었다.

***

"콜록!"

그 자리에서 무심코 공기를 들이마신 이누카이는 된통 사레가 들렸다. 흰 연기가 희미하게 끼었을 뿐이라서 방심했는데 비닐 타는 냄새는 시체 썩는 냄새 못지않을 정도로 자극적이었다. 설상가상으로 눈까지 바늘로 찌르는 듯했다. 고통을 견디다 못해 눈물샘이 비명을 질렀다.

어젯밤 노숙자들이 점령한 하천 부지에 누군가 불을 질렀다. 신고자는 익명의 남성. 소방차가 출동했을 때는 이미 골판지와 비닐 시트로 만든 집이 모두 불에 탔고, 안에서 잠들어 있던 자칭 구로사와 기미히토는 간신히 구출됐지만 전신에 화상을 입어 병원으로 후송됐다.

"습격이 이번이 처음이 아니랍니다."

이누카이 옆에 서 있던 나루세가 나직이 중얼거렸다.

"시작은 지지난주 금요일. 마찬가지로 잠든 구로사와를 몇 사람이 폭행했던 모양입니다."

"방화도 했나?"

"아뇨. 그때는 폭행만 가했을 뿐, 근처에 있던 다른 노숙자가 눈치채면 금세 도망쳤다는 듯한데……."

"그래서 이번에는 상해에다 방화까지 저지른 건가. 점점 악질적으로 변하는군. 목격자는?"

"노숙자들 증언으로는 리더 격인 소년만 목격했답니다. 나머지는 키랑 덩치가 중학생 같았다고만 했습니다."

"흠. 노숙자 사냥인가."

이누카이는 내뱉듯 말했다. 하천 부지에 골판지와 비닐 시트로 만든 집을 건축물로 볼지는 차치하고 범행 자체는 아이들 장난 수준을 훌쩍 뛰어넘었다. 그러나 범인을 체포해도 엄하게 처벌할 수 있는 처지가 아니다. 상해에 방화라면 중대한 흉악범죄지만 실행범이 딸과 같은 중학생이라는 사실에 분통이 터졌다.

구로사와에게는 안타까운 일이지만 비닐로 만든 집은 불에 잘 탄다. 분명 소방차가 빠르게 도착했지만 순식간에 전소됐다고 했다. 멀리 떨어져서 봐도 가구를 포함한 물건들이 완전히 불에 타 사라졌다.

그 잿더미 뒤에는 세 평 정도 넓이의 자그마한 정원이 있었다.

물어보니 구로사와가 취미로 가꾼 정원인 듯했는데 평

평한 돌을 깔고 양쪽에 식물을 기른 모양새가 평범한 생활 원예였다. 납작한 돌판 위에 설치된 둥근 탁자와 의자가 화룡점정이었다. 하천 부지지만 어딘가 기품을 자아내는 정원은 문외한이 보기에도 상당히 공을 들인 작품이었다.

"피해자의 상태는?"

"머리와 복부에 몇 군데 강한 타박상을 입었습니다. 현재 의식은 없지만 치명상은 아니라고 합니다."

그렇다면 회복하는 대로 본인에게 직접 목격 증언을 받을 수 있을지도 모른다. 이누카이의 마음속에서 어두운 열정이 불타올랐다. 스무 살이건 열네 살 미만이건 관계없다. 누구든 다른 사람의 생명이나 재산을 경시하는 짓이 얼마나 무거운 죄인지를 단단히 가르쳐 줄 것이다.

그런 생각에 잠겨 있을 때 가슴팍의 휴대폰 벨소리가 울렸다.

아소 반장의 전화였다.

"네, 이누카이입니다."

—방금 새 사건이 발생했다. 지금 당장 현장으로 가.

"하천 부지 사건 현장에 막 도착했는데요."

—보고는 들었어. 피해자는 의식이 없지만 현장에 물증이 많이 남아 있어. 그만한 인원을 투입할 사건도 아니고.

"꽤 냉정한 말씀을 하시네요. 새 사건이 그렇게나 많은 인원이 필요한 건입니까?"

—아이가 독에 중독됐다.

"독이요?"

—하교 도중에 졸도한 중학생을 병원으로 옮기던 중에 사망했다. 검시관의 견해로는 직전에 극약劇藥을 먹은 것 같다고 하더군.

"하교 도중이라고 하시면……."

—눈치가 빨라. 그 중학생이 교내에서 중독됐다면 희생자가 훨씬 늘어날 수도 있어.

아소가 출동을 명령한 장소는 하천 부지에서 멀지 않은 곳이었기에 이누카이는 현장에 금방 도착했다. 별동대가 이미 학교로 출동해서 학생들과 교직원 전원을 병원으로 이송했다고 했다. 지금쯤 한 사람 한 사람 조사와 위세척으로 야전병원을 방불케 하는 모습이리라.

사망한 학생은 오구리 다쿠마 14세. 다쿠마는 방과 후 도쿄도에서 운영하는 운동장에서 동아리 활동을 하고 돌아가는 길에 몸에 이상을 호소하자마자 급작스럽게 사망했다. 학교 운동장을 이용하지 않았던 이유는 다른 학교와의 연습 경기였기 때문이었다.

미쿠리야 검시관의 말로는 사체에서 극약인 탈륨이 검출됐다고 했다. 현재 미소화 내용물 속에서 탈륨을 섞은 음식물을 찾아내려고 서두르고 있으나 이미 전부 소화됐다면 수사가 어려워질 것이다.

탈륨은 살서제殺鼠劑의 원료로 사용되는 화학물질인데 무미 무취해서 음식에 섞기 쉽다는 특성이 있다. 소화기관에 빨리 흡수되기에 즉효성 독극물이라고 할 수 있지만, 한편으로는 체내에 응축되므로 소량 섭취할 경우 지효성 독극물이라고도 할 수 있다. 복통과 구토 등 증상이 나타나지만 이 또한 개인차가 있어 언제 독을 먹었는지 분명하게 판단할 수 없다.

그러나 그것이 미쿠리야의 일이다. 이누카이는 다쿠마의 동선을 사건 발생 당시부터 거슬러 올라갔다.

다쿠마가 이상을 호소하자마자 구토를 하며 쓰러진 곳이 운동장에서 1킬로미터 떨어진 지점. 그 길에 있는 식료품점과 편의점을 이 잡듯이 샅샅이 뒤졌지만 다쿠마가 들른 흔적은 없었다.

하룻밤이 지나고 날이 밝았을 때, 이누카이는 운동장에 서 있었다.

운동장 주변에는 이미 현장 통제선이 둘러쳐져 현장이 보존되어 있었다. 학생들이 시합 중에 입에 댔던 페트병 등도 남김없이 전부 압수했다.

불현듯 골대 너머로 낡은 단독 주택이 보였다. 운동장 방향으로 담이 있어서 운동장이 한눈에 보이지는 않지만 무언가 증언을 얻을 수 있을지도 모른다.

문패에 '사다 게이조'라고 적혀 있었다. 초인종을 두세 번 누르자 허리가 굽은 노부인이 현관문에 나타났다.

그런데 노부인은 이누카이를 보자마자 환히 웃었다.

"어머나! 게이스케 왔구나. 갑자기 무슨 일이니?"

노부인은 비틀거리는 걸음으로 이누카이에게 달려들더니 그 손을 꼭 붙잡았다.

"저, 저기······."

"자 들어오렴, 어서."

이누카이를 있는 힘껏 집 안으로 끌고 들어가려고 했다. 아무래도 사람을 착각한 듯했지만 말을 걸 틈이 없었다.

"여보, 여보. 게이스케가 왔어요."

그 목소리에 응답하듯 집 안에서 백발노인이 나왔다. 노인은 이누카이를 보고는 상황을 이해했다는 듯이 고개를 끄덕이더니 노부인을 집 안으로 물러나게 했다.

"죄송합니다. 사치코가 치매를 앓고 있어서……. 집에 남자만 오면 그 사람이 누구든 아들이라고 여긴다우."

"아아, 아드님으로요?"

"진짜 아들은 이미 죽었지만 말입니다."

노인, 사다 게이조는 정중하게 고개를 숙이며 말했다. 이누카이가 방문 목적을 알리자 게이조가 "아아" 하고 반응했다.

"그 아이라면 어제도 정원에 들어왔죠."

"정원에요?"

"축구공이 날아갔으니 돌려달라고요. 처음 있는 일도 아니라 계속 집사람이 상대해 줬습니다. 그 나이 또래 아이라도 아들이라고 여기니까 마음을 달래기 딱 좋았어요."

"처음이 아니었습니까?"

"야구며 축구며 네트도 울타리도 없어서 공이 자주 날아와요. 한번 보시겠습니까?"

게이조를 따라 복도를 걸었다. 집 내부는 외관보다 더 낡았고 벽의 회반죽이 벗겨진 부분은 전단지를 접어 가려놓았다. 복도도 요란한 소리를 내며 삐걱거렸다. 그러나 그 와중에도 정원만큼은 훌륭했다. 판판한 돌과 굵은 자갈이 깔려 있고 국화와 산다화처럼 계절마다 피는 꽃들이 가지

런하고 화려하게 피어 있었다. 주변이 온통 나뭇잎으로 뒤덮여 있었지만 울창한 느낌이 아니라 꽃의 배열에 맞게 조화를 이루도록 꾸며서 바라보고 있자니 마음이 안정됐다.

하지만 안타깝게도 국화꽃 일부는 목이 꺾인 상태였다. 자세히 살피니 다른 꽃들도 상한 흔적이 보였다.

"공이 날아온 흔적이에요."

"커다란 축구공이 엄청난 기세로 날아와 떨어지는데 견딜 재간이 없죠."

게이조는 얼굴을 잔뜩 찌푸리며 공 때문에 생긴 난장판을 노려봤다.

"보시다시피 다 쓰러져가는 집이지만 우리 부부 모두 연금으로 생활하는 처지라 리모델링도 못 합니다. 그래도 우리 집에서 단 한 가지 자랑할 만한 것이 있는데 그게 바로 이 정원입니다. 저와 집사람이 정성껏 가꾼 행복의 정원이에요. 특히 이 국화는 집사람이 가장 애정을 쏟아부은 걸작으로 어느 품평회에 내놓아도 부끄럽지 않을 정도죠."

게이조가 손으로 가리킨 국화는 대국이라고 불리는, 관상용으로 특화된 품종이었다. 꽃의 지름은 10센티미터 내외, 한가운데에 핀 한 송이만을 남기고 주변 봉오리들은 모두 잘라냈다. 자세히 보면 하나의 모종에서 세 개의 곁가지가 제각각 자라 꽃을 피우고 있었다.

이른바 삼단 가꾸기라는 원예법이었다.

"그런데 그렇게나 소중한 국화들을 이 지경으로 만들어 놓으면 틀림없이 안주인도 화를 내시겠죠."

"그게…… 치매라는 게 그런 거겠죠. 국화가 꺾였을 때는 야차 같은 얼굴로 미친 듯이 화를 냈지만 그 다쿠마라는 중학생이 고개를 숙이며 찾아오자 보살 같은 얼굴로 응대했습니다. 그러면 전 아무 말도 못 했습니다. 그런데 나중에 무참히 망가진 국화를 다시 보고는 다시 그 일이 떠오른 듯 또 분통을 터뜨리고……."

게이조는 침통한 표정으로 입을 다물었다.

그때 이누카이는 집 안에서 이상한 냄새를 맡았다.

게이조와 사치코는 모두 80대. 물론 노인 냄새도 나지만 그 냄새 말고도 달고 쉰 듯한 썩은 냄새가 희미하게 풍겼다.

바로 조용하게 다가오는 죽음의 냄새다.

부부 모두 고령에 돌봐 주는 자식도 없다. 한 사람이 치매를 앓으면 입원하지 않는 이상 고령의 배우자가 병시중을 들 수밖에 없다. 그리고 치매는 사람을 점점 더 빨리 죽음으로 이끈다.

"어제 다쿠마가 왔을 때 뭔가 이상한 점은 없었습니까?"

"글쎄요. 집사람이 상대를 해서……. 물어봐도 소용이 없 겠죠."

"바로 어제 일인데요."

"집사람은 날마다 다른 사람이 됩니다. 내일이 되면 형사 님도 완전히 잊어버리고 말 겁니다."

증상이 그렇다면 일상생활에도 지장을 줄 것이다. 그렇 게 생각했을 때 이누카이의 마음을 읽은 듯 게이조가 말을 이었다.

"사람뿐 아니라 일상에서 벌어진 세세한 일까지 전부 그 렇습니다. 밥 짓는 법, 가스 켜는 법, 물건을 놓아 둔 장소. 잊어버려도 대처할 수 있도록 적어 놓은 메모가 부엌에 산더미처럼 쌓여 있습니다. 그래도 집사람 혼자 두는 건 위험하니 낮에는 내가 계속 붙어 있어 줘야 하죠. 그래서 식료품이나 생활용품은 집사람이 잠자리에 들면 사러 나 가요."

게이조의 한마디 한마디에서 피폐한 목소리가 들렸다. 노노개호*의 과부하가 이미 현실이 되어 있었다. 확실히 이

* 노인이 노인을 간병하는 사회현상을 뜻하는 말로, 초고령사회 일본에서 나 타난 신조어.

러한 상황에서는 탐문을 해도 소용없을지 모른다.

그러나 그럼에도 확인해야 하는 것이 자신의 일이다.

사치코를 찾았더니 그녀는 식탁에서 팔꿈치를 괴고 있었다. 시선 끝에는 냉장고 문에 붙은 무수히 많은 메모가 있었다. 사치코는 눈으로 메모의 내용을 읽으면서도 곤혹스러운 모습이었다.

"어머머, 게이스케. 차라도 끓여 줄까? 네가 정말 좋아하는 오하기*도 있단다."

여전히 자신을 아들이라고 믿고 있었다. 이누카이는 가슴이 조금 아팠지만 직업 정신을 발휘해서 그 감정을 억눌렀다.

"그보다 어제, 정원에 중학생 남자아이가 들어갔던 일을 기억하세요?"

"어제? 중학생?"

사치코의 얼굴에 불안이 스쳤다.

"무슨 소리니. 내가 어떻게 그런 아이를 알아. 애당초 우리 집에 중학생 아이가 있을 리 없잖니."

호소하는 말투가 유난히 우울하게 들렸다. 불안해서 어

---

* 멥쌀과 찹쌀을 섞어 동그랗게 빚은 후 팥소나 콩가루를 묻힌 일본 떡.

찌할 바를 모르는 사치코를 보고 있자니 그녀를 당황스럽게 했다는 사실에 죄책감마저 솟았다.

게이조에게 매일이 피폐의 연속이라면 사치코에게는 매일이 공포의 연속이다. 눈을 뜰 때마다 낯선 상황이 자신을 기다리고 있다. 깨어 있는 시간 동안 점점 자신의 존재감을 상실한다. 그것은 분명 마음을 서서히 침식당하는 두려움일 것이다.

허탕 쳤군. 그렇게 판단했을 때 벨 소리가 울렸다. 이번에는 나루세였다.

"어떻게 됐어?"

─지금 구로사와 씨가 이송된 병원인데요. 그 양반, 의식이 돌아왔습니다.

"잘됐네. 그래서 방화범 얼굴은 봤대?"

─그게 말인데요. 불을 낸 사람은 그쪽 사건 피해자, 그러니까 오구리 다쿠마라고 구로사와 씨가 증언했습니다.

2

"성미가 나쁘다기보다 흉악한 꼬마들이야."

구로사와는 턱을 붕대로 고정시켜 말하기 어려워 보였지만 그래도 말해야만 한다는 모습으로 쥐어 짜냈다. 애당초 일흔이 넘은 나이라서 가뜩이나 쉰 목소리가 더욱 쉬었다.

"특히 그 다쿠마라는 놈은 지독했지. 난 몇 번이나 하지말라고 말했어. 그런데 그 꼬마, 웃으면서 나를 때리고 걸어찼어. 그냥 맨손으로 때린 것도 아니야. 몽둥이로 팼어. 심지어 발길질도 장난 아니었지. 온몸에 체중을 실어 걸어찼어."

중학생이라고는 해도 동아리 활동으로 훈련한 몸이었다.

아마 발길질에도 상당한 파괴력이 있었으리라고 이누카이는 생각했다.

"그 아이 혼자 저지른 짓은 아니죠?"

"으응, 확실히는 몰라도 최소 네 명이었어. 하지만 그놈이 리더였지. 여러 번 폭행을 당해서 그건 알아."

"상습적으로, 말입니까?"

"폭행을 당할 때마다 경찰에 신고했어. 그런데 당신들은 이야기를 다 듣지도 않았고 전혀 움직이지 않았잖나!"

그 일은 죄송했다며 고개를 숙이면서 이누카이는 속으로 관할서를 욕했다. 아마도 노숙자의 신고라고 무시했으리라.

구로사와를 포함한 노숙자 몇 명의 증언으로 방화 사건의 수사선상에 다쿠마의 이름이 올랐다. 얼굴이 갸름하고 귀가 뾰족하다는 특징을 바탕으로 금세 리더인 소년의 몽타주를 그렸는데 이 몽타주를 보고 다쿠마의 사건을 담당한 수사관이 반응했다.

"그럼 다시 여쭙겠습니다. 정확히 언제부터 폭행을 당하셨습니까?"

"한 달 전쯤에. 처음에는 저 멀리 둑 위에 서서 욕을 퍼붓기만 했어. 사회의 해충이라는 둥 패배자라는 둥. 그러더니 얼마 지나지 않아서 노인들만 노려 빈 페트병이나 돌을 던지기 시작했지. 상대가 어차피 어린애니까 그냥 무시했더니 또 얼마 안 있어서 밤에 공격하더라고."

"밤에 습격을 했다고요. 어둠을 틈타 공격했으니 인상착의를 알아보기 힘들었겠군요."

"목소리나 키로 대충 짐작했지. 그런데 본인들은 들키지 않을 거라는 생각에 제멋대로 날뛰더군. 집 안으로 뛰어들어 가뜩이나 없는 살림에 가구며 생활용품을 부수기 시작했어. 그때 경찰에 신고했지. 그걸 내버려 뒀더니 급기야 불까지 질렀다고."

날카롭게 내뱉은 마지막 말은 이누카이를 향했다.

오구리 다쿠마를 중심으로 한 그룹이 습격 사건의 범인이라는 사실은 같은 반 학생들의 증언으로 고구마 줄기 캐듯 줄줄이 밝혀졌다. 수사진을 불쾌하게 한 것은 그들의 범죄 사실과 학교에서의 평판 사이에 상당한 괴리가 있다는 점이었다. 다쿠마 패거리는 축구부의 주요 멤버였고 축구 강호로 유명한 학교에서 우수한 간판스타였다. 그 간판스타가 학교 밖으로 나가자마자 갱스터로 변했으니 소식을 접한 학교 관계자와 보호자들은 몹시 충격을 받았다고 했다.

그러나 그리 놀랄 일은 아니라고 이누카이는 생각했다. 그 또래 자식이 겉모습과 내면의 모습이 다른 것은 오히려 당연하다. 교사나 부모가 아이의 모든 것을 속속들이 알고 있다고 장담하는 것은 결국 대단한 자만이다.

"이런 처지라서 사람들이 흰 눈으로 보는 데에는 익숙하네. 되도록 타인에게 폐를 끼치지 않도록 조심하고도 있고. 경찰에 신고한 이유는 한편으로는 그 아이들을 올바른 길로 이끌어 주길 바랐기 때문이야."

"그 리더인 오구리 다쿠마가 방화 사건 다음 날에 살해당한 건 알고 계시죠?"

"아아……, 그건 다른 형사님께 들었지."

갑자기 구로사와의 말투가 수그러졌다.

노숙자 사냥을 하던 그룹의 리더가 다음 날 독살당했다. 이런 경우 습격당한 사람의 복수일 가능성을 가장 먼저 의심한다. 이누카이는 피해자를 만나려는 것이 아니라 용의자 중 한 사람으로 구로사와를 신문하려고 그의 병실을 방문한 것이다.

"독에 당했다던데. 괴로워했소?"

"직전까지 자각 증상이 없었다고 들었으니 오래 괴로워한 것 같지는 않습니다만……. 신경 쓰이십니까?"

215

"그야 신경 쓰이지. 이제 열네 살이었지? 죽을 나이가 아니야. 나처럼 쓸모없는 늙은이도 아니고."

"설령 흉악한 꼬마라도요?"

"묘하게 시비거는 말투는 그만두쇼."

"구로사와 씨를 이런 꼴로 만든 장본인이에요."

"그렇다고 해서 꿈 있고 앞길 창창한 중학생을 죽여도 되는 건 아니지. 분명 흉악한 꼬마지만 앞으로 다양한 사람을 만나면서 훌륭한 어른으로 자랄 수 있어. 그 가능성을 뿌리째 뽑아내는 건 좋지 않아."

구로사와는 우울하게 말했다. 그것이 보여 주기식 동정인지 확인해야 한다.

"재미 삼아 노인을 폭행하고 그 집에 불을 지르는 아이들이 꾸는 꿈이나 미래 따위가 과연 쓸모 있을까요?"

"그건 그럴지도 모르지만……. 그래도 그건 아니야. 설사 아무리 싹수가 노랗다고 해도 그걸 아예 잘라 내는 건 좋지 않아. 이 꼴을 만든 놈들이라 몹시 미워해 마땅하지만……."

"밉지 않습니까?"

"이 나이 먹으면 젊다는 것 하나만으로도 가치가 있다는 생각이 들거든."

216

"그건 그 아이가 죽어서 아니겠습니까? 만약 아직도 일 방적으로 폭행당하고 있다면 역시 이 쌍놈의 자식이라고 생각하지……."

"형사님, 혹시라도 우리가 복수하려고 아이에게 독을 먹였다고 의심하는 거요? 내 장담하는데 그런 짓, 나는 못 합니다. 복수하고 싶어도 이런 꼴이면 말이오."

그러나 구로사와의 주장을 그대로 받아들일 수 없었다. 다쿠마의 사인은 중독사며, 사망 시각을 정할 필요가 없으니 방화 사건 이전에 독을 먹였을 가능성도 있다. 예전부터 폭행을 당했으니 오히려 선수를 칠 계획을 세웠다는 관점에서도 볼 수 있다.

"무엇보다 우리는 그 독을 준비할 형편이 못 돼. 수중에 돈도 없고."

이 주장은 나름대로 설득력이 있었다. 독약 및 극약으로 분류된 약품은 약사법 제7장 1절에 따라 취급을 세세하게 규제하고 있기 때문이다. 요즘은 인터넷 쇼핑몰에서 판매하는 일당들도 있으나 당연히 위법행위이고 구로사와 무리 같은 사람들이 쉽게 구매할 수도 없다.

그런데 그때, 이누카이의 머릿속에 하천 부지의 풍경이 떠올랐다.

"그건 그렇고, 하천 부지에 있는 훌륭한 정원 말입니다. 그건 구로사와 씨가 만든 거죠?"

"아아, 맞다우."

"그거 참 멋지네요. 그 부분만은 잘 가꾼 공원처럼 보이더군요. 도무지 아마추어의 솜씨라고는 생각할 수 없겠던걸요."

"아마추어가 아닐세."

구로사와는 언짢은 기색으로 말했다. 입술을 삐죽이면서도 어딘가 쑥스러운 듯했다.

"이래 봬도 옛날에 조경업을 했거든."

그 대답을 듣자 납득이 갔다. 옛날에 익힌 솜씨였다.

"3년 전쯤만 해도 제법 이름이 알려진 곳에서 근무했지. 실력도 꽤 좋았소. 불황 탓에 해고당했지만."

"대단한 솜씨라고 생각했습니다."

"거기는 배수가 나쁜 곳이오. 게다가 땅이 척박해서 제대로 뿌리를 내리기가 어렵지. 그래도 그런 점은 뭐 지혜와 경험의 영역이니까. 값싼 좋은 나도 살 수 있고."

확실히 그가 기르는 꽃들은 예쁘기는 하지만 값이 나갈 만한 꽃들은 눈에 띄지 않았다. 그 점이 도리어 보는 자들에게 소박한 인상을 줬다.

"식물이라든지, 자연이라는 게 그런 거지. 아무리 초라한 것이라도 보고 있으면 마음이 편안해지니까 대단한 존재야. 우리는 이런저런 사정으로 이런 생활을 하게 됐지만 그렇기에 오히려 생활 속에 정을 붙일 존재가 필요하다우. 젠체하려는 건 아니고 내가 할 수 있는 일이라면 해 주고 싶어서."

"그 정도 실력만 되면 집에서 텃밭을 가꾸는 것도 어렵지 않겠네요?"

"그렇소. 사실 방울토마토를 재배할 수 없을까 여러 가지로 궁리하던 참이었어. 재배에 성공하면 노숙자들에게도 나누어 줄 수 있고……. 하지만 역시 하천 부지 땅에서는 어렵지. 토마토는 원래 안데스나 기후가 혹독한 곳에서 생산돼서 장소를 가리지 않지만 그래도 하천 부지 땅은 척박하오."

구로사와의 목소리가 점점 들뜨기 시작했다. 현재 이야기든 옛날 이야기든 일 이야기가 나오면 신이 나는 것은 남자의 습성일지도 모른다.

"거기서는 재배든 조경이든 해충 제거가 큰일이겠네요. 그건 어떻게 해결하십니까?"

"아아 배수가 나쁘면 아무래도 해충이 생기기 쉽지. 특히 흰불나방과 진딧물이 떼로 서식해서 말이오, 순식간에 잎을 다 갉아 먹어."

"호오. 흰불나방이라는 건 처음 듣는데요."

"그뿐만이 아니야. 가장 문제는 들쥐지. 그놈들이 나타나면 불과 한 시간 만에 대부분 초토화되니까. 게다가 그것들은 별별 병원균을 옮기고 다녀서 그 점이 더 무서워. 식물을 재배하기 전에 먼저 해충을 제거하는 건 조경의 기본 중의 기본이지."

"구로사와 씨는 어떻게 대처하십니까?"

"그야 상대가 상대이니만큼 살충제를 뿌리고 쥐약을 놓을 수밖에……."

말을 하던 구로사와의 안색이 퍼뜩 바뀌었다.

"잠깐만. 그 아이를 중독시킨 게 설마 농약인가!"

대답할 수는 없었다. 지금 이누카이가 탈륨을 언급하면 범인밖에 모르는 '비밀'을 용의자에게 '폭로'하게 된다. 그런데 구로사와의 반응이 연기라면 그야말로 연기대상감이었다. 일찍이 연기학원에 다녔던 이누카이의 눈에도 실력자 부류에 속할 정도였다.

"만약 농약이었다고 한다면 어떤 독을 떠올릴 수 있을까요?"

"내가 넘어갈 것 같나."

구로사와는 고개를 돌렸다.

"정말 위험하기 짝이 없군. 이런 게 바로 유도 신문이지. 나, 난 피해자라고. 이젠 끝까지 아무 대답도 안 할 거요."

"그 분야 전문가에게 전문지식을 여쭈었을 뿐입니다."

그러나 구로사와가 여기서 입을 다물었다고 해서 별다른 영향이 있지는 않았다. 현장은 이미 봉쇄됐고, 정작 중요한 당사자는 침대 위에 있으므로 새삼 증거를 인멸할 수도 없다. 그 정원에 감식반이 들어가면 상당히 재미있는 것이 나오리라.

그러나 그전에 하나 더 물어볼 것이 있다.

"구로사와 씨. 당신의 조경 기술이 아무리 뛰어나다고는 해도 실례지만 하천 부지 일대에서 둥근 탁자나 납작한 돌판은 구하기 어려웠을 겁니다. 살충제 종류도 포함해서 말이죠. 그것들을 어떻게 구했습니까?"

하지만 구로사와는 등을 돌린 채 두 번 다시 말하려고 하지 않았다.

수사본부로 돌아오니 수사 보고가 산더미 같이 쌓여 있었다. 독살 사건이 확산될까 우려한 본부가 초동수사를 철저히 시킨 결과였다.

우선 노숙자를 습격한 그룹의 멤버들은 무서운 얼굴로 으름장을 놓는 수사관들 앞에서 자신들의 악행을 술술 자백했다. 그들의 진술에 따르면 구로사와를 비롯한 노숙자들에게 해충이라고 한 것은 농담이나 조롱이 아니라 지극히 진심이었다는 듯했다.

"그야 그놈들은 일도 안 하고 세금도 안 내잖아요. 그건 국민의 의무를 회피하는 거죠."

"국민이 아니면 인간 취급 안 해도 되잖아요."

"더럽고 냄새나요. 보기만 해도 기분 나빠. 그야말로 해충 그 자체라고요. 그래서 우리는 하천 부지를 청소하고 싶었을 뿐이에요."

반쯤 자랑스럽게 이야기하던 아이들이었지만 질문 내용이 폭행과 방화로 넘어가자 입이 무거워졌다. 다른 사람의 고통을 모르는 바보라도 그 두 가지가 죄가 된다는 사실을 알 정도의 머리는 되는 모양이었다. 신문하는 동안 속이 몹시도 부글부글 끓었던 수사관이 크게 꾸짖자 아이들은 짜기라도 한 듯 폭행과 방화는 다쿠마가 억지로 시켰다고 진술하기 시작했다.

"어쨌든 부모와 교사들 앞에서는 완벽한 모범생이었다네요."

나루세는 어이없다는 말투로 계속 보고했다.

"그래도 여자아이들 몇 명은 다쿠마가 악독하다는 사실을 알고 있었다니까요. 어려도 여자란 무섭네요."

그 점은 이누카이도 동의했다. 여자의 직감은 무시할 수 없다. 겉모습과 말장난에 현혹되지 않고 찰나에 사람의 본성을 꿰뚫어 보는 예리함이 있다.

"반면에 부모와 담임 교사는 망연자실했습니다. 엄마들은 이건 경찰의 음모라고 주장하며 난리 치기 시작했다고 하고요."

그러고 보면 다쿠마도 부모와 교사 앞에서는 명배우였던 셈이다.

도대체 이 사건에는 명배우 몇 명이 출연한 것일까.

"부검 결과는?"

"드디어 나왔습니다. 탈륨을 섞은 음식은 바로 오하기였습니다."

"오하기?"

"소화 상태로 추정컨대 사망 당일에 먹은 듯합니다. 마침 요즘 계절상품으로 편의점에서도 팔고 있으니까 쉽게 구할 수 있겠죠. 문제는 탈륨이네요."

"아니, 살서제도 그리 어렵지 않게 구할 수 있어. 들쥐 제거용은 농약으로, 집쥐 제거용은 방제용 동물용의약외품으로 취급되니까 목적에 맞는 경로로 구하면 그만이야. 게다가 쥐는 단 것을 꽤 좋아해서 시골에서는 흔히들 오하기에 쥐약을 넣어 놓는 방법을 써."

"그러면……."

나루세가 말을 꺼냈을 때, 이누카이가 요청한 감식보고서가 올라왔다. 이누카이는 내용을 확인하고는 엷은 미소를 지었다.

"빙고."

"무슨 일입니까?"

"하천 부지의 정원에서 살서제를 넣은 오하기가 나왔어."

3

이누카이가 감식 내용을 보고하자 수사본부는 순식간에 고무됐다.

"이로써 독을 먹인 경로는 파악했군."

아소는 안도의 한숨을 쉬었다. 약물 사건은 섭취 경로만 파악하면 거의 전모를 밝혀낸 것이나 다름없는 경우가 많기 때문이다.

"구로사와 기미히토는 하천 부지의 정원을 망치는 들쥐를 제거할 목적으로 살서제를 넣은 오하기를 만들었다. 이걸 정원에 놓아 뒀는데 그중 일부가 오구리 다쿠마의 손으로 들어갔다. 밤중에 구로사와 노숙자를 습격한 다쿠마는 다음 날 오하기를 먹고 사망했다."

이누카이는 혼잣말처럼 중얼거렸는데 이는 자신의 추론이 확실하다는 사실을 확인하고 싶어서였다. 만약 추리 과정에 오류가 있으면 다른 사람이 언제라도 끼어들어 참견할 수 있도록.

"대략적인 사건 전모는 이럴 거야. 문제는 살서제를 탄 오하기를 구로사와가 줬느냐, 아니면 놓아둔 걸 다쿠마가 가져갔느냐다. 전자라면 살인, 후자라면 과실치사. 결과는 같아도 처벌은 하늘과 땅 차이지."

"놓아둔 걸 가져간 것 같지는 않습니다."

수사관 한 명이 재빨리 끼어들었다.

"결식아동도 아니고 요즘 중학생이 오하기를 슬쩍한다니 설득력이 떨어집니다. 그보다는 구로사와가 고의로 먹였다고 보는 편이 훨씬 자연스럽죠."

"나도 같은 생각이다. 게다가 구로사와는 상습 폭행을 당했다는 원한도 있지. 하지만 그것들은 어디까지나 정황증거에 지나지 않아. 구로사와의 범행을 입증하려면 살서제를 넣은 오하기가 구로사와의 손에서 다쿠마의 손으로 넘어갔다는 사실을 보여 주는 물증이 필요해."

"그런데 구로사와는 어떻게 살서제를 구했을까요?"

"그건 밝혀졌어. 예전에 조경회사에서 구로사와와 함께 일한 동료가 거의 공짜로 넘겼다는군. 살서제뿐 아니라 일부 파손돼 팔리지 않는 원예 용품도 넘겼대. 이야기를 들어보니 양호한 생육환경을 바랄 수 없는 척박한 하천 부지에 정원을 만들려고 애쓰는 것 같아서 옛정으로 도와줬다고 했어."

이누카이가 마지막으로 던진 질문의 대답이 이것이었다. 그때 구로사와가 침묵을 지킨 이유도 어렴풋이 짐작했다. 살서제 입수 경로를 들키고 싶지 않은 마음도 있었겠지만 분명 옛 동료에게 폐를 끼칠 것을 우려하는 마음이 컸으리라. 비록 외모나 어투는 투박하지만 다른 사람을 배려할 여유가 남아 있는 남자처럼 보였다.

"다쿠마 패거리는 아무것도 목격하지 못한 건가."

아이들을 신문한 수사관이 자리에서 일어섰다.

"안타깝게도 구로사와에게 무언가를 받는 장면은 보지 못했다고 합니다. 하천 부지를 습격할 때는 항상 넷이서 함께 움직인 듯하니 그 장면을 놓친 건 아닐 겁니다."

"습격 후에 집으로 돌아가서 먹었다면 가족들이 목격했을지도 몰라."

"그것도 좀……."

이번에는 나루세가 대답했다.

"그날은 어머니가 깨어 있어서 늦게까지 다쿠마의 귀가를 기다렸습니다. 다쿠마가 목욕을 하고 잠자리에 들 때까지 옆에 붙어 있었지만 무언가를 먹는 모습을 보기는커녕 제대로 대화도 안 나눴다고 합니다. 혹시나 해서 다쿠마의 방을 감식했는데 살서제 가루나 오하기 조각도 찾지 못했습니다."

"그러면 결국 구로사와의 자백을 받아내는 것 외에 다른 방법이 없다는 말인가."

아소가 천천히 이누카이에게 시선을 돌렸다. 이누카이는 기대와 난색이 뒤섞인 아소의 낯빛을 보고는 앞으로 그가 무슨 말을 꺼낼지 이미 그 내용을 짐작했다.

남자들의 거짓말을 꿰뚫어 보는 것이 특기일 텐데. 아소라면 입버릇처럼 그렇게 말할 것이다. 그리고 그것이 맞다는 사실이 또 고민이다.

"구로사와를 다시 신문하는 건 전혀 문제가 아니긴 하지만……."

"하지만? 하지만 뭐. 무슨 뜻이야?"

"다쿠마를 죽인 동기는 아마도 다른 무엇이었을 겁니다. 물론 폭행이 그 일부기는 할 테지만."

"……뭘 찾은 거야?"

사다 게이조의 집을 다시 방문했을 때 역시 가장 먼저 나온 사람은 사치코였다.

"어머! 게이스케잖아. 어쩐 일이니, 갑자기."

마중 인사도 여전히 그대로다. 그렇다면 자신도 대처법이 있다.

"일 때문에 근처에 왔다가. 들어가도 되나요?"

"무슨 멍청한 소리를 하고 있어. 네 집이잖니. 자 어서 들어오렴."

"그럼 사양 않고 들어가겠습니다."

"사양 않고라니, 이상하게 구는구나."

이누카이는 사치코에게 떠밀리듯 집으로 들어가 마루에 올라섰다. 조금 있으니 복도 저편에서 게이조가 나왔지만 이누카이와 사치코의 모습을 흘끗 확인한 뒤 상황을 파악한 듯 안으로 들어갔다. 이누카이라면 사치코를 적당히 상대해 주리라 예상했을 것이다.

"여기 풍경이 최고야."

사치코는 이누카이를 툇마루까지 데려갔다. 툇마루에 몸을 숙이며 털썩 앉아 정원을 바라보았다. 이누카이도 잠자코 따랐다.

"멋진 정원이네요."

"그렇지? 아빠랑 엄마가 혼신을 다해 가꾼 또 한 명의 아이니까. 특히 말이야, 저 국화는 정말로 애를 먹었어."

사치코는 말 그대로 마치 자신의 아이를 바라보는 시선으로 국화를 바라봤다. 삼단 가꾸기로 손질한 국화는 오늘도 탐스럽게 피어 있었다.

"삼단 가꾸기는 말이다, 키가 가장 큰 '하늘'. 나머지 두 봉오리를 '땅'과 '사람'이라고 하는데, 세 봉오리의 조화가 가장 중요해. '하늘'이 너무 키가 커서도 안 되고 '땅'과 '사람'이 극단적으로 달라도 안 되지. 꽃의 크기도 고르지 않으면 비뚤어져 보이고."

"오호. 하지만 꽃의 크기 같은 건 자연 나름, 국화 나름이잖아요."

"그래서 그 균형을 맞춰 가꾸는 게 힘들지. 모종 때부터 비료, 일조 시간, 햇빛이 드는 방향까지 계산해서 길러야 해. 신경을 굉장히 많이 써야 한다구. 그런 점은 사람 아이와 똑같아…… 어머, 이런. 차와 간식을 내오는 걸 잊었구나. 잠시 기다리렴."

사치코는 말을 남기고 자리를 떴다.

이누카이는 한동안 혼자서 툇마루에 앉아 있었다.

이 집 외아들이었던 사다 게이스케가 교통사고로 세상을 뜬 것은 40년이나 지난 오래된 이야기다. 그 사실은 구청에서 확인했다. 사고 이후 사다 부부는 줄곧 이 집에서 둘이 생활했다. 사치코가 언제부터 치매를 앓았는지는 확실하지 않지만, 기억장애가 그 정도 수준까지 진행됐다는 점은 짐작할 수 있었다. 그와 동시에 부부가 정원에 집착하는 이유도 이해했다. 하루가 다르게 성장하고 기대대로, 혹은 기대에 벗어난 꽃을 피우는 정원은 역시 아이 그 자체다. 가장 사랑하는 아이를 잃은 사다 부부가 정원 가꾸기에 온 정성을 쏟게 된 동기는 같은 부모로서 가슴이 미어질 정도로 이해했다.

"오래 기다렸지?"

사치코가 내온 쟁반에는 두 사람분의 차와 오히간*에 먹을 법한 화과자가 담겨 있었다.

"직접 만드셨어요?"

"슈퍼에서 파는 건 먹고 싶지 않아서. 옛날에는 말이다, 이런저런 계절 음식은 다 집에서 직접 만들어 먹었어."

---

* 춘분과 추분에 망자를 애도하는 일본의 절기 풍습.

아직 살아 있다며 노인의 관록을 보여 주겠다는 의지인지 사치코는 조금 우쭐하며 말했다.

"나나쿠사가유*, 가시와모찌** 모두 그래. 그래서 집집마다 특유의 맛이 있었지."

그 말을 들으니 이누카이도 떠올랐다. 이누카이의 어머니도 살아생전에 이런 액막이 절기 음식을 자주 만들어 주셨다. 이누카이 집안 특유의 맛이었는지 가시와모찌도 밤밥도 매우 담백했는데 이 나이 먹으니 그것들이 몹시 그리웠다. 분명 과거의 기억이 미각과 이어진 탓일 테다.

"며칠 전에 이 정원에 축구공을 날린 중학생이 있었죠?"

사치코에게 물었지만 어리둥절한 표정만 지을 뿐 반응이 굼떴다.

"그런 일이, 있었나?"

"있었어요. 그런데 그 중학생이 그날 독살을 당하고 말았어요."

"저런……."

"그런데 그 아이가 나쁜 아이였지 뭐예요. 학교가 끝나면

---

* 일곱 가지 채소를 넣어 만든 죽으로 1월 7일에 먹으며 한해의 무병을 빈다.
** 팥소를 넣어 떡갈나무 잎으로 싼 찰떡으로 주로 단옷날에 먹는다.

친구들과 어울려 다니며 밤마다 노숙자 사냥에 열을 올렸어요. 하천 부지에서 조용히 살아가는 사람들을 때리고 발로 차며 폭행했죠."

"지독한 아이로구나."

"그래서 경찰은 폭행당한 노숙자가 그 아이에게 독을 먹였다고 생각했어요. 그 노숙자도 취미로 정원을 가꾸는 사람이라 들쥐를 제거하려고 살서제를 사서……."

"살서제가 뭐니?"

"음, 쥐약이에요. 그리고 시중에서 파는 오하기에 그 살서제를 넣어 아이에게 먹인 거죠. 그런데 말이에요, 그 노숙자가 도대체 어떻게 아이에게 독이 든 오하기를 먹였는지 그 방법을 모르겠어요."

"어머. 그냥 넣어서 주기만 하면 먹지 않겠니. 남자아이라면 한창 먹을 때잖니."

"예전부터 폭행하고 폭행당한 관계라서 그런 상황은 성립하지 않아요. 아무리 어린아이라도 공격한 상대가 주는 물건은 경계하니까요. 게다가 그 상대는 평소에 본인들이 아주 경멸하는 사람이에요. 보통 거만하고 다른 사람을 깔보는 인간은 자신보다 처지가 못하다고 판단한 상대가 주는 음식은 쉽게 받지 않으려고 하거든요. 묘한 자존심 때문에요."

사치코는 의미를 알 수 없는지 맞장구를 치지 않았지만 그래도 미소를 지은 채 이누카이를 바라봤다. 이누카이는 어디까지 이야기가 통할지 불안했지만 여기서 설명을 멈출 수는 없었다.

"그래서 아예 생각을 바꿔 봤어요. 그 아이는 겉과 속이 다르고 겉으로는 품행이 단정한 모범생으로 통했죠. 그런 아이가 고분고분하게 음식을 받은 상대는 어떤 사람일까 하고 말이죠. 답은 단순했어요. 아이가 호의를 품은 상대, 혹은 자신을 좋아한다고 판단한 상대. 그런 상대라면 경계할 필요가 없죠."

"아이참."

사치코가 갑자기 싱글벙글 웃었다.

"원래 그맘때 남자아이들은 다 그래."

"그 말씀이 맞아요. 저도 그랬던 기억이 있으니까요. 하지만 그런 경향은 또래 이성에게만 국한되는 건 아니에요."

흥미가 솟은 듯한 사치코가 차를 홀짝였다. 이누카이는 사치코가 차를 목구멍으로 삼키는 것을 지그시 응시했다.

"그건 그렇고 훌륭한 국화네요."

"고마워. 그렇게 말해 주니 기쁘구나."

"분명 애지중지하시겠죠?"

"우리 아이니까 그야 당연하지."

"그럼 진딧물이나 쥐는 천적이겠네요?"

"요즘 늘어나서 처치 곤란이야."

사치코는 갑자기 불쾌한 얼굴로 정원을 바라봤다. 그 방향에는 목이 부러진 국화가 축 시들어 있었다.

"저것 좀 보렴. 애써서 저렇게까지 키워 놨는데 해충들 때문에 허사가 돼 버렸어. 밉살스럽기 짝이 없다니까."

"그 해충은 어떻게 제거했어요?"

"이걸로. 이 안에 쥐약을 넣어 먹였지."

사치코는 쟁반 위에 있는 오하기를 가리키며 말했다.

혹시나 해서 오하기에 손대지 않았는데 여기에도 살서제를 넣었을까.

이누카이의 마음이 순식간에 싸늘하게 식었다.

"여기 온 아이에게 먹였군요."

"그래. 그 아이로 말할 것 같으면 언제나 우리 집 정원을 망쳐놓으니까. 쥐보다 훨씬 큰 해충이야. 이렇게 안 하면 죽지도 않는다니까. 게다가 쥐는 단 걸 아주 좋아하거든."

말투는 조곤조곤했지만 눈은 이상한 빛을 띠었다. 초점이 맞지 않는, 텅 비어 버린 눈이었다.

"나와 바깥양반이 소중하디 소중하게 키운 대국大菊을 이 꼴로 만들고는 전혀 미안한 기색도 없이. 몇 번이나 질리지도 않고 뉘우치지도 않고. 쥐를 없애려고 만든 먹이를 먹으라고 줬더니 맛있게 먹었어. 멍청한 쥐 같으니라고. 눈곱만큼도 의심하지 않았단다."

사치코는 쿡 하고 소리 죽여 웃기 시작했다. 손으로 입을 가린 우아한 웃음이었다.

4

이누카이가 사다 게이조의 집을 세 번째 방문한 것은 사치코가 임의동행에 동의한 날로부터 사흘째 되는 날의 일이었다.

초인종을 누르자 집 안에서 "들어오세요"라는 대답이 돌아왔다. 잠겨 있지 않은 문을 열고 소리가 난 방향으로 향하자 툇마루에 게이조가 앉아 있었다. 등을 구부리고 무료한 듯 앉아 있는 모습에서 적요가 흘렀다.

"아아, 형사님이었군요. 실례했습니다. 잠시 정신을 놓고 있는 바람에."

게이조는 정중하게 고개를 숙였다. 용의자의 남편으로서

는 그것이 최선의 성의 표시 방법인 듯했다.

"집사람은 어떻게 지냅니까?"

"매우 안정적입니다. 흥분하지도 이성을 잃지도 않습니다. 다만 담당자도 역시 취조에 이런저런 고민이 많은 듯합니다. 진술이 자주 뒤바뀌거나 시종일관 두서없는 말을 한다더군요."

"폐를 끼치는군요."

게이조는 다시 한번 고개를 숙였다.

"제대로 된 대화가 안 되면 취조도 진행할 수 없겠군요."

"진술은 지지부진하지만 여러 가지로 확실해진 점도 있습니다. 우선 피해자 오구리 다쿠마의 몸속에서 검출된 오하기 성분이 게이조 씨의 집에서 만든 오하기의 성분과 일치했습니다. 팥, 설탕, 찹쌀, 멥쌀, 소금의 비율. 팥과 쌀은 DNA도 일치했습니다. 물론 가장 중요한 살서제도 마찬가지고요."

"그러니까 집사람이 만든 독 오하기가 다쿠마의 목숨을 앗아갔다는 사실이 증명됐다는 말씀이군요."

"네, 유감스럽게도."

"이번 사건은 치매가 진행된 상황과 무관하지 않다고 생각합니다. 아무리 정원이 소중하다고 해도 아이의 생명을 쥐와 똑같이 취급한 건 정상적인 사고가 아닙니다. 집사람은…… 집사람은 병을 앓고 있습니다."

"그 점은 의사가 증명했습니다. 꾀병이 아니라 분명한 치매라고요. 하지만 그렇기에 저희는 곤혹스럽습니다."

"그렇다는 말씀은?"

"치매 환자의 살의를 인정할 수 있느냐 하는 문제 때문이죠."

이누카이는 허공으로 시선을 던졌다.

"치매니까 살의가 없었다고 단언할 수는 없습니다. 하지만 그 반대로도 단언할 수 없죠. 아마도 이런 상황에서 변호사 대부분은 형법 제39조의 책임능력 유무를 들고나올 겁니다. 그러면 상당한 확률로 부인은 심신상실 상태였다고 인정받아 무죄 판결을 받을 겁니다."

"무죄가 되면…… 그다음은요?"

"다시 감정을 해서 지정된 의료기관에 수용됩니다. 그곳에서 의료관찰을 받으며 계속 치료받을 수 있습니다."

"그럼 이제 두 번 다시 여기로 올 수 없겠네요. 치매는 진행을 늦출 수는 있어도 회복하기는 어렵다고 들었거든요."

"정말 힘드시겠습니다."

"힘들다기보다는 미안한 마음입니다. 그렇게 되면 아무

도 집사람을 처벌할 수 없습니다. 집사람은 아무런 죗값도 치르지 않고 침대 위에서 편안하게 생을 마감하게 되겠죠."

"네. 그리고 진상은 영원히 어둠 속에 묻힐 겁니다."

"진상이요?"

게이조는 따지듯 되물으며 한쪽 눈썹을 추켜올렸다.

"집사람이 독이 든 오하기를 먹여 다쿠마를 죽였다. 그게 진상 아닙니까?"

"그건 단순한 사실입니다. 진상은 아니죠."

"……형사님 말씀을 이해하기 어렵군요."

"구로사와 기미히토 씨가 증언했습니다. 게이조 씨. 당신은 예전부터 구로사와 씨와 안면이 있는 사이였다더군요."

그 순간, 게이조의 얼굴이 굳었다.

"여기서 구로사와 씨가 사는 하천 부지까지는 엎어지면 코 닿을 거리입니다. 그 둑은 산책코스로 안성맞춤이죠. 산책하던 게이조 씨가 구로사와 씨가 가꾼 정원을 본 것이 계기였습니다. 그 솜씨에 감탄한 당신은 곧바로 구로사와 씨와 친해져 원예 지식을 공유하는 사이가 됐습니다. 맞죠?"

게이조는 대답하지 않았다.

"친해진 구로사와 씨에게 오구리 다쿠마의 행실을 들은

당신은 몹시 분노했습니다. 왜냐하면 그 소년은 그야말로 몇 번이나 정원을 쑥대밭으로 만든 범인이었기 때문입니다. 그 모범생의 가면을 쓴 악당은 당신 부부가 자기 자식처럼 애지중지 키운 정원을 망가뜨릴 뿐 아니라 친구의 존엄성까지 짓밟았습니다. 그리고 그날 밤, 습격 사건이 일어났습니다. 부인이 잠들어 여유가 생긴 틈에 물건을 사러 나온 당신은 도중에 다쿠마가 구로사와 씨를 폭행하고 불을 지르는 순간을 목격한 거 아닙니까? 그리고 경찰에 신고한 익명의 남성은 게이조 씨, 당신 아닙니까?"

다그쳐 물어도 게이조는 여전히 반응이 없었다.

"다음 날, 다쿠마는 발칙하게도 또다시 정원을 망가뜨린 다음 뻔뻔하게 여기에 왔습니다. 모범생의 가면을 쓰고서. 게이조 씨는 더는 참을 수 없었습니다. 부인 역시 치미는 화를 참을 수 없어서 쥐 제거용으로 만든 독 오하기를 주저하지 않고 다쿠마에게 내밀었습니다…… 이것이 제가 다다른 진상입니다."

두 사람 사이에 침묵이 흘렀다.

잠시 후에야 마침내 게이조가 마른 입술을 열었다.

"그러니까 내가 집사람을 사주했다는 말입니까?"

"저는 그렇다고 생각합니다."

"오랜 세월을 함께 한 아내를 부추겨 살인범으로 만들었다, 라. 나는 천하의 나쁜 놈이 되겠군요. 그럼 나는 집사람에게도 깊은 원한을 품고 있었다는 말입니까?"

"아뇨. 그건 아닙니다. 게이조 씨의 행위는 부인의 미래를 염려한 점도 있었습니다."

"미래?"

"부인의 치매가 진행되면 더욱 가혹한 노노개호라는 현실이 기다리고 있습니다. 연금으로 생활하는 게이조 씨에게 그것은 고요히 다가오는 지옥이었습니다. 하지만 만약 부인이 기소되면 심신상실을 이유로 형이 면제되고 지정 의료기관에서 치료를 받게 됩니다. 물론 비용은 세금으로 충당하니 게이조 씨는 자기 주머니 사정을 걱정할 필요도 없죠."

"아무 증거도 없습니다. 전부 형사님의 망상일 뿐입니다."

"맞습니다. 저는 게이조 씨의 살의와 동기를 입증할 방법이 없습니다."

게이조는 의아하다는 얼굴로 바라봤다.

"그런 넋두리나 하자고 일부러 여기까지 찾아온 겁니까?"

"게이조 씨를 돕고 싶어서 왔습니다."

"나를 돕고 싶다?"

"부인이 연행되고 나서 게이조 씨는 집에 줄곧 혼자 남겨졌습니다. 옆에 부인이 없는 사흘 동안. 그것이 얼마나 외롭고 얼마나 괴로운 일인지 저는 상상만 할 수 있겠죠. 게이조 씨, 무덤까지 가져갈 수 있는 것은 속죄할 수 없는 죄뿐입니다. 당신은 다쿠마처럼 질서와 준법정신을 외면할 수 있는 사람이 아닙니다. 지금도 소리칠 수 없는 목소리가 가슴속에 맺혀 있을 겁니다. 게이조 씨에게는 아직 할 수 있는 일이 있습니다."

이누카이는 그 말만 남기고 발걸음을 돌렸다.

등 뒤로 따라붙는 시선을 느꼈지만 한 번도 뒤돌아보지 않은 채 집을 나왔다. 앞으로의 일은 자신이 나설 자리가 아니다. 오직 한 사람, 진상을 아는 자가 스스로를 심판할 수밖에 없다.

그때 바람이 한 번 휙 불자 방금 나온 집에서 마른 잎사귀가 스치는 소리가 들려왔다.

6

노란 리본

1

"저……, 다들 이 말을 보거나 들은 적이 있니?"

그렇게 말한 담임 도즈카 선생은 칠판에 '성 동일성 장애'라고 적었다.

"성 동일성 장애. 아는 사람? 4학년한테는 좀 어려우려나?"

'나'는 몰랐다. 교실을 둘러봐도 손을 드는 학생은 서른 명 중 두 명뿐이었다.

"두 명이구나. 그럼 무슨 뜻인지 아는 사람?"

이번에는 아무도 손을 들지 않았다.

"쉽게 말해서 마음속 성별과 실제 몸의 성별이 다른 걸 말해요. 자자, 거기. 딱히 야한 이야기 아니니까 이상한 소리 내지 말고."

도즈카 선생이 칠판을 단 한 번 세게 두드리자 야유 소리가 뚝 그쳤다. 선생님이 화가 나면 얼마나 무서운지, 그리고 그 행동이 경고 신호라는 것을 학생들 모두 알고 있기 때문이었다.

"옛날에는 당연히 남자는 남자의 마음을, 여자는 여자의 마음을 지니고 태어난다고 여겼어. 그게 바로 성 동일성이에요. 그런데 요즘에는 의학 연구가 발전하면서 꼭 그렇지만은 않다는 사실이 밝혀졌지. 즉 자신은 태어날 때부터 남자라고 생각했는데 몸은 여자이거나 그 반대인 경우가 있다는 뜻이야. 자라난 환경이나 취미, 기호 때문이 아니라 태어날 때부터 그런 거니까 그건 어쩔 수 없는 거예요."

나는 처음부터 도즈카 선생님의 말에 빨려 들어갔다.

"당사자한테는 말도 안 되는 비극이지. 예를 들어 자신은 여자라고 생각하는데 머리를 빡빡 밀어야 하거나 남자 화장실에 가야 하잖아. 체육 시간에는 다른 아이들과 체력 차이가 나면 허약하다는 말을 듣고 여자아이 말투로 말하면 기분 나쁘다며 욕을 먹어요. 정신적 고통은 물론이고 점점 자신의 몸에 위화감과 혐오감을 품게 되고. 개중에는 자해라고 해서…… 음, 자해가 뭔지는 알지?"

"손목을 긋는 거요?"

"그래, 맞아. 자기 몸이 싫으니까 스스로 상처를 입히고 마는 거지. 그러니까 다른 사람이 상상하는 것보다 훨씬 괴로운 일이라고 생각해. 생각한다, 고 말하는 이유는 선생님은 그 병에 걸리지 않아서 상상할 수밖에 없기 때문이에요."

"그런데 그런 일로 죽고 싶어져요?"

"요시다는 그렇게 생각하니? 그런데 말이야, 요시다. 넌 이제 남자가 아니라 여자니까 학교와 집에서 계속 치마를 입으라고 하면 어떨 것 같니? 이름도 다카시가 아니라 여자처럼 다카코라고 부르고."

"아이, 그건 싫을 것 같아요. 응, 완전 싫어요."

"왜 지금 이런 이야기를 하냐면 말이야. 요즘 전국 초등학교와 중학교, 그리고 고등학교에서까지 이런 사례가 나와서야. 학생의 신청을 받은 학교는 그 희망을 인정해서 새학기부터 새 성별로 대우하기로 했어요. 그리고 법도 바뀌었고."

"엇. 법까지요?"

"바뀌었다기보다는 완화됐다고 해야겠지. 성 동일성 장

애자의 성별 취급에 관한 특례법, 이름이 길지? 성별을 바꾼 것을 사회가 인정한다는 뜻으로, 요점은 뭐 호적이나 주민등록표 내용을 변경하는 거야. 그 조건이 예전보다 완화됐어요. 즉 세상이 그런 사람들을 받아들인다는 뜻이지."

"그런데 말이에요, 선생님. 그건 '병'이잖아요. '병'이라면 약이나 수술로 나을 수 있는 거 아녜요?"

"그게 어려운 부분인데⋯⋯. 선생님은 성 동일성 장애라는 게 병이 아니라 신의 실수가 아닐까 싶어."

신의 실수. 나는 그 말에 매료됐다.

"조물주라는 단어가 있을 정도로 다들 신은 전지전능하다고 믿잖아. 하지만 그 신도 가끔은 실수를 할 때가 있어. 몸과 마음의 조합이 바로 그렇지. 신이 저지른 그런 잘못을 인간의 방식으로 억지로 고치려는 게 주제 넘는 것 같다는 생각도 조금 들고. 그러니까 너희들도 만약 친구나 아는 사람 중에 그런 사람이 있으면 억지로 외모에 맞추지 말라고 말해 주렴. 꼭 성별이 아니어도 겉과 속이 다른 사람은 세상에 엄청 많으니까 말이야."

도즈카 선생의 이야기를 들은 날 나는 하루 종일 마음이 들떴다. 선생님의 말씀은 그 정도로 멋지게 들렸다.

"쇼, 집에 가자!"

나오야의 손길을 거절할 이유는 없었다. 돌아가는 방향
도 같고 내게 나오야는 늘 곁에 있는 친한 친구 이상의 존
재였다.

하굣길에 나오야가 내 얼굴을 빤히 들여다봐서 깜짝 놀
랐다.

"왜, 왜, 왜, 왜 그래."

"아니. 네 얼굴을 보니까 선생님이 하신 말씀이 떠올라
서. 그거 있잖아, 성 동일 어쩌고."

"그거랑 내가 무슨 상관이야."

"물론 넌 겉과 속 모두 남자지만. 아주 자알 보면, 아니
자세히 안 봐도 얼굴이 은근히 예쁘장하잖아."

순간 얼굴이 화끈거렸다.

"무, 무슨 바보 같은 소리야."

"눈도 크고, 코도 오똑하고, 입도 작고, 게다가 눈썹까지
가지런하다니 조건은 다 갖췄네. 우리 누나가 쇼 데려오라
고 엄청 성가시게 굴어. 뭐더라? 연상 킬러라고 해야 하나?"

"내가 그런 말 듣고 좋아할 것 같아?"

"좋아할 녀석들 많지 않아? 예쁘거나 귀여운 게 절대 손
해 보는 아이템은 아니니까."

나오야는 마치 남의 일처럼 말했다. 당연하다. 건강하고 활기차고 믿음직스러운 나오야는 그런 아이템 따위 필요하지 않으니까.

"분명히 말해 두는데 난 그런 취미 전혀 없어."

"나도 알아. 선생님이 그런 말을 했지만, 나도 정상이라고. 고추 달린 놈이랑 데이트 안 하고 싶어."

아파트 단지 입구에서 나오야와 헤어져 집으로 돌아갔다. 아직 아빠와 엄마가 돌아왔을 시간이 아니지만 평소처럼 "다녀왔습니다"라고 인사했다.

지금부터는 나만의 시간이 시작된다.

하지 않아도 된다고.

그 말이 내 마음을 가볍게 했다.

입고 있던 옷을 세탁기에 집어넣고 옷장으로 직행했다. 그리고 마음에 드는 옷을 꺼냈다.

이번 주 들어 꽤 따뜻해졌다. 거리에는 코트를 입은 사람도 제법 줄었다. 바야흐로 봄이다.

그렇다면 이거지. 나는 망설이지 않고 꽃무늬가 그려진 연한 분홍색 원피스를 골랐다.

소매에 팔을 꿰자 보들보들한 천의 감촉에 기분이 좋아졌다. 전신거울에 비춰 보니 원래부터 어깨가 작고 동그래서 어깨부터 허리로 이어지는 라인이 매우 매끄러웠다. 치맛단 아래로 뻗는 다리도 가느다래서 전체적으로 균형감이 있었다.

다음으로 엄마의 화장대 앞에 자리 잡았다. 화장대에 있던 화장수를 손바닥에 몇 방울 떨어뜨려 모공 속까지 스며들도록 두드렸다. 그다지 정성을 들여 화장하지는 않지만 이렇게 하면 기분 전환이 된다. 내게는 의식 같은 행위다.

화장수가 잘 스며든 뒤 서랍에서 내 전용 마스카라를 꺼냈다. 이 마스카라는 내가 초등학교에 입학했을 때 엄마가 준 선물이다. 내 속눈썹은 원래 길어서 인조 속눈썹을 붙일 필요는 없었다. 마스카라로 정성스럽게 마무리하기만 해도 눈매와 인상이 완전히 바뀌었다.

다음은 립스틱. 입술을 강조하기 위해서가 아니라 코디를 맞추려고 발랐다.

립스틱은 엄마와 함께 쓰지만 언젠가는 용돈을 모아 자신만의 샤넬 제품을 사고 싶다. 오늘은 원피스에 맞춰 연한 색을 발랐다.

그리고 밤색 중단발 가발을 썼다. 가발 끝은 부담스럽지 않은 정도로 컬을 넣었는데, 이 또한 내 취향이다.

마지막으로 좋아하는 레몬빛 노란색 리본으로 가발 뒷부

분을 묶었다.

좋아, 완벽해.

귀엽기만 한 것이 아니라 어딘지 모르게 야릇한 분위기도 나잖아.

완전무장한 나는 이 순간부터 미치루로 변신한다.

"다녀오겠습니다!"

자신에게만 들리도록 말하고 밖으로 뛰어나갔다.

아파트 계단을 뛰어 내려가다가 같은 층에 사는 할머니와 마주쳤다.

"어머나 미치루. 어디 가니?"

이 할머니는 내가 쇼일 때도 만나기 때문에 목소리를 내면 안 된다. 머리를 꾸벅 숙이기만 하고 지나갔다.

"늘 기운 넘치는구나. 쇼는 그렇게나 얌전한데."

그대로 단지 안에 있는 작은 공원으로 향했다. 며칠 동안 비도 내리지 않고 포근한 날씨가 계속된 덕분인지 봄꽃이 일제히 피고 있었다.

봄꽃은 분명 사람을 들뜨게 하는 꽃가루를 품고 있겠지. 나는 구름 위를 걷는 기분으로 공원을 가로질렀다. 여기서 놀이기구를 타려는 것도 아니었고, 하다못해 다른 아이들과 대화를 나눌 생각도 없었다. 아무튼 밖으로 나와서 미치루의 모습을 즐기고 싶었다. 하루에 단 한 번 미치루로 변신하는 대신 열심히 공부하기. 내가 부모님과 맺은 약속이었다.

물론 같은 층에 사는 주민들은 구와시마 쇼라는 나를 알고 있다. 정면에서 유심히 관찰한다면 내가 쇼라는 것을 눈치챌 수도 있다. 하지만 오히려 그 두근거리는 기분을 참을 수 없었다.

비밀의 유희.

정체가 밝혀지는 스릴.

만약 들키면 나는 분명 더는 정상인 대우를 받지 못할 테다. 변태, 라고 뒤에서 험담을 들을지도 모른다.

아는 사람이 다가올 때마다 심장이 두근거리고 호흡이 가빠졌다. 들키지 않고 멀어지면 단숨에 힘이 빠졌다. 그 격차가 또 참을 수 없었다.

공원을 한 바퀴 돌자마자 바로 집으로 돌아갔다. 아빠는 미치루의 모습으로는 아파트 단지 안에만 있어야 한다는 조건을 내걸었다.

여전히 미치루의 모습으로 숙제를 시작했다.

미치루는 쇼보다 훨씬 활발하고 머리도 좋다. 쇼라면 두 시간이 걸릴 숙제도 한 시간 만에 끝내 버렸다. 계산 문제를 풀다가 책상 서랍에서 친숙한 사진을 꺼냈다.

그 사진은 내가 두 살 때 찍은 미치루 모습의 사진이었다. 의자에 다소곳이 앉은 미치루는 마치 프랑스 인형 같았다. 그리고 사진 속 미치루도 인상적인 커다란 노란 리본을 머리에 달고 있었다.

생각해 보면 내가 노란색 리본을 트레이드 마크로 정한 이유는 이 사진 때문이었다. 물론 사진에 찍힌 리본은 지금은 내게 없지만 분명 내가 자라면서 사진 속 어린 미치루를 참고했을 터다.

6시가 지나자 엄마가 파트타임 근무를 끝내고 집으로 돌아왔다.

"어머."

방에 들어온 엄마는 나를 보자마자 뺨을 쓰다듬었다.

"역시 나이가 좋구나. 남자아이라도 이렇게 화장이 잘 먹으니."

그러고는 시큰둥하게 자신의 뺨을 쓰다듬었다.

"에이징 케어 비용은 결국 나이에 비례한다니까."

화장과 관련된 이야기는 나와 엄마의 몇 안 되는 공통 화제기에 즐겁게 들었다.

내게 화장의 기초를 가르쳐 준 사람은 엄마다. 그래서 너무 비싼 화장품은 안 되지만 화장품 대부분은 나도 사용하게 허락해 줬다.

화장수를 처음 얼굴에 두드릴 때의 감촉을 어제 일처럼 기억한다. 나는 처음부터 거부감 없이, 오히려 기꺼운 마음으로 받아들인 듯했다.

"옛날부터 소질이 있었지."

엄마는 틈만 나면 그렇게 말했다. 그 말을 들을 때마다 나는 왜인지 그리운 감정이 들었다.

지금은 그렇지 않지만, 초등학교에 입학하기 전까지 나는 자신을 지칭할 때 '아타시*'라고 했다. 더욱이 함께 놀던 아이들이 여자아이들뿐이라 줄곧 여자 말투를 사용했다.

부모님은 이를 무척 재미있어하셨다. 그래서 집과 아파트 단지 안에서는 여자 옷을 입고 놀았다. 아이가 원하지 않는데 그런 장난을 치면 귀찮겠지만, 정작 본인이 그것을 매우 좋아하니 왈가왈부할 수 없었다. 물론 세간의 이목도 있고 하니 이웃에는 나에게 미치루라는 여동생이 있다고 둘러댔다.

8시가 되자 아빠가 돌아와서 마침내 저녁을 먹었다. 어

---

* 일본에서 여성이 사용하는 1인칭 대명사.

차피 냉동식품을 데워 먹을 뿐이라서 나와 엄마 둘이서 먼저 먹어도 상관 없지만 아빠는 식구들이 함께 식사하는 것에 의미가 있다고 말했다.

나는 도즈카 선생님에게 들은 이야기를 꺼냈다. 학교에서 나를 인정해 주는 것 같아서 매우 들떴기 때문이다.

하지만 아빠의 반응은 뜻밖이었다.

"쇼, 그런 거에 속으면 안 돼."

"응?"

"학교 선생님이 하는 말은 대부분 그럴듯하게 포장한 말들이야. 학생들을 일률적으로 관리하는 게 편하니까 막상 네가 커밍아웃을 하면 분명히 방해꾼 취급할 거다."

"그런가……."

"만약 널 그 성 동일성 어쩌고라고 인정하면 학적은 남자지만 체육 시간에는 여자로 대우해야 해. 화장실과 탈의실도 따로 마련해야 하지. 그런 귀찮은 일을 누가 자진해서 하고 싶어 하겠냐."

아빠는 나를 똑바로 응시했다.

"세상은 네가 생각하는 것보다 훨씬 너그럽지 않아. 소수자는 무슨 짓을 해도 박해받지. 여장하고 다니는 걸 허락한 이유는 어디까지나 네 스트레스를 풀어주기 위해서야. 알겠어? 앞으로도 네가 여장한다는 사실은 무조건 비밀에 부쳐야 한다. 아빠와 엄마 말고 다른 누구에게도 말해선 안돼. 미치루의 모습으로 아파트 단지 밖으로 나가지 않는다는 약속을 꼭 지켜라. 만약 어긴다면 또다시 창고에 처넣을 테니까."

창고라는 말을 들은 나는 두말없이 고개를 끄덕였다. 화장실 맞은편에 있는 창고. 스키용품을 넣어둔 곳인데 못된 장난을 치면 그곳에 자주 갇히고는 했다. 어둡고 습하고 몹시 역한 냄새가 나는 곳이다.

그런 곳에 처박히는 것만은 죽어도 싫었다.

2

다음 날, 집으로 돌아와 현관문 투입구에 달린 우편함을 뒤적이자 편지 한 통이 들어 있었다.

누가 보낸 걸까?

받는 사람의 이름을 보고 나는 숨이 멎을 뻔했다.

'구와시마 미치루 님'.

분명 내 눈이 휘둥그레졌으리라.

몇 번이나 확인했지만 분명히 미치루에게 보낸 우편물이었다. 황급히 보낸 사람을 확인하니 'IR 학교 교재'라고 적혀 있었다.

나는 터질 듯한 가슴을 억누르며 편지 봉투를 열었다.

하지만 내용물은 고작 학교 교재 광고 우편물이었기에 터질 듯 두방망이질하던 가슴이 아주 조금 편해졌다.

그런데 심장은 여전히 경종을 울렸다.

왜 미치루 앞으로 편지가 왔을까?

이 'IR 학교 교재'라는 회사는 어떻게 미치루의 존재를 알았을까? 구와시마 미치루의 존재는 아파트 사람들 말고는 아무도 모를 텐데.

아빠나 엄마의 장난일까?

아니다. 어젯밤 아빠는 미치루의 존재를 절대 비밀로 하라고 내게 경고했다. 엄마도 옆에서 고개를 끄덕였다. 그런 부모님이 하필이면 이런 장난을 할 리가 없다.

갑자기 소름이 끼쳤다.

매일 미치루로 변신하지만 미치루는 당연히 가상의 인물이다. 내가 이름과 모습을 빌렸을 뿐이다. 그 가상의 인물이 어떻게 편지를 받을 수 있지?

설마 내 안에 있는 미치루가 실체가 되어 이 세상에 나타난 걸까?

나는 곧바로 그 상상을 부정했다. 멍청한 소리. SF도 아닌데 어떻게 그럴 수가 있겠어?

하지만 그러면 이 일을 어떻게 설명할 수 있을까?

혼란스러운 머리가 자꾸 엉뚱한 생각을 불러일으켜서 이번에는 머리가 터질 것 같았다. 나는 광고 우편물을 갈기갈기 찢어 쓰레기통에 집어넣었다.

그래도 여전히 섬뜩했다. 집에 돌아온 엄마와 아빠에게 이 사실을 알렸지만 두 사람 모두 웃기만 할 뿐 진지하게 상대해 주지 않았다.

그런데 소름 끼치는 일은 끝이 아니었다.

평소처럼 미치루로 변신하고 공원에 갔을 때였다. 아무도 없어서 혼자 그네를 타고 있는데 저쪽에서 남자 한 명이 서서히 모습을 드러냈다.

한눈에 보기에도 수상쩍은 모습이었다. 커다란 선글라스와 마스크로 얼굴을 완전히 가려서 인상과 나이를 전혀 알 수 없었다. 게다가 검은 모자에 검은 코트 차림으로 머리부터 발끝까지 전부 검은색이었다.

나는 곧바로 저승사자를 떠올렸다.

그 저승사자가 나를 발견하고는 가까이 다가왔다. 나는 황급히 주변에 도움을 청하려고 했지만 공원에는 나와 저승사자 둘뿐이었다.

남자가 점점 가까워졌다. 그런데도 나는 가위에 눌린 듯한 발짝도 움직일 수 없었다.

그리고 마침내 남자가 내 앞에 섰다.

"구와시마 미치루지?"

자신도 모르게 소리를 지를 뻔했다.

"너, 미치루 맞지?"

남자가 거듭 물었다. 마스크 때문에 목소리가 또렷하지 않아 더욱 섬뜩하게 들렸다.

"난 너와 이야기를 나누려고 왔단다. 옆에 앉아도 되겠니?"

한마디 할 때마다 남자는 서서히 거리를 좁혀 왔다.

머릿속에서 날카로운 경보 소리가 시끄럽게 울렸다.

할 말이 뭐가 있겠어.

지금 당장 도망쳐.

나는 땅을 박차며 뛰기 시작했다.

아, 하고 남자가 놀란 듯했으나 상황을 살필 여유가 더는 없었다. 나는 마치 천적과 맞닥뜨린 쥐처럼 도망쳤다.

"거기 서!"

서겠냐.

남자의 옆구리를 빠져나와 달렸다. 괜찮다. 미치루는 겁이 없는 데다 머리 회전도 빠르다. 쇼처럼 행동할 때마다 망설이지 않는다.

"서라니까!"

미치루는 물론 발도 빠르다. 등 뒤에 닿는 남자의 목소리가 점점 멀어졌다. 그대로 아파트 계단을 뛰어 올라가 집으로 들어갔다. 위아래 열쇠와 체인을 삼중으로 걸어 잠근 뒤 구석에 쪼그리고 주저앉았다.

1초가 1분처럼 느껴질 정도로 공포에 떨고 있는데 현관 문을 두드리는 소리가 났다.

"미치루? 미치루? 문 열고 이야기 좀 할까?"

남자는 여기까지 따라와서 미치루의 이름을 연신 불러댔다. 어딘가에서 읽은 적이 있다. 이럴 때는 한마디도 대답해서는 안 된다. 대답하기가 무섭게 저승사자가 철문을 통과해 건물 안으로 들어온다고 했다.

남자는 몇 번이나 문을 두드리고 이름을 부르다가 결국 포기한 듯 집 앞을 떠났다.

그래도 나는 구석에서 벗어나지 못하고 계속 어깨를 끌어안고 쪼그리고 앉아 있었다.

그날 밤, 아빠와 엄마에게 오늘 일어났던 일을 알리자 과연 이번에는 두 사람 모두 웃지 않았다.

"쇼. 분명 이상한 사람이야."

엄마는 미간을 찌푸리며 말했다.

"봄만 되면 어김없이 그런 인간들이 출몰하지. 선글라스에 마스크? 작정을 했네. 정체를 들키기 싫은, 어디 사는지 모를 롤리타 콤플렉스 변태가 쇼한테, 아니 미치루한테 못된 짓을 하려고 접근한 거야. 그놈이 눈앞에서 바지 지퍼를 내리거나 하지 않았어?"

아니, 그런 짓은 안 했는데.

"문제는 그거네. 그런 인간이 나타나도 미치루의 모습이면 소리도 못 지를 거 아냐."

"그렇지."

엄마 말이 맞았다. 그때 소리를 크게 지르지 못한 이유는 무서운 탓이기도 했지만 사람을 불렀다가 사람들에게 내 비밀이 들통날까 봐 조마조마했기 때문이다.

"미치루로 변장하는 건 당분간 자제하는 게 좋겠어."

아빠는 저녁 메뉴인 군만두를 볼이 불룩하게 먹으며 그렇게 말했다.

"롤리타인지 아닌지는 둘째치고 집 앞까지 온 건 위험해. 경찰에 신고할 수도 있겠지만 경찰은 무슨 일이 생겨야만 제대로 움직이잖아."

아빠가 말하는 무슨 일, 이 구체적으로 무엇을 뜻하는지는 무서워서 묻지 못했다.

"이야기를 들어보니 그놈이 볼일이 있는 사람은 미치루인 것 같아. 당분간 미치루가 모습을 감추면 그사이에 포기하고 안 올 거야. 어때, 당분간 참을 수 있겠어?"

미치루로 변장할 수 없는 것은 불만이지만 그 남자가 악착같이 따라다닐 것을 생각하면 도리가 없었다. 나는 고개를 끄덕였다.

부모님에게 상담하니 두려운 마음이 많이 진정됐다.

하지만 이번에는 다른 생각이 머릿속을 떠나지 않았다.

구와시마 미치루라는 아이는 정말 가상의 인물일까?

미치루 앞으로 온 광고 우편물.

그리고 미치루에게 목적이 있어 접근한 남자.

내 안에서 미치루의 존재감은 압도적이다. 그런 미치루가 현실의 나와 뒤바꾸려는 것은 아닐까? 두 가지 사건은 그 전조가 아닐까?

다시 생각해 보니 미치루는 모든 면에서 나보다 뛰어났다. 외모도, 머리도, 그리고 행동력도. 누구와 친구가 되고 싶냐고 물으면 누구라도 분명 구와시마 쇼보다는 구와시마 미치루를 선택할 것이다.

미치루가 현실 세계로 나오고 싶어 하는 것 아닐까. 만약 그렇다면 같은 신체를 공유하고 있는 나는 방해가 되는 존재일 테다. 그러면 미치루는 나와 자신을 바꿔 몸을 차지하려 들 것이다.

마음속 깊은 곳에서 무섬증이 일었다. 미치루가 현실에 존재한다는 가설보다 자신의 생각이 훨씬 설득력 있었다. 왜냐하면 미치루는 분명 또 다른 나였기 때문이다.

언젠가 도즈카 선생님이 가르쳐 줬다. 사람의 내면에는 여러 인격이 존재한다고. 순간순간 다른 인격이 나오는 까닭은 바로 그러한 이유 때문이라고.

그렇다면 미치루라는 인격이 나라는 인격을 점령해도 조금도 이상하지 않다. 아니, 기회가 있을 때마다 사람들의 눈길을 끄는 미치루가 주도권을 잡는 편이 알맞다는 생각이 들었다.

아빠는 당분간 미치루로 변장하지 말라고 말씀하셨다. 하지만 그런 것들과는 관계없이 내 안에서 미치루가 차지하는 비율이 갈수록 빠르게 커졌다. 이대로 내버려 두면 나는 틀림없이 미치루에게 점령당하고 말 테다.

그리고 나는 이 세상에서 사라지고 말 것이다.

그것은 싫다.

저녁을 다 먹고 목욕을 했다. 내 알몸을 내려다봤다.

납작한 가슴과 사타구니에 달린 물건을 확인하고는 안심했다.

다행이다. 나는 아직 남자다.

하지만 이 상태를 언제까지 유지할 수 있을지……. 떨리는 몸을 욕조에 묻고는 꽉 끌어안았다. 밋밋한 몸매, 얄팍한 가슴통, 가느다란 팔다리. 나오야가 항상 빈약하다며 놀리는 몸이지만 이렇게나 사랑스럽게 느껴진 적은 없었다.

그날 밤, 나는 한숨도 자지 않았다.

예상치 못한 사태는 다음 날에도 계속됐다.

하굣길에 나오야와 함께 역 앞 상점가 앞을 지나는데 누군가가 뒤에서 말을 걸었다.

"저기, 애들아. 지금 잠깐 괜찮니?"

뒤를 돌아보니 등을 꼿꼿하게 세운 남자가 서 있었다. 마치 TV 드라마에 나오는 배우처럼 잘생긴 얼굴이었다.

"선생님이 모르는 사람이랑 이야기하지 말랬는데……."

나오야가 호신용 경보기를 보이며 노골적으로 경계하자 남자는 조금 감탄한 듯 팔짱을 꼈다.

"흐음. 조금 살벌하지만 수상한 사람에 대처하는 방법으로는 백 점이네. 그럼 이건 어때?"

남자는 그렇게 말하며 호신용 경보기 앞에 반으로 접힌 신분증 케이스를 내밀었다. 그것을 열었더니 위에는 사진이 붙은 신분증명서가, 아래에는 금색 배지가 박혀 있었다. 신분증에는 이누카이 하야토라는 이름이 적혀 있었다.

"아, 경찰 수첩이다. 대박. 진짜잖아."

"진짜 경찰 아저씨니까 질문해도 괜찮지? 그런데 어떻게 진짜라는 걸 알았니?"

"인터넷에서 파는 가짜는 금으로 도금해서 훨씬 번쩍번쩍하거든요. 근데 이건 봐요, 색이 칙칙하잖아요."

"요즘 학교에서는 그런 것도 가르쳐 주니?"

"그럴 리가요. 형이 형사 드라마 덕후라서 배운 거예요. 그런 걸 파는 인터넷 사이트도 본 적 있고요."

"멋진 형이네. 진짜 수첩을 들고 한번 만나러 가고 싶지만…… 공교롭게도 용건이 있는 사람은 그쪽 학생이란다. 구와시마 쇼 맞지?"

"네? 네."

"여동생, 그러니까 미치루에 대해 물어볼 게 있는데."

그 이름을 듣는 순간, 머릿속에서 또다시 경보가 울려 퍼졌다.

벌써 경찰까지 내 비밀을 알아내다니!

"몰라요."

순간 그렇게 대답했다.

"모른다니……, 네 동생인데? 같이 안 사니?"

"그런 애는 본 적도 들은 적도 없어요!"

그렇게만 말하고는 나는 그 자리에서 달아났다.

"어어어, 쇼!"

나오야의 목소리가 들렸지만 뒤도 돌아보지 않았다. 지금 멈추면 저 형사에게 잡히고 만다.

뒤돌아보지 마. 멈추지 마.

도대체 어디에서 그런 힘이 났을까. 나는 스스로도 놀랄 정도로 빠르게 뛰어 길을 벗어났다.

그날 밤, 꿈을 꾸었다.

나는 아파트 단지의 공원에서 미치루와 나란히 그네를 타고 있었다. 주위는 저녁노을로 새빨갛게 물들었는데도 미치루만은 스포트라이트가 비추는 것처럼 하얗게 두드러져 보였다.

"어떻게 내가 있을 때 네가 있는 거야. 넌 내 일부잖아."

그러자 미치루는 키득키득 웃기 시작했다.

"그걸 누가 정했는데?"

처음 듣는 미치루의 목소리는 듣기 좋게 울렸다.

"한순간도 의심한 적 없어? 오히려 네가 내 일부라는 사실을?"

"그럴 리가."

"너 말이야, 날 이길 수 있는 게 하나라도 있어? 머리 좋아? 달리기 빨라? 인기 많아? 너보다 내가 겉으로 나서는 게 당연히 더 나을 거야."

"그럴 수 있을 것 같아?"

"응. 그게 왜 어째서?"

"넌 가상의 인물이잖아."

"아하하. 아직도 그 소리야?"

미치루는 우스워서 참을 수 없다는 모습이었다.

"그럼, 어째서 가상의 인물이 편지를 받는데? 어째서 다른 사람이 가상의 인물을 만나러 오는데? 어째서 경찰이 나를 알고 있는데?"

"그건……."

"성 동일성 장애. 전에 들었지?"

"응."

"어렴풋이 눈치챘을 거야. 구와시마 쇼는 몸은 남자지만 마음은 여자라고. 알겠니? 나 구와시마 미치루야말로 사실

네 주인이라고. 너야말로 원래부터 내 뒤에 숨겨진 인격에 불과해."

말이 심했지만 아무런 반박도 할 수 없었다. 그렇게 생각한 적 없다고 하면 거짓말이었기 때문이다.

"아직도 저항하는구나."

"당연하잖아. 갑자기 교체하라고 한다고 곧장 네 알겠습니다, 라고 대답할 수 없잖아."

"그건 네가 아직 남자아이의 몸이기 때문이야. 여자의, 그러니까 내 몸으로 변신하면 이해하지 않을까?"

"네 몸으로 변신하라니. 무슨 바보 같은 소리야. 성전환이라도 하라는 거야?"

"수술할 필요는 없어."

미치루가 발을 구르자 그네가 휙 높이 날아올랐다. 착지는 훌륭했다.

"나와 너는 자연스럽게 뒤바뀔 거야. 넌 갑자기 여자아이의 몸이 될 거야. 그리고 그와 동시에 넌 내 인격에 숨으면서 처음으로 마음과 몸이 일치하겠지. 구와시마 쇼라는 인간은 이 세상에서 사라질 거야."

"거짓말."

"거짓말 아니야."

미치루의 얼굴이 가까이 다가왔다. 가까이에서 보면 볼수록 인형처럼 예쁜 얼굴이었다.

"세상이 바뀔 거야. 세상 그 자체가 바뀌면 네 몸이 변하는 일쯤은 아무것도 아니겠지."

"세상이 바뀐다니? 어떻게 그런 일이⋯⋯."

"너도 나도 정말 좋아하잖아? 노란색."

미치루는 자신의 머리를 장식한 리본을 손가락으로 가리켰다.

"세상을 노랗게 물들이는 건 어때?"

"세상을 노랗게 물들인다고?"

"그래. 마치 레몬 빛 노란색 필터를 끼운 듯한 샛노란 세상. 내가 좋아하는 세상. 내 색으로 물든 세상."

미치루는 노래를 부르듯 재잘거렸다.

"그때, 세상이 바뀌고 너도 바뀔 거야. 넌 내가 되고."

미치루가 의기양양하게 공언했다.

그것이 신호였다.

지금까지 노을빛으로 물들었던 세상이 갑자기 바뀌었다. 아파트 벽, 공원의 초목, 그리고 하늘이 서서히 노란빛을 띠기 시작했다.

"쇼, 알지? 이미 새로운 세상이 오고 있어."

그러자 미치루도 머리부터 점점 노란색으로 바뀌었다. 마치 리본의 노란색이 다른 색까지 잡아먹는 듯했다.

그리고 내 발밑도 색이 변하기 시작했다.

"사라져 버려, 쇼."

무서워서 몸이 차갑게 식었다.

나는 목이 터져라 절규했다.

"으아아아아아악!"

그 순간 눈을 떴다.

자신도 모르는 사이에 숨이 거칠어져 있었다.

정신을 차리니 얼굴이며 목이며 온몸에서 불쾌한 땀이 쏟아지고 있었다.

3

어젯밤에 꾼 꿈은 역시 전래동화 같은 이야기였기에 부모님에게는 말할 수 없었다. 말을 꺼내 봤자 비웃을 것이 뻔했다.

이런 이야기를 할 수 있는 사람은 한 명뿐이다. 등교 중에 만난 나오야에게 서둘러 물었다.

"있잖아, 세상이 갑자기 바뀔 수 있어?"

"엥?"

나오야는 얼빠진 소리로 반문했다. 그래도 내 표정이 바뀌지 않자 진지하다고 판단한 모양인지 잠시 생각에 잠겼다가 이렇게 말을 꺼냈다.

"이건 다 형이 해 준 이야긴데 말이야. 다른 나라에 비해서 우리나라는 여러 가지로 안정적이잖아. 정치나 사회나. 어느 나라처럼 핵미사일을 배치하려고 하지 않고 사람이 죽는 폭동 같은 게 일어나지도 않잖아. 그래서 일본인들은 급격한 변화 같은 건 예상하지 못하고, 만약 바뀐다고 해도 아주 천천히 바뀔 거라고 생각한대. 무슨 말인지 알겠어?"

"응. 대충 알겠어."

"나도 대충이지만. 근데 형은 그런 건 착각이고 사실 이 세상은 한순간에 바뀐다고 생각한대. 하지만 다들 그걸 알면서도 모르는 척하는 거라고. 그렇게 생각하기 시작하면 매일 불안해서 견딜 수가 없으니까."

"한순간에 바뀌어 버린다고?"

"2011년 동일본대지진이 그랬잖아. 그거야말로 한순간이었잖아. 순식간에 마을이 쓸려가고, 수많은 사람이 죽고, 후쿠시마 원전이 그렇게 돼서 많은 사람의 생활이 완전히 뒤바뀌었잖아."

"응······."

"그러니까 말이야, 세상이 갑자기 바뀌어도 이상하지 않다는 뜻이야."

나오야는 분명 내가 단순한 호기심에서 그런 질문을 했

다고 여기리라. 하지만 나오야의 형의 생각은 지금의 내게 몹시 현실적인 이야기였다.

세상은 한순간에 바뀐다.

그렇다면 나도 한순간에 바뀌어 버린다.

예상치 못한 사태는 점심이 지났을 때 일어났다.

비라도 내리기 시작했는지 묘하게 밖이 어둡다고 생각하는데 창가에 앉아 있던 겐지가 크게 소리를 질렀다.

"뭐, 뭐야, 저거!"

그 목소리에 창가로 모여든 우리는 모두 말을 잃었다.

하늘이 노랗게 물들었다.

비구름도 눈구름도 아니었다. 소나기를 몰고 온 먹구름도 아니었다. 하늘이 황토색으로 뒤덮여 햇빛을 가렸다. 그 바람에 학교 벽과 나무까지 칙칙해 보였다. 노란 하늘에 조금의 틈새도 없었다. 창문에서 바라보는 범위만큼은 끝없이 이어졌다.

모두 제각각 감탄사를 연발하며 신기한 듯 창밖을 내다봤지만 나만은 달랐다.

온몸에 공포가 내달렸다.

찾아왔다. 세상이 바뀌는 순간이.

그리고 나는 미치루에게 몸을 빼앗길 것이다.

창가에서 후다닥 떨어졌다. 그 자리에 있는 것만으로도 저승사자인 미치루가 찾아올 것 같았다.

5교시 수업 시간에 들어온 도즈카 선생님은 창밖을 한 번 흘끗 보고는 말했다.

"요즘은 계속 날씨가 참 묘하네. 뉴스를 보면 관측 이래 최초니 최고니 하는 이야기뿐이고. 하지만 하늘에서 화살이 쏟아지는 것도 아니니 다들 너무 소란피우지 말도록."

이야기는 고작 그것으로 끝이었다. 이런 이상 사태도 수업만큼 중요하지는 않다는 말투였다.

장난하나.

화살이 쏟아지는 것만으로 끝나지 않는다고. 세상이 바뀌어 버릴 테니까.

"구와시마, 무슨 일이니. 얼굴이 새파랗게 질렸는데. 몸이 안 좋니?"

도즈카 선생님의 물음에도 나는 고개를 저을 수밖에 없었다.

도망쳐.

다들, 빨리 도망쳐.

이후 수업 시간에는 선생님의 말씀을 한 귀로 듣고 한 귀로 흘려보냈다. 조금도 집중할 수 없었다. 심장이 계속 빠르게 뛰었고 닦고 닦아도 손에서 계속 땀이 났다.

분명 무슨 이야기를 하든 다들 믿지 않을 테지. 내가 여자아이로 바뀐다는 말을 하면 당연히 웃음거리가 되고 말 것이다.

누구에게도 털어놓을 수 없다.

누구에게도 도움을 청할 수 없다.

나는 혼자서 도망칠 수밖에 없다.

종례를 알리는 종소리와 함께 교실을 뛰쳐나왔다. 도망갈 곳이 있는지 없는지도 몰랐지만 꼼짝 않고 있으면 자신의 공포심이 스스로를 집어삼킬 것만 같았다.

학교 건물을 나와 하늘을 올려다봤다.

새삼 소름이 끼쳤다.

온통 노랗게 변한 하늘이 낮게 압박해 왔다. 한참을 바라보고 있으니 구역질을 일으키는 색이었다.

구름이 넓게 펼쳐진 하늘이 아니었다. 처음 봤을 때보다도 한층 더 두꺼워진 구름층 탓에 평소 같으면 보여야 할 고층 빌딩이 완전히 사라져 버렸다. 저 멀리까지 바라봤지만 그 끝은 어디에도 없었다. 마치 수조 위에서 떨어뜨린 잉크가 점점 밑으로 내려가며 퍼지는 장면과 같았다. 정말로 이 세상을 몽땅 뒤덮고 있었다. 적어도 지금 이곳에서 봤을 때 도망갈 곳을 어디에도 없었다.

꿈에서 본 그대로였다. 노란색이 엄청난 속도로 세상을 잠식했다. 이대로라면 도시가 온통 노랗게 변하는 것도 시간문제였다.

나는 죽을힘을 다해 달리기 시작했다. 일단 지금은 집으로 돌아가야겠다고 생각했다. 방구석에서, 아니 그것도 불안하니 그 창고 안이라도 좋다. 영원히 몸을 숨기자.

하지만 한편으로는 또 다른 내가 심술궂게 속삭였다.

숨어서, 그걸로 도대체 뭘 어쩔 건데?

세상이 바뀌기 시작한 지금, 네 몸도 곧 미치루가 차지하게 될 거야. 이것은 피할 수 없는 운명이야.

시끄러워.

시끄러워.

시끄러워.

나는 그 목소리를 뿌리치듯 달렸다.

그런데 교문을 빠져나오는 순간, 걸음이 멈췄다.

"안녕."

등줄기에 냉수를 끼얹은 기분이었다.

눈앞에 온몸을 검은색으로 두른 그 남자가 서 있었다.

"구와시마 쇼, 맞지? 널 기다렸단다. 여기서 기다리면 널

만날 수 있을 것 같았거든."

마스크 너머로 또렷하지 않은 기분 나쁜 목소리.

남자가 손을 뻗어 왔다.

나는 그 손을 뿌리치고 남자의 옆으로 빠져나가려고 했다. 하지만 이번에는 예상과 달랐다. 나머지 한 손이 뒤에서 내 어깨를 잡았다.

"어이쿠. 도망치지 말라고."

그 손을 정신없이 뿌리쳤다. 남자는 내 저항을 예상하지 못한 듯 조금 물러섰다.

지금이다.

한눈팔지 않고 다시 뛰기 시작했다. 그러자 뒤에서 곧바로 발소리가 따라왔다.

쫓아 온다!

"기다리라니까!"

남자의 목소리가 등 뒤로 따라붙었다.

아아, 이럴 때 내가 미치루만큼 날쌨다면.

후회했지만 어쩔 도리가 없었다. 아무튼 지금은 달아나야 한다. 평소에 등하교하는 길로 달리면 불리하다는 것은 안다. 샛길 혹은 뒷골목. 그런 길로 도망치자. 그렇다면 내게도 승산이 있으리라.

가로수길을 온 힘을 다해 미친 듯이 달렸다. 아직이야. 여기에 빠져나갈 길은 없다. 20미터 앞에 있는 교차로까지 가면 모퉁이 술집 옆으로 돌아 뒷길로 들어갈 수 있다. 그곳에서 공사현장을 가로지르면 아파트까지 일직선 길이다.

가로수길을 지나 간선도로로 나왔다. 이곳은 언제나 많은 사람이 오가는 길이라 나 같은 아이가 도망치기에 적합했다. 회사원과 쇼핑객 사이를 누비며 달렸다.

흘끗 뒤를 돌아봤다. 예상한 대로 올블랙 남자는 인파에 막혀 제대로 달리지 못했다. 그래도 내 모습을 놓치지 않고 집요하게 쫓았다.

파이팅, 구와시마 쇼.

마침내 교차로에 도착했다. 그런데 코앞에 있는 신호등의 초록색 불빛이 벌써 깜박거리고 있었다.

제길!

횡단보도를 막 건너기 시작한 순간 신호등이 빨간색으로 바뀌었다. 그래도 자동차 신호가 초록색으로 바뀌기 전까지 아직 시간이 있다. 아이가 횡단보도로 튀어나왔는데 기다리지 않고 출발할 자동차는 없으리라는 계산도 있었다.

세이프.

횡단보도를 다 건넌 직후에 자동차 물결이 움직이기 시작했다. 남자는 건너편에서 입을 삐죽이며 이쪽을 바라봤다. 꼴 좋다.

이제야 술집 간판이 보였다.

저 옆으로 돌아 뒤로 가자.

가게 앞 자판기까지 갔을 때였다.

누군가의 손이 내 오른팔을 잡았다.

"통학로 외의 길로 다니는 건 방범 지침상 옳지 않구나."

두려움에 떨며 쭈뼛쭈뼛 뒤를 돌아보니 이누카이 형사가 있었다.

"놔, 놔 주세요."

"놓으면 이 샛길로 지나갈 거 아니냐? 위험하잖아."

"여기 있는 게 더 위험해요! 나, 저승사자한테 쫓기고 있단 말이에요."

"저승사자……? 하아, 그렇게 된 거군."

이윽고 그 올블랙 남자가 횡단보도를 건너왔다.

"놔 달라고요. 겨, 경찰 아저씨도 미치루의 쫄따구죠. 세상을 노랗게 만들려는 계획이죠?"

팔을 뿌리치려고 했지만 이누카이 형사가 나보다 훨씬 힘이 세서 도무지 당해낼 수 없었다. 그러는 사이에 마침내 저승사자가 우리 앞까지 다가왔다.

모든 것이 끝났다.

"아아, 이누카이. 신세를 졌네."

역시 경찰도 한패였어.

"쇼가 도망친 건 네 잘못도 있다는 걸 알아 둬. 선글라스에 마스크 차림으로 접근하면 아이들은 대부분 수상한 사람이라고 생각한다고."

"어쩔 수 없잖아. 올해는 꽃가루가 작년의 여섯 배나 더 많이 날린다고. 완전 무장을 해야 숨을 쉬지."

엥?

"쇼, 소개할게. 이 아저씨는 구청 육아지원과에 근무하는 시바사키라는 공무원이야. 아저씨의 대학 동기지."

"육아지원과…… 그럼 노란 세상의 저승사자가 아니에요?"

"노란 세상? 아아, 이 하늘 말이니?"

이누카이 형사는 하늘을 올려다보며 가볍게 웃었다.

"아까 기상청에서 발표했어. 저 노란 하늘 말이야. 저건 천재지변도 세계 종말도 아니야. 연무라는 자연현상이란다."

"연무요?"

"요 며칠 동안 날이 계속 맑아서 건조했잖니. 한랭전선이 남하하면서 강풍이 간토평야*의 마른 모래를 몰고 와서 이런 현상이 나타난 거란다. 모래 먼지가 층을 형성했는데 태양광선이 그 층을 투과하면 저런 색이 된다더구나."

"그럼 날 쫓아온 이유는요?"

"네 여동생, 구와시마 미치루에 대해 물어볼 이야기가 있어서."

"미치루는 내가 만든 가상의 인물이에요!"

그렇게 항변하자 두 남자는 서로를 마주봤다.

"쇼. 너희 집 호적 등본이나 주민등록표를 본 적 있니?"

"아뇨."

"그럼 가르쳐 주마. 너희 가족 호적에 분명 미치루라는 이름이 기재되어 있어. 생년월일은 2006년 4월 8일. 너보다 세 살 어린 여동생이 분명히 존재해."

---

* 도쿄가 속한 간토 지방에 있는 일본에서 가장 넓은 평야.

4

영문도 모른 채 아파트로 돌아오니 집 안에 수많은 경찰이 있었다.

"미리 말해 두는데 열 살인 네게는 무척 잔혹한 이야기가 될 거야. 하지만 난 숨길 생각 없단다. 세상에는 그냥 묻어 두는 편이 좋은 일도 있지만, 이 일은 계속 숨기기에는 너무나 중대한 일이고 만약 숨긴다고 해도 의심만 남길 테니까. 의심은 곧 다른 병의 원인이 된단다. 그걸 방지하기 위해서라도 넌 진상을 알아야만 해. 그 결과, 날 원망하게 된다 해도 난 괜찮다."

이누카이 형사의 말은 절반도 이해할 수 없었지만 어쨌

든 내게 모든 사실을 가르쳐 주려는 듯해서 얌전히 듣고만
있었다.

"이 집에서 거의 사용하지 않는 방이나 장소가 있니?"

"네. 창고는 거의 열어본 적 없어요."

내 대답을 들은 이누카이 형사는 그곳으로 안내하라고
말했다.

"미치루는 호적상 존재하는 인물이니 당연히 매년 성장
하지. 미치루 앞으로 학교 교재 광고 우편물이 온 것도 업
체에서 그 호적을 바탕으로 명단을 작성했기 때문이야. 구
청 육아지원과는 보육 상황 조사는 물론 취학 연령이 된
아동 본인을 면담해야 하거든. 그런데 아무리 연락해도 너
희 부모님이 미치루를 담당한 시바사키 아저씨와 만나려
고 하지 않았어. 아무래도 이상하다고 생각해서 이 아저씨
한테 상담하러 왔지. 그래서 내가 미치루에 대해 물었더니
넌 그런 아이는 모른다고 대답했잖니. 의문이 점점 깊어만
갔지. 호적상으로는 분명 아이가 둘 있는 가정인데 실제로
는 한 명밖에 없으니…… 아아, 여기가 창고구나."

이누카이 형사는 창고를 열더니 쭈그리고 앉아 바닥을
손가락으로 두드리기 시작했다.

"역시 바닥 밑이 비어 있군. 이봐 마룻바닥을 떼어내자고."

경찰관 한 명이 못뽑이를 가져와 마루 귀퉁이 끝에 억지로 쑤셔 넣었다.

"그런데 옛날부터 우리 집에 아이는 나 한 명뿐이었어요. 자, 봐요."

나는 두 살 때 찍은 그 사진을 보여 줬다.

"그 무렵부터 나는 미치루이기도 했거든요."

하지만 사진을 잠시 응시하던 이누카이 형사는 고개를 저으며 사진을 돌려줬다.

"이 사람은 네가 아니라 진짜 미치루야. 자세히 보지 않으면 알아차리기 힘들지만 이 사진에 찍힌 아이는 오른쪽 귓불에 점이 있잖니. 하지만 네 귀에는 그런 게 없어."

"나왔습니다!"

마룻바닥을 뜯은 경찰이 소리쳤다. 순간 이누카이 형사가 양팔을 뻗어 내 앞을 가렸다.

"보지 마."

하지만 그 찰나의 순간에 나는 보고 말았다.

입을 쩍 벌린 마루 밑에는 기이한 물건이 누워 있었다.

길이 70센티미터 정도의 작은 해골.

그 머리에는 완전히 색이 바랜 노란 리본이 달라붙어 있었다.

"이누카이 형사님. 목뼈가 부서졌습니다."

"그러면 자연사가 아닐 수도 있겠군. 당장 부모를 소환해."

이누카이 형사는 맛없는 음식을 토해 내듯 말했다.

"저게, 진짜 미치루예요?"

"그래. 네 기억에 없을 정도니 상당히 오래전에 살해한 뒤 여기에 처넣었을 게다."

"왜 그런 짓을……."

"물론 살인을 은폐할 이유도 있었겠지. 하지만 자꾸 네게 미치루 분장을 시켜 사람들 눈에 띄게 만든 이유는 이웃에 미치루가 아직 분명히 살아 있다는 인식을 심고 싶었기 때문일 테다. 만약 미치루가 살아 있지 않다는 사실이 발각되면 아동수당을 못 받게 될 테니 말이다."

"아동수당은 얼만데요?"

"2011년까지는 만 3천 엔, 2012년부터는 3세 아동 이상은 만 엔."

"……고작 그 정도 돈 때문에?"

"매달 당연한 듯 지급받으면 고정급처럼 느껴질 테니까. 그게 끊기는 걸 도저히 용납할 수 없었겠지."

나중에 들은 이야기로는 미치루는 엄마와 다른 남자 사이에서 태어난 아이였다고 한다. 아빠는 미치루가 유치원에 들어가기 전에 혈액검사를 했다가 우연히 그 사실을 알고 우발적으로 미치루를 죽이고 말았다. 엄마도 거짓말을 한 죄가 있기에 아빠를 비난하지 못했다고 한다. 그래서 나는 적어도 2년 동안 미치루와 함께 살았을 테지만 다섯 살 때부터 줄곧 1인 2역으로 미치루를 연기하는 바람에 기억에 혼란이 온 것 같다고 이누카이 형사가 설명해 줬다.

결국 친할아버지와 친할머니가 나를 당분간 맡게 됐다.

학교도 전학을 가게 돼서 방금 반 친구들에게 인사를 하고 온 참이었다.

그리고 지금, 헤어지기 아쉬운 교문 앞에서 나는 그가 오기를 애타게 기다리고 있다.

세상에는 그냥 묻어 두는 편이 좋은 일도 있다고 이누카이 형사는 말했다. 그렇다면 내 이런 마음은 어느 쪽일까. 늘 가까이에 있어 준 그. 요즘 어렴풋이 눈치챘다. 어쩌면 내가 그에게 품은 감정이 우정 이상이었을지도 모른다고. 그런 상대에게 진짜 내 모습을 숨긴 채 떠난다니 거부감을 느꼈다. 털어놓고 후회할지, 털어놓지 않고 후회할지.

아직 결정하지 못했는데 저 멀리서 그 인물이 모습을 드러냈다.

　나는 자신도 모르게 소리를 질렀다.

　"여기야, 나오야!"

7

보라색 헌화

1

죽은 지 사흘이 넘었을지도 모른다. 출동 전에 그 이야기를 들었기에 사카키마 아키히코는 각오하고 있었다. 사체 발견 현장은 밀폐된 실내라고 하니 부패 악취가 오죽 진동하겠는가. 강력계 소속이 된 지 3년, 지금까지 사망 후 수일이 지난 사체를 자주 봐 왔지만 그 냄새에는 아직도 익숙해지지 않는다.

오늘은 4월 20일. 세상의 달력으로는 점점 초여름으로 향하는 시기지만 이곳 기후현 다지미 시내는 이미 한여름이라 오후 3시 기온이 32도를 넘어섰다. 아무튼 '일본에서 가장 더운 도시'로 매년 사이타마현 구마가야시와 다투는 곳이다. 이 도시 시민으로서 이 정도 더위에 엄살을 떨 생각은 없었지만, 사체가 썩는 악취만큼은 별개였다.

오후 6시에 현장에 도착했다. 노란색 테이프를 두른 단층집이 현장이리라. 실제로 감식반이 벌써 행동을 개시했다.

"신고자는 옆집 주부입니다."

현장의 현관에 서 있던 순경이 보고했다.

"최근 사흘 동안 우편함에 신문이 쌓였는데 집 안은 불이 켜져 있어서 이상하게 생각했답니다."

그래서 현장으로 향했다가 문이 잠겨 있지 않아 안으로 들어가 보니 사체를 발견한 것이다.

"혼자 살았나?"

"네. 세대주는 다카세 아키후미입니다. 계속 혼자 살았다고 합니다."

감식 작업이 끝난 것을 확인하고는 현장으로 들어갔다. 예상한 대로다. 집 안에 들어간 순간, 습한 열기가 확 덮쳐왔다. 순간 숨을 멈췄지만 이미 늦었다. 예의 동물성 단백질이 분해되는 약한 사체 썩는 냄새가 콧속으로 침입해서 배 속에 있는 것들이 올라올 것 같았다.

집은 거실, 식당, 부엌에 방 두 개가 딸린 구조로, 방은 두 개 모두 서양식 방이었는데 사체는 식탁 바로 옆에 엎

드린 채 쓰러져 있었다.

화이트 셔츠에 바지 차림. 왼쪽 옆구리 뒤에 부엌칼이 꽂혀 있어 사인을 알려 주는 몹시 친절한 사체였다. 고개를 옆으로 돌리고 눈을 감은 채 잠에 든 듯도 보였다. 나이는 60대 중반, 이목구비가 뚜렷하고 갸름한 잘생긴 얼굴이었다.

"치명상은 이겁니까?"

누구에게랄 것 없이 묻자 감식반 요원 한 명이 달려왔다.

"네, 부검을 해 봐야 확실하게 판단할 수 있지만, 다른 외상은 발견되지 않아서요."

소지한 면허증으로 사망자가 다카세 아키후미 본인이며 67세라는 사실을 알아냈다. 왼쪽 손목에 손목시계를 차고 있는 것으로 보아 아마도 오른손잡이로 추정됐다. 흉기로 찔린 부위를 고려하면 스스로 찌른 것으로 보이지는 않는다. 자살일 경우 자신의 손이 닿는 부위로 범위가 좁아진다. 더욱이 피부가 노출된 부위를 찌르는 경우가 많다. 이렇게 옷으로 가려진 부분을 찌르는 짓은 하지 않는다.

"감식반 의견은 타살입니까?"

"보시다시피 부엌칼이 거의 칼자루 부분까지 꽂혔는데 자기 손으로 직접 이렇게까지 깊게 찌르는 건 불가능합니다. 흉기가 꽂힌 상태에서 뒤로 쓰러지면 혹시 가능할지도 모르겠습니다만 그런 흔적도 없습니다. 뒤에서 누가 공격했다고 보는 게 타당합니다."

의견 일치를 확인하고 나서 사카키마는 다시 사체를 내려봤다. 사체 아래에 넓게 퍼진 피웅덩이는 완전히 굳었고 색도 검게 변했다.

"사망 추정 시각은?"

"검시관 의견으로는 실내온도를 고려하면 사흘 전, 그러니까 17일 밤 12시에서 3시 사이로 추정한다고 했습니다. 하지만 이것도 부검 소견을 기다려 봐야 압니다."

실내온도라는 단어가 걸렸다.

"사망 추정 시각은 한밤중. 이웃의 말로는 계속 불이 켜져 있었다. 그런데 에어컨은 꺼져 있다. 절전 정신이 투철한 범인이라기에는 어설프군."

그 어설픈 행동 때문에 사체의 부패 속도가 더욱 빨랐다. 손수건으로 입과 코를 막아도 강렬한 사체 썩는 냄새가 코를 찔렀다.

"에어컨 스위치에서는 피해자 지문만 검출됐습니다."

식탁에는 차를 따른 채 손대지 않은 찻잔이 두 잔. 즉 피해자는 손님을 경계하지 않았을 가능성이 크다.

사카키마는 사흘 전 늦은 밤을 떠올렸다. 덥고 잠들기 힘들어 일찌감치 에어컨을 켠 날이었다. 사체는 일상복 차림이었다. 이 정도 재질로 미루어 짐작하건대 피해자는 외출 후 집으로 돌아와 누군가를 대접하다가 얼마 지나지 않아 공격당한 듯하다. 즉 에어컨을 켤 틈조차 없었다는 뜻이다.

"식탁 가장자리와 집 안쪽 문손잡이, 그리고 부엌칼의 칼자루에 지문을 닦아낸 흔적이 있습니다. 아마 범인의 소행일 테죠."

사카키마는 집 안을 둘러봤다. 식탁 위를 비롯한 집 안은 정돈되어 있었고 다툰 흔적 따위는 티끌만큼도 없었다. 피해자가 등을 돌린 순간 부엌칼로 단번에 찔렀다. 그러고는 자신이 만진 곳들을 닦아 지문을 없앤 뒤 문을 잠그지도 않은 채 현장에서 달아났다. 머릿속에 그린 그림은 지나치게 단순했다.

"바지에 지갑이 있었고 안에는 현금 3만 5천 엔이 있었습니다."

집이 어지럽혀 있지 않아서 강도일 가능성은 처음부터 배제했는데 지갑 속 돈이 그 판단을 증명했다.

부엌 옆에 있는 방으로 걸음을 옮겼더니 그 구석에 불단이 자리를 차지하고 있었다. 불단 위에는 액자가 하나. 사진 속에는 어머니와 자식의 빛바랜 사진이 꽂혀 있었다. 이웃의 말에 의하면 다카세는 오래전부터 쭉 독신으로 살았다고 하니 사진 속 사람은 아내와 딸이리라.

"가족을 잃었나 보군. 그건 그렇고 오래된 사진이네."

불단 앞에는 아직 싱싱하고 자그마한 꽃이 꽂힌 작은 꽃병이 하나. 꽃병에는 자운영 한 다발이 꽂혀 있었다. 이 계절이 되면 들과 길가 여기저기에 피는 꽃인데 불단 앞에 꽂혀 있으니 뜻밖의 존재감이 느껴졌다. '꺾지 말게나 들에 놓아 두게나 그 자운영*'이라는 하이쿠도 있을 만큼, 단아함을 간직한 보랏빛은 상당히 아름다웠다. 그러고 보니 자운영은 이곳 기후현의 현화이기도 하다.

"집 안을 사우나 같은 상태로 만든 건 사망 추정 시각에 혼란을 주려던 목적일까요?"

감식 요원은 혼잣말처럼 중얼거렸다. 범인은 알리바이 조작을 해야 하는 자, 즉 면식범의 소행일 가능성이 크다. 무엇보다 범행 시각을 속이려면 일단 사체 부패가 진행된 상태에서 실내온도를 바꾸지 않으면 의미가 없다. 다른 사람이 드나드는 것을 방지하기 위해서라도 문을 잠갔을 터

---

* 일본 에도시대 중기 하이쿠 작가 다키노 효스이의 하이쿠.

다. 따라서 이 추론은 성립하지 않는다.

"탐문 다녀왔습니다."

먼저 도착한 후배 히사카가 나타났다.

"나흘 전에 피해자를 목격한 사람이 있긴 했지만…… 꽝이었습니다. 사흘 전에는 밤이 깊어지자 대부분 집에서 창문을 닫고 잠들었다고 합니다."

대도시라면 모를까 저녁 7시가 넘으면 이 주변 상점은 문을 닫고 인적이 끊긴다. 나고야 시내에서 퇴근해 돌아오는 회사원들이 드문드문 있지만 그것도 8시가 피크다.

역 앞이나 상가와 달리 사람이 모이는 곳이 아니므로 방범 카메라도 설치되어 있지 않다. 앞으로 목격 정보도 그다지 기대할 수 없다.

지갑에는 사원증도 들어 있었다. '오리베 택시'라는 회사명이 적혀 있었다. 곧바로 조회한 뒤 이야기를 들으러 가야 한다.

현장에 더 있어 봤자 즉시 도움이 될 만한 정보는 얻을 수 없을 듯했다. 사카키마는 히사카에게 현장검증을 맡기고 그 자리를 떠났다.

오리베 택시에 방문 목적을 밝히자 곧바로 응접실로 안

내받았다. 개인이 경영하는 작은 회사로 모습을 드러낸 사람은 사장인 레시마였다.

"다카세 씨는 17일에 유급휴가를 냈습니다. 그리고 나서 오늘까지 계속 무단결근을 하기에 저희도 걱정하던 참이었는데 설마 그런 일을 당했을 줄이야……."

레시마는 놀라움을 감추지 못한 모습이었다. 만약 이것이 연기라면 칭찬할 만했다.

"입사한 지 이제 8개월밖에 안 됐습니다만 정말 유능한 분이었습니다. 저희는 아직 배차 시스템을 전산화하지 않아서 다카세 씨는 정말 저희가 딱 바라던 인재였죠."

다카세 역시 택시기사인 줄 알았는데 이야기를 들어보니 그렇지 않은 듯했다.

"다카세 씨에게는 배차 업무를 부탁했습니다. 우리 회사는 택시 열다섯 대로 꾸려나가고 있는데 원활하게 운행하려면 시시각각으로 바뀌는 열다섯 대의 위치를 끊임없이 파악해야 하거든요. 시간대별로, 도로별로 혼잡 상황을 고려해야 합니다. 그런데 다카세 씨는 그런 어려운 일을 척척 처리했습니다. 전 직장에서 쌓은 경력 덕분에 업무 처리 노하우가 있었겠지만 그래도 뛰어난 능력이었습니다."

"전 직장이요?"

"예전에 고속버스 회사에서 운행 관리를 했다고 들었습니다. 아마 형사님도 아실 겁니다. 작년 5월에 주오자동차도에서 일어난 메이노 버스 사고요."

아아, 하고 사카키마는 고개를 끄덕였다. 가니시와 신주쿠를 연결하는 고속버스가 다카이도 인터체인지 부근에서 방호책을 들이받아 사망자 한 명과 중경상자 여덟 명을 낸 사고였다. 처음에는 운전기사의 졸음운전이 사고 원인으로 지목됐지만 이후 수사로 운전기사의 사적인 동기에 의한 위장사고라는 사실이 밝혀졌다. 1심에서는 살인죄가 적용되어 징역 20년을 선고받았으나 현재 2심을 다투고 있을 것이다.

"국토교통성의 규정을 위반한 사항은 없어서 메이노 버스가 법적인 책임을 지지는 않았지만……. 뭐, 무슨 영문인지 두 달 후에 폐업했으니까요."

레시마는 말끝을 흐렸지만 뒷말은 하나 마나 한 이야기였다. 아무리 회사에 잘못이 없다고 해도 누가 그런 사고를 일으킨 회사의 버스를 타고 싶어 할까. 사람들의 예상대로 메이노 버스는 이용객이 급감해 문을 닫을 수밖에 없었다.

전 직장의 폐업이 작년 7월. 그렇다면 다카세는 두 달 동안 구직 활동을 한 뒤 오리베 택시에 재취업한 셈이다. 예순일곱이라는 나이를 생각하면 상당히 운이 좋았다고 할수 있다.

"회사가 폐업해서 퇴직했으니까요. 온화한 성격에 성실하고 정직하며 일도 잘하고 실수도 없었습니다. 참, 정말 아까운 사람을 잃었습니다."

"회사 내에서 다카세 씨에게 원한을 품은 사람은 없었습니까? 그렇게나 유능한 인재였다면 거꾸로 원한을 샀어도 이상하지 않을 텐데요."

"그런데 다카세 씨는 그런 일이 전혀 없었습니다. 그런 걸 바로 인덕이라고 하나 봅니다. 동년배 직원도 젊은 직원도 남녀 구분 없이 다카세 씨에게 마음을 열었던 것 같습니다. 이렇게 말하는 저 역시 그랬고요."

레시마는 어깨를 조금 늘어뜨리며 말했다.

"동료라기보다는 가족 같은 따뜻함이 느껴진 분이었습니다. 다카세 씨 본인이 가족을 잃은 사연이 있어 그런지 모르겠지만 가까이에 있기만 해도 마음이 편안해지는 분이었습니다. 직원들이 칭찬받고 싶을 때 칭찬해 주고 위로받고 싶을 때 위로해 줬죠. 뭐랄까요, 분위기를 읽니 마니 하는 말이 있는데, 그분은 사람의 마음 읽는 데 도사였습니다. 그런데 살해당했다니. 아, 아직도 믿기지 않아서……."

오열로 말이 끊겼다. 아무래도 연기는 아닌 듯했고, 레시마 본인도 다카세를 좋아한 듯 보였다.

레시마가 진정할 때까지 기다린 뒤 사카키마는 다시 질문했다.

"최근 며칠 사이에 다카세 씨에게 달라진 점은 없었습니까?"

"딱히……. 유급휴가만 해도 한 달에 하루 주어진 날을 사용했을 뿐, 딱히 특별한 사유가 없는 휴가였으니까요."

친척도 없고 원한을 품은 동료도 없다. 이렇게 되면 수사 범위는 전 직장인 메이노 버스 시절까지 거슬러 올라가야 한다. 혹시나 해서 레시마 외에 다른 직원들에게도 같은 질문을 했지만 돌아온 답변은 전부 비슷했다.

선량한 사람이 살해당한 사건을 수사할 때는 애를 먹는다. 동기가 금전으로 한정되므로 언뜻 단순해 보이지만 피해자가 자산가가 아닌 경우에는 수사가 순식간에 난항을 겪는다.

다카세 아키후미의 인품을 머리 한구석에 넣어 두고 다지미 경찰서로 돌아오자 히사카가 기다리고 있었다.

"이후로 진전이 있었나?"

"진전이라고 할 수 있을지. 두 가지 정도 흥미로운 사실을 발견했습니다."

"말해 봐."

"우선 피해자의 휴대폰을 조사했더니 마지막 통화는 사건 전날 오후 10시 42분이었습니다."

검시관의 의견대로 사망 추정 시각이 12시부터 3시 사이라면 마지막 통화에는 중요한 의미가 있다.

"통화 상대는 스가야 다케시입니다."

귀에 익은 이름이었다.

"이봐, 그 스가야라는 사람은⋯⋯."

"네. 동명이인이 아니라면 메이노 버스의 전 사장입니다."

메이노 버스의 폐업과 그와 연관된 스가야 다케시 사장의 더러운 소문은 사카키마도 들은 적 있다. 아니, 이 지역 사람이라면 누구라도 들어본 이야기다.

주오자동차도에서의 사고는 형사사건으로는 운전기사의 범행으로 결말이 났다. 그러나 민사사건으로는 사망한 다타라 준조라는 남성의 유족과 중경상자 여덟 명의 보상 문제가 남아 있었다. 그런데 피해자들이 집단 소송을 준비하기 시작하자마자 메이노 버스는 폐업했고, 사장인 스가야에게도 이렇다 할 자산이 없는 바람에 소송은 좌절되고 말았다. 그러나 이에 대해 민사재판에서 법원이 배상 명령을 하기 전에 스가야가 꽁무니를 뺐다는 것이 대부분의 견해였다.

그런 전 직장의 사장과 직원이 사건 직전에 대화를 나눴다. 이 부분에 안테나가 반응하지 않는다면 그 경찰이야말로 폐업해야 할 것이다.

"두 개라고 했지?"

"나머지 하나는 생명보험입니다. 거실 서류장에서 보험증권이 나왔습니다."

"생명보험이라고?"

기묘한 이야기였다. 나중에 확인한 사실로는 다카세는 이미 아내와 딸을 잃었고 분명 남은 가족은 없었다. 그런데 생명보험에 들었다니 이해가 가지 않았다.

"중증장애보험만 해도 그 나이로는 조건이 까다로웠을 텐데."

"분명히 1억 엔 사망보험금에 가입되어 있습니다. 계약일은 작년 7월 25일이고요. 메이노 버스를 퇴사한 직후였습니다. 그런데 더 중요한 문제는 사망보험금의 수령인입니다."

히사카가 내민 보험증권을 들여다봤다.

수령인 서명란에는 전혀 모르는 이름이 적혀 있었다.

2

―제29회 시즈오카 육상경기대회, 드디어 여자 2백 미터 결승입니다. 1번 레인 출발선에 도쿄체육대학 2학년 하시모토 에미가 서 있습니다. 순위는 물론이고 올림픽 국가대표 상비군인 하시모토 선수가 올림픽 참가 표준 기록에 얼마나 근접할 수 있는지에도 많은 이목이 집중됩니다. 예선을 보신 느낌은 어떠셨나요, 구로사키 씨.

―기대됩니다. 하시모토 선수는 예선에서 이전 선발전과 같은 시간을 기록했으니까 컨디션이 점점 좋아진다고 봐도 좋습니다. 표정도 갑자기 긴장해 보이고요.

―현재, 2번 레인의 세실리아 모레노 선수가 우승 후보

인데 하시모토 선수가 어떤 주법으로 경기를 운영할지도 주목할 점입니다. 자, 드디어 출발 시간이 다가왔습니다.

가시야마 유키의 시선이 자신도 모르는 사이에 TV 화면으로 빨려 들어갔다. 그 주술을 푼 것은 유키의 번호를 부르는 창구 직원의 목소리였다.

"225번 손님, 이쪽으로 오세요."

미련을 끊어 버리듯 화면에서 시선을 뗐다.

헬로워크*라는 장소가 그런 느낌을 주는지, 은행에서 번호를 불리는 것과는 상당히 느낌이 다르다. 마치 인간성도 개성도 무시당한 듯한 느낌이다. 숫자이기에 당연하다면 당연하겠지만 그런 부분을 새삼스레 의식하는 이유는 스스로가 부담감을 느끼는 탓일까.

3번 창구를 향해 걸었다. 장애가 눈에 띄지 않도록 주의해도 오른쪽 다리에 체중이 실리는 순간 자세가 폭삭 무너졌다. 창구의 남자 직원이 유키의 오른쪽 다리를 흘끔 쳐다봤다가 못 본 척 시선을 제자리로 되돌렸는데, 그 일련의 행동이 유키에게는 스톱모션처럼 보였다.

---

* 일본 각 지자체 노동국에서 운영하는 공공직업안정소로 채용 상담과 직업 소개 등을 제공한다.

"으음, 가시야마 유키 씨……. 사무직을 희망하시는군요."

순간적으로 희망 직종과 오른쪽 다리가 불편하다는 사실을 연결 지었으리라. 남자 직원은 무언가 수긍한 표정을 지었다. 발치를 본 듯해 유키는 당연히 불쾌했지만 눈앞에 있는 직원이 자신의 운명을 쥐고 있다고 생각하니 시무룩한 표정을 지을 수는 없었다. 억지로 싹싹한 미소를 갖다 붙이고는 돌아섰다.

"희망 직종은 스포츠 관련, 입니까? 으음, 통근권인 나고야까지 범위를 넓혀도 그 분야 채용 공고는 좀처럼 찾을 수가 없네요."

그 말을 들으면서 역시 예상대로구나 하고 유키는 생각했다. 헬스클럽, 체육대학 코치, 육상대회 스태프. 그러한 자리들은 이미 다 찬 데다가 공급 과잉 상태다. 헬로워크에 구인 요청을 할 상황이 아니라는 것쯤은 충분히 알고 있다. 그래도 희망 직종에 기재한 이유는 실낱같은 희망을 걸었기 때문이다.

오른 다리를 질질 끄는 모습과 희망 직종에 차이가 있는 탓인지 남자 직원의 말투에는 미심쩍음마저 느껴졌다. 유키는 마음속에서 솟아나는 부정적인 생각을 억누르며 상대의 설명에 신경을 집중했다.

"희망 월급이 15만 엔……. 이것도 좀 어려울 듯하군요. 요즘 비정규직 사무직의 평균 월급이 9만 엔 이하니까 첫 번째 조건은 조금 더 낮춰야 가능성이 클 것 같습니다."

완곡한 어조지만 핵심은 주제 파악을 하라는 말이다.

"게다가 사무직은 채용 공고가 잘 안 나요. 인기 많은 자리는 이직률이 낮으니까 자리가 잘 나지도 않고요."

남자 직원은 마치 본인이 기업의 인사담당자인 듯 말했다. 말끝마다 거슬렸다. 매일 실업자를 몇십 명이나 상대하면 세심한 배려 따위 방해가 되는 것일까.

유키는 뒤를 흘끗 돌아봤다. 순서를 기다리는 사람, 컴퓨터로 검색하는 사람, 앉지 못하고 벽에 기대서 따분한 듯 서 있는 사람. 정년퇴직 후 재취업을 하려는 고령자뿐만이 아니었다. 그야말로 유키 같은 20대 여성에 심하면 미성년 자까지 남녀노소 전부 모여 있었다.

TV에서는 새 정권이 들어서면서 경기가 회복세로 돌아섰다고 보도하지만 헬로워크 안에는 여전히 전 정권이 위세를 부리는 듯했다. 자세히 관찰하니 다소 나이가 많지만 모두 하체 힘은 튼튼해 보였다. 노동력으로서 적어도 자신보다는 활용 가치가 있었다.

"예전과 달리 요즘은 외국인 노동자도 많으니까요. 어디든 젊다는 사실만으로 채용하지는 않습니다. 역시 자격증 한두 개는 있어야죠. 아아, 자격증만 있다고 또 쉽게 취직할 수 있는 건 아니지만."

이 취업난 속에서 실업자에게 과도한 기대를 심어 주면 안 된다는 지침이라도 있는지 남자 직원의 말은 몹시 신랄하고 냉혹하게 들렸다. 아니면 자신이 노동력이라는 점에 열등감을 품고 있기에 그렇게 들리는 것일까.

"아무튼 등록은 해 놨으니까 조건에 맞는 기업이 걸리면 연락드리겠습니다만, 기다리지만 마시고 가끔씩 직접 나오세요. 정말 부지런히 구직 활동 안 하시면 점점 취업 문이 좁아져 버리니까요. 마지막에 남은 자리들이 변변할 리 없잖습니까."

새 등록번호가 새겨진 서류가 자신 앞으로 되돌아왔다. 유키는 번호를 제대로 확인하지도 않고 클리어 파일에 욱여넣고는 자리에서 일어났다.

일어선 순간 다시 묵직한 통증이 복사뼈를 덮쳤다. 지금 얼굴을 찡그리면 패배를 인정하는 것만 같아서 표정을 굳히고 꾹 참았다.

출구 근처까지 오자 시선이 구석에 있는 TV 화면으로

흘끗 향했다.

─이야아, 하시모토 선수 해냈습니다. 1등은 놓쳤지만 올림픽 참가 표준 기록을 훌륭하게 넘어섰습니다.

─역시 상비군으로 뽑히면서 기록을 많이 앞당겼으니까요. 어떤 원석이든 잘 갈고 닦으면 훌륭한 보석이 되는 법이지요.

보지 않으려고 해도 본능처럼 TV로 시선이 갔다. 화면에서는 하시모토 에미가 머리와 어깨를 들썩이며 호흡을 가다듬고 있었다.

한 학년 아래 후배. 보고 싶은 얼굴이었지만 반년도 더 만나지 못한 사이에 몰라보게 늠름해졌다. 자신의 뒤를 강아지처럼 졸졸 따라다니던 때가 거짓말 같았다.

에미의 얼굴을 보고 있으니 가슴의 상처가 욱신거렸다.

원래라면 이 화면 속에는 자신이 있을 터였다. 그렇게 생각하자 이곳에 있는 사람들이 자신을 비웃는 것 같다는 착각에 빠져들었다.

유키는 그 자리에서 오른 다리를 질질 끌며 도망쳤다. 자신이 얼마나 가치 없는 인간인지를 뼈저리게 보여 주는 것만 같았다.

엄마 이즈미가 자동차에서 기다리고 있었다. 유키가 뒷

좌석에 타자 이즈미는 금세 불만스러운 얼굴을 했다. 어차피 모녀끼리 타는데 조수석에 앉으라는 의미겠지만 사절이다. 요즘은 이즈미가 무슨 말을 할지 알기에 우울하기 짝이 없었다. 그리고 덧붙인다면 설령 엄마라고 해도 이 변형된 다리를 보이는 것은 고통이었다. 그런 점이 싫어서 여기까지 혼자서 버스를 타고 가겠다고 우겼는데 생색을 내며 차에 태웠다.

"어떻게 됐어?"

곧바로 귀찮은 질문이 쏟아졌다.

"오늘은 등록만. 가끔 오래."

"흐음. 그럼 또 와야겠네."

엄마는 도대체 요즘 취업 상황을 알고나 있을까. 아니면 우리 가족에게만은 패스트푸드점의 상품처럼 준비됐다는 듯 일자리를 주리라 여기는 것일까.

"다음부터는 버스 타고 갈 테니까 데려다주고 데리러 올 필요 없어."

"무슨 말이니, 그런 다리로. 괜찮아, 취직이 결정될 때까지는 내가 우리 딸 기사 노릇을 해야지."

이 말도 귀에 거슬렸다. 엄마를 기사 삼지 않으려면 당장 취직하라는 뜻이나 마찬가지였다.

"빨리 취직됐으면 좋겠다."

더는 말할 기분이 아니었다. 백미러로 물어오는 엄마를 무시하고 유키는 차창 너머 풍경으로 시선을 옮겼다.

조금 전 창구에서 자신이 어떤 취급을 당했는지 자세히 이야기하면 엄마는 어떻게 반응할까. 불같이 화를 낼까 아니면 의기소침해서 입을 다물까. 화를 낸다면 전 올림픽 국가대표 상비군의 엄마로서 자존심이 다쳤기 때문일 테다. 입을 다문다면 역시 엄마로서 자존심을 다쳤기 때문일 테지. 어느 쪽이든 엄마를 차에 남겨 놓고 혼자 다녀온 것은 잘한 선택이었다.

차는 헬로워크에서 19번 국도로 진입했다. 19번 국도는 익숙한 도로였다. 중고등학교 전부 이 근처로 다녔기에 육상부 러닝 코스로 이 길을 자주 달리고는 했다. 이렇게 차창 밖으로 내다보기만 해도 어느 직선 코스에서 호흡이 가빠지고 어느 교차로에서 무릎에 젖산이 쌓이는지를 몸이 기억해 냈다.

몸의 기억이 되살아나자 가슴이 다시 욱신거리기 시작했다. 달리기가 학창 시절의 전부이자 자랑이자 목표였던 시절. 그 시절 자신의 미래는 스프린터밖에 없었다. 이렇게 불편한 다리를 질질 끌며 헬로워크를 드나들 것이라고는 상상조차 하지 못했다.

"될 수 있으면 집 근처 회사에 취직하면 좋겠다."

이즈미 나름대로 불편한 분위기를 풀려는지 아무렇지 않은 듯 중얼거렸다.

그 한마디가 다시 신경을 건드렸다.

체육대학에 진학했을 때는 도쿄가 자신의 홈그라운드였다. 다음 무대가 될 세계로 도약하기 위한 발판으로서 희망 가득 찬 도시가 될 예정이었다.

하지만 유키는 희망의 도시에서 거부당했다.

1년 전 5월, 그날 일어난 사고가 전부 뒤바꿔 놓았다.

당시 체육대학 2학년이었던 유키는 귀성길에 신주쿠에서 가니시까지 운행하는 고속버스를 이용했다. 체육대학은 일반대학보다 학비가 비싼 데다 기숙사 생활을 하는 유키는 지나치게 돈 잡아먹는 귀신이었다. 적어도 귀성 비용 정도는 아껴 보자는 생각이었다.

골든위크*의 마지막 날인 일요일, 도쿄로 돌아가는 길 오후 8시 20분. 유키를 포함한 승객 아홉 명을 태운 버스는 다카이도 인터체인지 근처의 방호책을 들이받았다.

---

* 4월 말부터 5월 초까지 공휴일이 연달아 있는 일본의 연휴.

가장 처음 비명을 지른 사람은 유키의 앞줄에 앉아 있던 여성이었다. 그 소리에 끌려 정면을 본 유키는 방호책의 이음매가 거대한 칼이 되어 버스를 부수며 다가오는 광경을 목격했다. 왼쪽 좌석의 두 번째 줄에 앉았던 노년 남성의 몸이 방호책과 좌석 사이에 끼어 짓눌리는 모습이 슬로모션처럼 보였다. 그 순간, 분명 유키도 절규했을 것이다.

그리고 재앙은 유키의 몸에도 닥쳐 왔다. 사고 장면을 보는 동안 좌석과 좌석 사이에 끼어서 위험을 감지했을 때는 이미 늦었다.

유키의 오른 다리는 앞 좌석에 끼어 빠지지 않았고 더욱 심한 압력이 가해졌다.

우두둑하고 오른 다리가 부러지는 소리가 났다.

충격과 극심한 통증으로 시간 감각이 마비된 가운데 구급차가 도착했고 유키는 마침내 짜부라진 좌석 사이에서 구조됐다. 오른 다리를 빼내는 순간 고통으로 실신하는 줄 알았다. 오랜 시간 계속된 통증 탓인지 몽롱해진 시야로 은빛 빗줄기만 비쳤다.

진정한 최악의 사태는 그 이후에 기다리고 있었다.

오른 다리는 복사뼈부터 발끝까지 완전히 부서졌다. 뼈며 근육이며 할 것 없이 원래 모습이 남아 있지 않았다. 응급 수술로 허리뼈 일부를 이식해 괴사만은 간신히 면했지만, 증상 악화만 겨우 막았을 뿐이었다.

아무리 자가 이식이라도 뼈끼리 완전히 유합되려면 시간이 필요했다. 게다가 설령 유합된다고 해도 예전만큼의 강도를 보장할 수 없었다. 그리고 항상 폭탄을 끌어안은 상태이므로 전력 질주 따위는 엄두도 낼 수 없었다.

그렇게 스프린터 가시야마 유키는 죽었다.

다음에는 재활의 삶이 기다리고 있었다. 괴로웠던 점은 일상생활로 복귀하는 것 이상의 재활 효과를 바랄 수 없다는 사실이었다. 체육대학에는 원래 추천 입학으로 들어갔다. 다리가 부러진 스프린터에게 특별 대우 따위는 필요 없었고, 애당초 제대로 달릴 수 없다면 체육대학에 적을 두는 것 자체가 무의미했다.

스포츠과학으로 전과해서 연구 분야로 진로를 바꾸는 방법도 있었으나 오랫동안 품은 꿈이 좌절된 깊은 상실감과 주변의 시선에 주눅이 든 탓도 있어 유키는 대학을 중퇴했다. 중학교부터 단거리만 바라봤던 유키는 막상 목표를 빼앗기니 다른 길을 찾을 수조차 없었다.

기숙사를 퇴사하고 귀향이라는 단어 그대로 다지미시로 돌아왔다. 그 순간 고향은 치욕과 실의의 도시로 전락했다.

처음, 꿈이 좌절돼 돌아온 유키에게 고향은 상냥했다. 지역 TV 방송국은 비극의 주인공으로 특집 방송까지 편성했다. 장래가 촉망됐지만 불의의 사고로 꿈을 포기하고 만 젊은이. 부상을 걱정하며 사람들이 보내 온 응원의 편지가 백 통이 넘었다.

그러나 어차피 타인의 따뜻한 관심 따위 변덕에 지나지 않는다. 머지않아 본가에서 지내게 된 유키의 모습이 일상에서 익숙해지자 동네에 험담이 돌았다.

올림픽에 출전하지 못한 것 정도로 언제까지 집구석에 처박혀 있을 테냐.

어차피 세계 무대에서 경쟁할 만한 성적은 남기지 못했겠지. 그런 식으로 은퇴해서 본인은 오히려 안심하고 있는 것 아닐까.

고향에서 취직한다는 것은 앞으로 계속 굴욕과 실의로 범벅된 삶을 살겠다는 의미였다. 그것이 자신에게 얼마나 괴로운 일인지 엄마는 짐작도 못 했다.

그날 유키가 잃은 것은 오른 다리뿐만이 아니다. 희망도, 열정도, 관용도 잃었다. 남은 것은 절망과 회한과 고집뿐이다.

높이 올라간 사람일수록 추락했을 때의 충격이 크다. 내

일로 나아갈 동력은 사라지고 우울한 좌절감이 내면에서 정신을 좀먹어갔다. 구직 활동이라고 해도 엄마의 잔소리 때문에 서류를 제출했을 뿐이지 유키 본인에게 확고한 의욕은 없었다.

사실 집에 돌아가는 것도 내키지 않았다. 자신의 방과 거실에서 하는 재활은 일찍이 한계를 드러냈다. 그런데도 정해진 재활 훈련을 소화하는 일은 실망을 향해 계속 나아가는 일이나 다름없었다. 본심은 전문의의 지도 아래 설비를 갖춘 재활센터에서 기능 회복에 힘쓰고 싶었지만 그 비용은 엄두도 낼 수 없다. 사고를 당했을 때 자동차 손해 배상 책임 보험과 임의 보험으로 입원비를 받았지만 퇴원 후 재활 비용은 지급 대상이 아니었기 때문이다. 메이노 버스를 상대로 소송을 생각했을 때는 이미 회사가 문을 닫아 이러지도 저러지도 못하는 상황이었다.

도대체 자신은 얼마나 운이 없을까. 그런 생각을 하는데 벌써 집이 보이기 시작했다.

그런데 현관 앞에 낯선 남자가 서 있었다.

"누구지?"

이즈미가 의아해하며 차를 세우자 차를 발견한 남자가 다가왔다.

"실례합니다. 가시야마 유키 씨입니까?"

"네, 그런데요……."

"다지미 경찰서의 사카키마라고 합니다. 여쭤볼 게 있어 찾아왔습니다."

3

"그러니까 다카세인지 뭔지 하는 사람 모른다니까요!"

"그런데 듣도 보도 못한 사람을 보험금 1억 엔의 수령자로 지정한다니, 상식적으로 있을 수 없는 일이라고 생각합니다만."

당연하다는 듯 의문을 제기했지만 사실 사카키마 본인도 다카세와 유키가 아는 사이라는 가설에 회의적이었다.

우선 다카세의 휴대폰에 유키의 전화번호가 저장되어 있지 않았고, 임의로 제출받은 유키의 휴대폰에도 다카세의 전화번호가 저장되어 있지 않았다.

유키의 불편한 다리를 보고 다카세와의 연결고리가 즉시

떠올랐다. 작년 5월에 발생한 주오자동차도 고속버스 충돌 사고. 두 사람은 가해자와 피해자 관계였다. 하지만 다카세는 메이노 버스의 운행 관리와 경리를 담당했어도 배상금을 지급할 때는 손해보험회사가 끼어 있어서 두 사람이 직접 만날 기회는 없었다.

"원래는 유키 씨에게도 후유장애 보상금이 지급됐어야 했는데 사고가 운전기사의 고의에 의한 것으로 판결이 나자 보험회사는 약관을 내세워 일부만 지급하기로 결정했죠."

"정말 분해 죽겠어요……. 그래서 메이노 버스를 상대로 민사소송을 걸려고 했더니 한발 앞서 폐업해 버리고……. 변호사와 상담했지만 그 사장한테 개인 자산이 없어서 승소해도 의미가 없다고 하더라고요."

유키는 입술을 깨물었는데, 억울한 척 연기하는 듯 보이지는 않았다.

사망보험금 건 때문에 일단 사정 청취를 하고는 있지만 솔직히 사카키마도 유키가 범인이라고 생각하지 않았다. 유키에게는 철통같은 알리바이가 있기 때문이다. 사망 추정 시각인 17일 전날부터 다음 날 18일까지 유키는 부모와 함께 에나시에 있는 온천 숙소에 머물렀다. 탕치湯治하기 위해 했던 숙박이었는데 숙박 중 객실 담당 직원이 몇

번이나 유키의 모습을 목격했다. 깊은 밤에 혼자 움직이려
고 해도 그 시간에 택시는 잡지 못한다.

"무엇보다 만약 제가 누군가를 미워한다면 그 사람은 메
이노 버스의 사장입니다. 경리담당 직원 따위 관계없잖아요."

사카키마는 유키의 얼굴을 살피면서 그 사실을 던져보자
고 생각했다. 유키의 반응에 따라 심증이 변할 가능성도 있
었다.

"유키 씨는 메이노 버스가 폐업한 뒤에 스가야 사장이 어
떻게 됐는지 아시나요?"

"아뇨."

"스가야 다케시는 폐업 바로 다음 주에 스가야 투어라는
회사에 입사했습니다."

"스가야…… 투어요?"

"스가야 사장의 남동생이 대표이사로 있는 버스 회사죠.
작년 6월에 설립했습니다. 이상하게도 폐업한 메이노 버스
의 버스들을 그대로 등기 변경해서 스가야 투어가 소유하
고 있더군요. 아니, 버스뿐만이 아닙니다. 회사의 비품부터
직원에 이르기까지 자산이라고 부를 수 있을 만한 건 거의
새 회사로 옮겨갔습니다. 실질적으로 퇴직한 직원은 다카
세 씨뿐이었습니다. 이해하시겠어요? 메이노 버스는 겉으

로만 폐업했을 뿐입니다. 자산을 스가야 투어 명의로 변경하면 민사소송에 걸려도 빼앗길 염려가 없으니까요. 게다가 스가야 사장은 새 회사의 임원도 아니므로 그런 방면으로 책임을 물을 수도 없습니다."

"그런 게 허가가 된다고요?"

"법률상으로는요. 아마도 사고 피해가 명확해진 시점에서 비밀리에 작업했을 테죠."

역시 금시초문이었던 모양이다. 유키는 새빨개진 얼굴로 분노에 떨었다.

"경리였던 다카세 씨는 왜 새 회사로 들어가지 않았나요? 스가야 사장 눈 밖에 났나요?"

"들은 바로는 경험이 풍부한 데다 유능한 인재라서 스가야 사장도 붙잡았던 듯합니다만 본인 의사로 퇴사한 듯합니다. 지금으로서는 왜 그랬는지 진의는 확실치 않지만."

거기까지 이야기했을 때, 히사카가 취조실로 들어왔다.

"사카키마 선배님, 손님이 오셨습니다."

"지금 사정 청취 중이잖아."

"아뇨, 그게 정말로 중요한 손님이라……. 이번 사건으로 본청 수사1과에서 나왔다고."

경시청 수사1과.

확실히 중요한 손님이다. 게다가 다카세 사건 관련이라
니?

사카키마는 히사카에게 청취를 맡기고 취조실을 나왔다.

형사실에서 기다리는 사람은 이누카이 하야토라는 남자
였다. 훤칠한 키에 형사를 하기에는 아까울 정도의 외모
였다.

인사도 하는 둥 마는 둥 하며 사카키마는 단도직입으로
말을 꺼냈다.

"본청 1과에서 왜 이 사건에 관심을 보이십니까?"

"본청 1과라기보다는 제 개인적인 관심, 이라고 하는 편
이 옳겠습니다."

아무래도 경시청의 뜻과는 전혀 관계없이 움직이는 모양
이다. 그리고 이누카이가 말하기 시작한 버스 사고의 진상
을 전부 듣고 나서 사카키마는 벌어진 입을 다물지 못했다.

"그럼 그 사건은 다카세가 살인을 교사한 사건이란 말입
니까!"

"물증은 아무것도 없습니다. 본인이 자백하기는 했지만
조서를 작성하지도 않았습니다. 설사 조서를 작성했다고
해도 다카세가 한 일이라고는 지침대로 운행지시서를 작
성하고 승무원 대장을 정리하고 승무원들의 로테이션을

원활하게 조정한 정도입니다. 살인 교사로 입건할 수 있는 사안이 전혀 아닙니다."

"완전범죄란 말입니까."

"만약 그런 범죄가 존재한다면 가장 가까운 사례겠죠."

쉽게 믿을 수 있는 이야기는 아니었지만 다름 아닌 경시청 수사1과의 형사가 분명히 말했다. 믿지 않을 수 없었다.

그리고 이누카이의 이야기를 믿는다면 다카세에 대한 심증이 혐의 없음에서 혐의 있음으로 뒤바뀌지만 이해가 가는 부분도 생긴다. 바로 레시마가 다카세를 평가했던 내용이다. 사람의 마음을 읽는 달인, 다른 사람의 욕구를 알아채 만족시키는 남자. 그런 능력을 발휘하면 깊은 원한을 품은 인간을 조종하는 일도 불가능하지는 않으리라. 선의로 행하면 덕이 되고, 악의로 행하면 독이 된다.

"그 다카세 아키후미가 살해당했습니다. 즉 그 사건도 작년 사건과 관련이 있다고 보시는 군요."

"확증은 없지만 어떤 사건의 주모자가 살해당했다면 역시 신경 쓰이지 않습니까?"

이누카이의 말에 일리가 있었다.

"하지만 다카세를 원망한다면 교사당한 승무원이나 죽은 승객의 유족 아니겠습니까?"

"승무원인 고다이라 신지는 현재 도쿄 구치소에 구류 중입니다. 사망한 다타라 준조의 유족은 본인이 들어 놓은 생명보험으로 억 단위의 사망보험금을 수령해 유유자적한 삶을 보내고 있죠. 무엇보다 두 쪽 모두 다카세가 살인을 교사했다는 사실을 알 길이 없습니다."

이 또한 당연한 설명이었다.

"현장 검증과 사체 검안서, 그리고 감식 보고서는 방금 확인했습니다. 궁금한 점은 다카세의 휴대폰에 남아 있던 스가야 다케시와의 통화기록인데요. 스가야를 사정 청취했습니까?"

"조금 이따가 할 예정입니다."

"괜찮으시면 제가 함께 들어가도 될까요?"

중요 사항을 제공한 상대의 부탁이기에 무턱대고 거절하기에는 민망했다. 게다가 저자세로 부탁한다. 사카키마가 요청하면 형사과장도 두말없이 허락하리라.

"일단 상부에 보고하겠지만……, 어째서 그렇게까지 도우시는 겁니까?"

그러자 이누카이는 다소 난처한 표정을 지으며 말했다.

"그게 죄송하지만 스스로도 잘 모르겠습니다."

처음 보는 스가야라는 남자는 얼굴이 불그스레하고 뚱뚱했다. 그는 취조실 에어컨으로는 부족한 듯 연신 이마의 땀을 닦았다.

"덥군요. 관공서의 절전 방침은 좋다지만 다지미에서도 그러면 업무 능률이 떨어질 것 같습니다."

다카세 사건은 신문을 보고 알았다고 했다.

"깜짝 놀랐지 뭡니까. 아마 16일쯤이었나? 다카세 씨와는 전화 통화를 했으니까요."

"무슨 이야기를 하셨습니까?"

"뭐긴요, 그냥 근황 이야기였죠. 결국 그 사람만 우리를 떠났으니. 사람들이 좋아한 양반이라 다들 앞날을 걱정했습니다."

아무래도 위장 폐업을 숨길 마음이 없어 보였다. 하기야 조금만 조사하면 알 테니 경찰을 상대로 숨길 필요가 없다고 계산했을 테다.

"16일 통화는 어디에서 하셨습니까?"

"어디에서라뇨? 아아, 알리바이라는 거 말입니까? 16일에는 퇴근하고 6시 지나서부터 시내에서 술이나 마시지 않았겠습니까. 집으로 돌아갈 때는 이미 새벽이었는데 평일에는 항상 그렇죠. 다카세 씨에게도 어느 술집에서 전화를 걸었던 것 같습니다."

"증명할 수 있습니까? 누가 동석했다거나."

"아뇨, 전 옛날부터 혼자 살아서. 딱히 단골 가게랄 것도 없고, 단골이 뭐예요 어느 가게를 들렀는지 기억도 안 납니다. 2차부터는 가뜩이나 취기도 올라서 기억이 더 안 나는군요."

"그거 참 안타깝습니다."

"그런데 형사님, 16일이라고 하면 이미 닷새나 지나지 않았습니까. 그런데 일일이 기억하는 게 더 이상한 것 같은데요."

지켜보면 지켜볼수록 쉬지 않고 계산하는 눈빛을 한 남자다. 이런 인간은 마치 숨 쉬듯 거짓말을 한다. 사카키마는 은근슬쩍 그물을 던지듯 대화를 이어갔다.

"근황 이야기치고는 몇 번이나 연락한 것 같던데요."

"앗. 역시 거기까지 알아내셨습니까. 저런. 역시 형사님 앞에서는 숨길 수는 없는 모양이네요."

보기에 민망할 정도로 천연덕스러웠다.

"근황 이야기라는 말이 거짓은 아닌데 실은 계속 스카우트하려고 했습니다. 운행 관리를 잘할 뿐 아니라 그렇게나 성실한 인품은 흔히 볼 수 없으니까요."

"집으로 찾아간 적은 있습니까?"

"아뇨, 전화로 긍정적인 답변을 받으면 직접 방문할 생각이었지만 공교롭게도 그리 되지 않아서 찾아가지는 않았네요."

"제시한 조건이 흡족하지 않다고 하던가요?"

"아뇨, 그렇게까지 구체적으로 이야기하기 전의 문제였습니다. 무엇보다 내가 월급을 주는 사람도 아니고."

과연, 새 회사에서도 자신이 뒤에서 지배하고 있다는 사실을 말로 분명히 하지 않겠다는 태도인가.

"뭐, 일찍이 아내와 딸을 잃고 혼자 살았으니까요. 사적인 이야기를 떠드는 사람은 아니었지만 빚이 있는 인간들은 보면 압니다. 다카세 씨는 그런 금전적인 고민은 없어 보였죠. 게다가 원래부터 욕심이 없는 남자였어요."

"말씀을 듣고 보니 다카세 씨는 마치 성인군자 같은 분이었던 것 같군요. 그런데 그런 사람이 왜 살해당했을까요. 다카세 씨에게 원한을 품을 만한 인물로 짐작 가는 사람은 없습니까?"

"다카세 씨에게 원한을 품은? 으음, 그런 욕심 없는 사람을 미워할 놈이 있으리라 생각하지 않지만…… 역사에서는 고결한 위인들이 암살당한 예도 많으니까요. 하지만 그런 건 사상적, 정치적인 목적의 암살이었지 개인적인 원한은 아니었죠."

"그러니까 다카세 씨도 감정이 얽힌 문제로 살해당했다는 말씀입니까?"

"어디까지나 희망적인 관점에서 봤을 때 이야기입니다. 그렇지 않으면 세상에 착한 사람은 한 명도 없지 않겠습니까."

배상금을 회피하려고 위장 폐업한 남자의 입에서 착한 사람이라는 단어 따위가 나오니 실소를 금할 수 없었다.

그러자 지금까지 잠자코 있던 이누카이가 갑자기 입을 열었다.

"다양한 분들께 증언을 받고 있는데, 이구동성으로 다카세 씨를 인품이 훌륭한 분이라고 칭찬하더군요. 그런데 지금 스가야 씨께서 지적하신 대로 사상과 정치가 연관되지 않은 한 인격자를 살해할 이유는 없습니다. 살해한다면 그밖의 이유, 예컨대 금전 목적이겠죠. 다카세 씨가 평소에 사치스러운 생활을 했습니까? 범인이 그 모습을 보고 범죄를 저질렀을 가능성도 있습니다."

사카키마는 어라 싶었지만 내색하지 않았다. 이누카이는 무슨 말이 하고 싶은 것일까. 기록을 확인했다면 강도 목적의 범행이 아니라는 사실을 명백하게 알 테고, 생명보험 건을 고려해도 관계가 있는 사람은 유키뿐이었다.

"사치스러웠냐고요? 아니, 다카세 씨는 전혀 그런 사람이 아니었습니다. 매우 검소한 사람이라 출근복도 언제나 만 엔짜리 양복 두 벌에 도시락은 직접 싸 왔고 직장 동료들과 술을 마시며 어울리지도 않았죠. 차는 10년이 넘은 토요타 코롤라, 집은 지은 지 40년 된 목조건물, 불단에 바치는 꽃도 주변에 피어 있을 법한 꽃이었습니다. 아무튼 뭐랄까, 튀는 걸 유난히 싫어하는 듯한 면이 있었습니다."

눈에 띄는 것을 특히 싫어했다니 뛰어난 관찰안이라고 생각했다. 자신은 결코 눈에 띄지 않으면서 다른 사람을 관찰하고 마음의 틈을 비집고 들어갔다. 그리고 자신의 의도대로 다른 사람을 조종했다. 다카세 아키후미는 바로 그런 인간이었다.

그러나 이누카이는 다른 생각을 하는 듯 감정을 읽을 수 없는 얼굴을 스가야에게 슥 들이밀었다.

"어떻게, 아십니까?"

"……뭐요?"

"다카세의 집에 불단이 있고 거기에 들꽃을 바쳤다는 사실을 어떻게, 알고 계십니까? 당신은 그 집에 간 적이 없지 않습니까?"

스가야의 안색이 변했다.

"예, 예전에 들은 적이 있어서."

"사적인 이야기는 하지 않는 사람이었다. 분명 스가야 씨가 조금 전에 그렇게 말씀하셨는데요."

이누카이는 상대의 대답을 기다리지 않고 다그쳤다. 일단 사냥감을 낚아채면 발톱을 세워 꽉 움켜쥐고 놓지 않는 매 같았다.

"당신은 다카세의 집을 찾아갔어. 마침 그 자운영이 불단에 놓여 있던 17일에."

"불단에 꽃을 바치는 건 당연한 일이고."

"그것도 아니야. 불단에 매일 꽃을 바친다면 보통은 좌우에 각각 꽃병 한 쌍을 놓지. 그런데 그 불단에는 싱싱한 자운영이 꽂힌 꽃병 하나만 있었어. 즉 다카세는 헌화를 매일 하지 않았다는 뜻이지. 꽃병 하나는 특별한 날을 기념해 산 새것이야."

"그, 그런 게 증거가 되나."

"증거라면 있지."

이누카이는 입꼬리를 끌어올렸다. 얼굴이 잘생긴 만큼 입만 웃으니 더 무서워졌다.

"스가야 씨, 다지미라는 곳은 정말 덥죠. 그리고 아무래도 당신은 땀을 다른 사람보다 배는 흘리는 듯하고."

이누카이는 책상 한 지점을 손가락으로 가리켰다. 그곳에는 스가야의 얼굴에서 흘러 떨어진 땀방울들이 있었다.

"당신은 범행 현장에서 자신이 만진 부분을 부지런히 닦아냈어. 그래도 역시 바닥 전체를 걸레질할 여유는 없었겠지? 집 안 에어컨은 꺼져 있었어. 다카세의 지문만 남아 있으니 당신이 집에 있었을 때는 이미 에어컨이 꺼져 있었을 거야. 분명 더웠겠지. 틀림없이 지금처럼 땀을 비처럼 쏟았을 테고. 한두 방울은 바닥에 떨어졌겠지? 아니, 그보다 족적은 어떨까? 감식반이 바닥에 묻어 있던 땀에서 DNA 두 종류를 검출했어. 한 개는 다카세의 것이고. 나머지 DNA 하나, 당신 땀과 대조해 볼까?"

사카키마는 기가 막히다는 듯 듣고 있었다. 막 던지는 것도 정도가 있지. 감식 보고에 그런 내용은 전혀 없었다.

하지만 스가야는 이누카이의 술수에 완전히 걸려든 듯했다. 턱을 가늘게 떨며 헐떡이기 시작했다.

"당신, 다카세한테 협박당했지?"

그 한마디가 결정적인 한 방이었다. 스가야의 표정이 풀어지더니 맥없이 어깨를 늘어뜨렸다.

스가야는 떠듬떠듬 말하기 시작했다.

메이노 버스를 폐업할 당시에 스가야에게는 상당한 개인 자산이 있었다. 은닉하지 않으면 조만간 스가야 개인에게 배상을 청구했을 때 빼앗길 터였다. 그래서 스가야는 경리 담당이었던 다카세와 함께 정신없이 자산을 은닉했다. 현금을 무기명 채권으로 전환하고 가상 차입으로 부채를 만들어 내는 방식이었다.

보험회사와 법원까지 속여 스가야가 안도했을 무렵, 다카세에게 연락이 왔다. 은닉 자산을 경찰과 매체에 낱낱이 공개하겠다는 이야기였다.

"처음에는 내 돈으로 해결하려고 했어요. 그게 다카세의 목적이라고 생각했거든. 그런데 그 남자는 돈 따위는 필요 없다고 했어. 어쨌든 나쁜 짓을 못 본 체 그냥 넘어갈 수 없다나. 불쌍한 피해자들을 내버려 둘 수 없다는 둥 번지르르한 소리만 늘어놓으며 내 말을 전혀 귀담아듣지 않았어. 그리고 끝내는 나를 개자식 취급하기에…… 대화 도중에 화가 울컥 치밀어 올랐지. 이 자식의 입을 영원히 막지 않으면 난 끝이라고 생각했어. 식탁 위에 부엌칼이 놓여 있었어. 그리고 그다음은 잘 기억이 안 나. 정신을 차려 보니 뒤에서 그 자식을 찔렀더라고. 왈칵 겁이 났어. 그래서 급하게 지문만 닦아내고 도망쳤어."

4

"네 덕분에 진상을 밝혀냈어."

─그건 그렇고, 그런 걸로 범인을 알아낸 거야?

"아무리 아빠라도 모르는 것도 있지. 아니, 모르는 게 훨씬 많아. 아무튼 네가 알려 준 덕분이야. 고맙다."

─ ……응.

수화기 너머로 사야카의 수줍은 얼굴이 보이는 듯했다.

휴대폰을 끊고 하늘을 올려다보니 탁 트인 파란 하늘이 끝없이 펼쳐져 있었다.

스가야를 검찰청에 송치하고 나서 2주 후, 이누카이는 사카키마와 함께 다쓰카와무라에 있는 묘지를 찾았다.

다카세의 시신을 고향에 잠든 가족들의 품으로 돌려보내 주고 싶다. 레시마와 직원들의 요청은 순조롭게 받아들여졌다. '다카세가家의 묘'라고 새겨진 비석 아래, 다카세는 아내와 딸과 재회했으리라.

연휴 기간에 성묘를 오는 사람도 있겠지. 새 헌화를 바치거나 향을 피운 다른 묘지들이 보였다.

이누카이는 묘지 주변에서 꺾어 모은 자운영 다발을 묘비 위에 놓았다.

"아아, 그러고 보니 집에 있는 불단에도 그 꽃이 있었죠."

"네. 그 헌화에는 다카세 나름대로 의미가 있었습니다. 그래서 일부러 그 꽃을 산 겁니다."

"하지만 살해당했으니 그 뜻을 알 수 없겠군요."

"아닙니다, 사카키마 씨. 살해당한 게 아닙니다."

이누카이는 고개를 저었다.

"그건 자살이었습니다."

"그게 무슨 말씀이십니까."

사카키마는 합장하던 손을 풀었다.

"그 죽음은 타살이라고 이누카이 씨가 직접 스가야의 진술을 받았지 않습니까."

"겉으로 보기에는 물론 그렇죠. 스가야의 진술에도 거짓은 없을 겁니다."

"그런데요."

"그래도 석연치 않은 점이 하나 있었습니다. 에어컨 스위치를 미리 꺼놓은 점입니다. 방문 상대를 막론하고 어째서 그 열대야에 에어컨을 켜지 않았을까? 그건 다카세 본인이 더는 에어컨을 켤 필요가 없다고 생각해서였습니다. 즉 다카세는 일부러 스가야에게 살해당했다는 말이죠. 아니, 자신을 죽이도록 꾸몄습니다. 무엇보다 흉기였던 부엌칼이 식탁 위에 나와 있었다는 점부터가 부자연스럽습니다. 울컥한 스가야가 범행을 저지르도록 유도하기 위한 장치였습니다."

"그렇게 쉽게 사람의 마음을 조종하다니……."

사카키마는 도중에 입을 다물었다.

"그렇습니다. 다카세라는 남자는 그럴 수 있는 사람이었습니다. 스가야도 진술했잖습니까. 대화를 나누는 사이에 살의가 솟구쳤다고. 남을 쉽게 위로하고 격려할 수 있는 사람은 그 반대도 쉽게 할 수 있습니다. 다카세는 버스 사고를 일으킨 운전기사에게 했던 짓을 다시 한번 재현했습니다."

"하지만 왜 그런 수고를. 자살하고 싶었다면 그냥 스스로 손목을 긋거나 목을 매면 되잖아요."

"면책 기간이요. 다카세가 생명보험을 계약한 작년 7월 25일. 아직 면책 기간이 지나지 않아서 지금 자살하면 보험금이 나오지 않거든요."

"설마…… 그게 동기입니까?"

이누카이는 조용히 고개를 끄덕였다.

지금에 와서는 다카세의 심리를 제법 이해했다. 고속버스 사건을 성공시킨 이후 다카세는 자신이 짐승으로 전락했다는 사실을 자각했다. 그리고 그 직후 지역 뉴스에서 가시야마 유키의 현재 상태를 알게 된 것이다.

그래서 다카세는 유키를 수령인으로 지정한 생명보험에 가입했다. 짐승으로 전락한 남자가 할 수 있는 최선의 속죄였던 셈이다. 자신을 죽여 줄 범인은 분명 누구라도 좋았을 터다. 스가야를 희생양으로 지목한 이유는 단지 다카세가 스가야의 약점을 쥐고 있었기 때문이다.

"그날, 다카세는 나름의 각오를 드러내려고 드물게 불단에 헌화했겠죠……. 그런데 왜 자운영이었을까요?"

"아, 그건 저도 몰랐는데 방금 누가 알려 줬습니다."

"알려 주다니? 누가요?"

"딸이요. 이혼한 뒤 계속 떨어져 지내서요. 오랫동안 제

대로 대화도 안 해 주더니 요즘은 간신히 수사 협조 정도
는 해 주고 있습니다. 이번에는 자운영의 꽃말이 뭐냐고 물
었지요."

"꽃말이요?"

"자운영의 꽃말은 '내 고통을 덜다'라더군요."

다카세도 분명 자신의 계략에 피해를 본 사람들을 향한
죄책감에 시달렸던 듯했다.

아니, 그렇게라도 생각하지 않으면 너무나도 견딜 수 없
다.

최근에는 이런 식으로 범인에게 양심의 가책을 기대하는
마음이 들었다. 사야카와의 거리가 좁혀진 상황과 결코 무
관하지 않으리라. 다른 사람의 마음을 읽고 그 감정을 공유
한다. 그것은 사람을 쫓아 손목에 수갑을 채우는 자에게도
없어서는 안 될 조건일지 모른다.

향에 붙었던 불이 꺼지자 곧고 가느다란 연기가 피어올
랐다.

이누카이는 다시 두 손을 모아 합장했다.

올라운드 플레이어가 선보이는
일곱 색의 악의

야구에서 타자가 친 공이 외야 펜스를 넘어가거나 타자가 홈 베이스를 밟을 수 있는 안타를 홈런이라고 합니다. 저는 야구를 참 좋아하는데 제가 응원하는 팀에는 별명이 홈런공장장인 타자가 있습니다. 홈런을 꾸준하게 정말 잘 때리는 타자거든요. 그런데 홈런공장장이라는 단어에는 정반대 뜻도 있어서, 유난히 홈런을 많이 허용하는 투수에게 붙이는 불명예스러운 별명이기도 합니다. 아무튼 어느 쪽이든 '많이'라는 점이 핵심이죠. 이처럼 '무언가를 많이 만들어내는 사람'을 우리는 '공장장'이라는 별칭으로 부르고는 합니다. 일본 미스터리 소설계에도 독자들 사이에서 공장장으로 유명한 작가가 몇 명 있습니다. 그만큼 놀라울 정도로 왕성한 작품활동으로 독자들을 즐겁게 하는 작가들이죠. 나카야마 시치리도 그 작가 중 한 명입니다.

2010년 『안녕, 드뷔시』로 데뷔한 나카야마 시치리는 데뷔 후 10여 년 동안 50 작품 이상을 출간한, 놀라울 정도로 끊임없이 작품을 발표하는 작가입니다. 데뷔 10주년이었던 2020년에는 1월부터 12월까지 매달 한 권씩 작품을 출간하는 기념 이벤트도 했을 정도입니다. 그러한 집필 속도에도 항상 폭넓은 소재와 다양한 캐릭터, 날카로운 사회 비판과 놀라운 반전을 놓치지 않는 점이 그의 매력이 아닐까 생각합니다.

작가가 많은 작품을 발표했고 작품 대부분이 나카야마 시치리 월드 세계관으로 연결되다 보니 개중에는 '미사키 요스케 시리즈'나 '미코시바 레이지 변호사 시리즈' 등 작가를 대표하는 굵직한 인기 시리즈가 많고, 대부분 국내 독자들에게도 소개되어 꾸준히 사랑받고 있습니다. 그런데 일본에서는 인기 시리즈로 오랫동안 꾸준하게 사랑받고 있지만 아직 국내에는 소개되지 않은 시리즈가 있습니다. 바로 '이누카이 하야토 형사 시리즈'입니다.

어떤 여성이든 속일 수 있게 잘생겼지만 오히려 속기만

해서 '얼굴값 못하는 이누카이'라고 불리는, 그러나 남자가 하는 거짓말은 백발백중 꿰뚫어 보는 경시청 수사1과 형사 이누카이 하야토. 그를 주인공으로 하는 '형사 이누카이 하야토 시리즈'는 주로 인간의 생명과 관계된, 사회에서 뜨거운 논쟁이 되는 의학적 문제를 소재로 삼는 사회파 미스터리 시리즈입니다. 일본에서는 수차례 드라마로 만들어졌고, 2020년 가을에는 시리즈 중 한 편이 「닥터 데스의 유산—BLACK FILE—」이라는 영화로 개봉되며 많은 주목을 받았습니다. 시리즈 누적 45만 부 이상이 판매되고 있는 인기 시리즈입니다.

사실 엄밀히 말하면 이 시리즈는 국내에 한 번 소개된 적이 있습니다. 19세기 런던의 유명한 살인마 '잭 더 리퍼'가 현대에 환생한 듯 벌어지는 연쇄 엽기 살인을 이용해 장기 이식에 관한 물음을 던진 시리즈 첫 작품 『살인마 잭의 고백』이 수년 전 국내에 출간됐습니다. 그러나 이후 시리즈 속편들은 국내에 소개될 기회가 없었는데 이번에 시리즈 두 번째 작품인 『일곱 색의 독』이 우리 독자들을 만나게 됐습니다.

『일곱 색의 독』은 인간의 악의를 일곱 가지 색으로 표현한 연작 단편 미스터리입니다. 각 단편마다 상징이 되는 색을 등장시키면서 대놓고 흉악한, 그리고 숨겨진 음습한 인간의 악의를 얽고 얽어 부조리한 사회와 추악한 인간의 본성을 날카롭게 꼬집었습니다. 이 작품은 색을 이용해 악의를 풀어낸 점이 참신했고, 꽈배기처럼 꼬고 꼬아서 나카야마 시치리답게 다양한 반전을 선보인 점도 돋보였지만, 저는 무엇보다 각 단편의 제목이 해당 작품 속 미스터리의 중요한 힌트가 된다는 사실을 눈치챘을 때 매우 흥미진진하고 재밌었습니다. 독자 여러분은 제목을 보고 소설을 읽는 동안 트릭과 동기를 유추해 냈는지 궁금합니다.

나카야마 시치리는 찐득한 단편을 뽑아내는 작가라고 생각합니다. 이 작품에도 모두 일곱 편의 단편이 실려 있는데, 하나같이 미스터리 소설로서 수준이 높다는 점에 놀랐습니다. 장편이든 단편이든 구분 없이 깊이가 느껴지는 작품을 만들어 낼 수 있는 작가는 흔하지 않다고 생각하는데, 나카야마 시치리는 이 두 가지가 모두 능숙한 실력파에 소재도 반전도 자유자재로 연출할 수 있는 올라운드 플레이어임을 다시 한번 증명했다고 감히 생각합니다.

이누카이 하야토 형사 시리즈는 현재 『살인마 잭의 고백』, 『일곱 색의 독』, 『하멜른의 유괴마』, 『닥터 데스의 유산』, 『카인의 오만』, 『라스푸틴의 정원』 순으로 일본에서 출간됐으며, 현재 후속작 『닥터 데스의 재림』이 연재되고 있습니다. 앞으로 이 시리즈를 차례로 블루홀식스에서 국내에 소개할 예정입니다. 이누카이 하야토 형사 시리즈가 우리 독자들 마음에 홈런을 날리는 나카야마 시치리의 또 다른 홈런작이 되기를 바랍니다.

2021년 봄

문지원

일곱 색의 독

1판 1쇄 인쇄 2021년 5월 5일 | **1판 1쇄 발행** 2021년 5월 20일

지은이 나카야마 시치리 | **옮긴이** 문지원
책임편집 민현주 | **디자인** 박진범 | **제작** 송승욱 | **발행인** 송호준

발행처 블루홀식스 | **출판등록** 2016년 4월 5일 제2016-000100호
주소 경기도 파주시 회동길 483-1 | **전화** (031)955-9777 | **팩스** (031)955-9779
이메일 blueholesix@naver.com
ISBN 979-11-89571-47-4 (03830)
정가 13,800원